JOSÉ IGNACIO VALENZUELA

José Ignacio Valenzuela (Santiago de Chile), conocido también como Chascas, es un prolífico escritor que se ha destacado en el cine, la literatura, la televisión y el teatro. Fue nombrado por el *New York Times* como uno de los diez mejores escritores de América Latina. Su obra incluye más de veinticinco libros publicados, entre los que se encuentran los bestsellers *El filo de tu piel, Mi abuela, la loca* y *Gente como yo*. Telemundo produjo dos de sus novelas, *La casa de al lado* y *Santa diabla*, transmitidas en todo el mundo batiendo récords de audiencia. En 2021 estrenó *¿Quién mató a Sara?*, la serie original de Netflix que se ha convertido en un fenómeno internacional, y al año siguiente *Donde hubo fuego*, que rápidamente escaló a ser una de las más vistas de ese año.

CUANDO NADIE TE VE

CUANDO NADIE TE VE

José Ignacio Valenzuela

VINTAGE ESPAÑOL

Penguin
Random House
Grupo Editorial

Primera edición: octubre de 2023

Copyright © 2023, José Ignacio Valenzuela Guiraldes
Autor representado por Antonia Kerrigan Agencia Literaria (Donegal Magnalia, S. L.)
Copyright © 2023, Penguin Random House Grupo Editorial, S. A. U.
Travessera de Gràcia, 47-49, 08021, Barcelona
Copyright © 2023, derechos de edición mundiales en lengua castellana:
Penguin Random House Grupo Editorial, S. A. de C. V.
Blvd. Miguel de Cervantes Saavedra núm. 301, 1er piso,
colonia Granada, alcaldía Miguel Hidalgo, C. P. 11520,
Ciudad de México
Copyright © 2024, Penguin Random House Grupo Editorial USA, LLC
8950 SW 74th Court, Suite 2010
Miami, FL 33156

Impreso en Colombia – *Printed in Colombia*

ISBN: 978-1-64473-938-9

24 25 26 27 10 9 8 7 6 5 4 3 2

Para Antonia Kerrigan y Claudia Calva
que saltaron conmigo sin soltarme la mano

El agua sucia no puede lavarse.

Proverbio africano

Los que habitan en Pinomar aseguran que la vida transcurre plácida en ese sitio. Que los problemas del mundo exterior no llegan hasta aquellas calles de ensueño, ni se cuelan al interior de las casas primorosas, ni tampoco hacen nido en los parques siempre inmaculados. Los que habitan en Pinomar se saben favorecidos, únicos y privilegiados. Sin embargo, bajo la superficie del pueblo, laten secretos que amenazan con provocar tragedias y cambiar vidas. Este es uno de esos misterios: uno que nadie nunca hubiera deseado confesar.

Prólogo

Sensación de vacío, de flotar suspendida en el aire. Alcanzar a sentir que el estómago se te revuelve por un brevísimo instante. Porque vuelas. Sí, vuelas. Tu cuerpo ya no le pertenece a la tierra ni a la ley de gravedad. Tus pies ya no tocan el césped que rodea la terraza.

Entonces llega el choque con la superficie del agua. Sientes que el frío te abraza la piel, pero enseguida te acostumbras. La temperatura es perfecta. Fue una buena idea. Los ruidos de tu jardín desaparecen y los reemplazan los sonidos imprecisos de cavernas marinas, de burbujas que estallan y vuelven a estallar mientras vas hundiéndote hasta el fondo de la alberca. Tal vez sean los chorros que los inyectores lanzan sin descanso o quizá se trate de la constante succión del filtro, pero los oídos se te llenan de susurros, de voces líquidas, de balbuceos licuados que resbalan por los azulejos blancos que Marco y tú seleccionaron con tanta dedicación cuando decidieron construir la alberca en mitad del patio. Sí, tal vez fue una buena idea apagar la computadora, abrir el armario en busca de tu traje de baño, quitarte con urgencia la ropa del día, beberte de un sorbo esa última copa de vino tinto y salir al jardín con una toalla bajo el brazo.

Estás sola: Renata duerme en su habitación y Marco salió. ¿Adónde? Quién sabe. No quieres reconocerlo, pero estás preocupada por él. Por su relación. Tu marido te oculta cosas. Lo presientes. Es una corazonada que te arde sin tregua en el estómago. Por más que intentes descubrir qué está pasando, Marco sabe evadir tus preguntas. Se te escurre como arena entre los dedos. Te da la espalda. Te deja hablando sola. Huye. O, peor aún, se limita a esbozar esa sonrisa que te cautivó para luego cerrar con llave la puerta que los separa. Y eso duele, ¿no? Duele mucho. Porque tus intuiciones nunca han fallado. Una vez que hacen nido dentro de ti, ahí se quedan en espera de confirmación, y eso te permite gritarle al mundo que lo sabías. Que nada ni nadie logra engañar a tus tripas. Que tu clarividencia no se equivoca. Es tu manera de convertirte en víctima de tus profecías.

Sin embargo, Beatriz, esta vez las cosas no van a salir como esperas. Esta vez no habrá una corazonada que te permita anticiparte a lo que estás a punto de vivir. Tal vez estás distraída pensando en lo buena idea que fue meterte en la alberca cerca de la medianoche. Creíste que así podrías borrar las huellas de un mal día y de una pésima sesión de trabajo. Y te entretienes buceando de extremo a extremo, dejando que tu cuerpo se sumerja y roce los azulejos del fondo, siempre impecables y resbaladizos. Te gusta cerrar los ojos para imaginar que flotas en el vacío. En la nada. Te basta bajar los párpados para que tu cuerpo navegue en un espacio sideral, ahí donde nada puede tocarte. Y eso es lo mejor que te puede ocurrir, ¿no? Porque ahí nadie se atreverá a culparte o a decirte a la cara que actuaste mal. Confiésalo: por eso te gusta lanzarte a la alberca cuando tienes miedo, o cuando las dudas te asaltan, o cuando crees que has llegado a un callejón sin salida. Escudada tras el agua con olor a cloro te sientes intocable. Impune.

Al fin abres los ojos porque estás a punto de alcanzar uno de los muros de la alberca. Es el momento de girar, de impulsarte con las piernas y recorrer en sentido inverso el trayecto que acabas de hacer. Pero entonces la ves, de pie, justo al borde, mirándote desde arriba. Y tú abajo, al fondo, los ojos desorbitados porque la reconoces. Abres la boca para gritar, pero lo único que consigues es que una enorme burbuja te estalle frente a la cara deformando su cuerpo, que se sacude como una bandera al viento. El *big bang* de borbotones que has provocado distorsiona sus rasgos, el largo de sus brazos, el tamaño de su cabeza, la densidad de su cuerpo.

Es ella. *Soy ella*.

«Debe de ser una pesadilla», piensas. Tiene que ser solo una alucinación. Es imposible que esté ahí. Pero no, no es una pesadilla. El inconfundible vestido rojo salpicado de pequeñas flores amarillas corrobora lo que no te atreves a confesar: no habrá paz para tu alma. No existe rincón alguno que te devuelva la tranquilidad. Por más que juegues a lanzarte a la alberca, para intentar cansarte y dormir bien, no volverás a conciliar el sueño. No puedes. No podrás.

Ya sin aire en los pulmones, emerges y la noche te enfría el rostro al instante. Llevas con urgencia la mirada de lado a lado, pero no hay rastros de su presencia. No está. Se ha ido. Tal vez, en realidad, nunca haya estado ahí. Lo más probable es que se haya tratado de una jugarreta de tu mente. Lo cierto, piensas un poco más calmada, es que en ese jardín solo se oye el jadeo de tu respiración descontrolada y el tambor de tu corazón, que te salta dentro del pecho y en las sienes. Te gustaría gritarle a Marco que salga y te abrace, que te diga al oído que todo va a salir bien, pero recuerdas que tu marido no está en casa.

Estás sola.

Completamente sola.

Lo has hecho todo mal, Beatriz, y no puedes negarlo. Cuando nadie te ve eres capaz de cometer los peores errores. Lo sabes, y también sabes que, al final, no hay deuda que no se pague ni plazo que no se cumpla. Por eso esta vez las cosas no van a salir como esperas. Sea cuestión de karma, de justicia o, simplemente, por una revancha de la vida. ¿Estás preparada para lo que viene? ¿Te atreves a salir del agua y mirarme por fin a los ojos?

PRIMERA PARTE

1

Una madre y una hija

La silueta de Beatriz nadaba en la alberca, que resplandecía como un espejismo en el jardín trasero de la casa. Sus ojos abiertos, reflejo de su concentración, avanzaban bajo el agua intentando no dejarse arrastrar por los pensamientos. Si se abstraía en sus brazadas, sabía que no se perdería en ellos.

Porque así era su mirada: perdida. Sobre todo cuando se encontraba fuera del agua, en la vida real, lejos de la protección de esas paredes de cemento recubiertas de azulejos blancos. Como una niña tímida oculta en el cuerpo de una mujer, a ratos sentía que le faltaba la figura paterna tras la que esconderse cuando no quería enfrentarse a los demás. Quizá por esa razón entre otras sabía que atraía a los hombres pese a no ser despampanante. Era su debilidad aparente, esa mezcla infantil de delicadeza y ternura, lo que despertaba en ellos un instinto protector primario al que Beatriz se había acostumbrado ya años atrás y que todavía no sabía hacer que jugara a su favor.

Un haz de luz se coló bajo el agua y pareció cegarla; por unos instantes la obligó a cerrar los ojos y detener el ritmo. Desde el fondo, levantó la mirada y observó a alguien que, de pie en la orilla de la alberca, la contemplaba con quietud. Sin tiempo de entornar los ojos para tratar de distinguir de quién se trataba, un zambullido irrumpió en medio del agua. Cuando emergió, su hija Renata, frente a ella, la miraba con los ojos muy abiertos y una sonrisa pícara.

—¡Mamá, es mediodía! —exclamó la niña con emoción, tratando de avanzar hacia ella—. ¡Es oficial!

Beatriz, más ducha en la materia, nadó rápido hacia la niña y la tomó por la cintura.

—¿Y qué quieres decir con eso...? —entonó con cierta teatralidad, frunciendo el ceño, para indignación de la pequeña.

Beatriz abrazó a su hija con una sonrisa y, de manera casi inconsciente, se aferró fuerte a ella con una mezcla de amor y angustia, como con un miedo irracional a perderla.

—Ya sé, ya sé, mi amor... ¡Quiere decir que justo hace diez años que naciste! ¡Feliz cumpleaños!

Ambas salieron del agua, Renata con una sonrisa plena de orgullo reflejada en el rostro, incapaz de soltarse de su madre, quien, con la mano libre, trató de agarrar una toalla para secar a su hija.

Su pequeña Renata, siempre sonriente, siempre atenta a todo con esos ojos tan grandes y observadores que delataban su naturaleza curiosa. Beatriz habría dicho que compartían la misma figura escuálida y la elegancia digna de una bailarina de ballet si no hubiera sido porque lo primero que hizo su hija apenas pudo sostenerse en sus dos pies, fue subirse a un árbol y rebozar su vestido favorito en la hierba.

—¿Creías que se me había olvidado? —le preguntó Beatriz a su hija mientras le frotaba los brazos para secarlos—. ¿Con todo esto?

Señaló entonces a su alrededor. El momento íntimo no estaba siendo tal, ya que el jardín comenzaba a llenarse de un ajetreo de trabajadores; algunos instalaban un pequeño carrusel con caballos, otros se encargaban de los globos de colores y las coloridas piñatas, y uno más montaba la gran mesa para el convite.

—Sabía que estabas actuando —replicó Renata con voz segura—. Como cuando me lees tus cuentos...

Beatriz le retiró el pelo mojado que le cubría parte de la cara y le pasó la toalla por la cabeza, tapándole el rostro y frotándola, burlona.

—Pero ¡qué lista eres! —exclamó incapaz de ocultar una sonrisa de satisfacción.

Renata era muy despierta, a veces demasiado para su edad. En ocasiones, Beatriz incluso pensaba que su hija era más madura que ella misma. Una madre encerrada en sus propios mundos de fantasía, que luego volcaba en papel y que le contaba antes de irse a dormir. Con la excusa de su trabajo de escritora de libros infantiles, Beatriz se escudaba de la realidad. Sin embargo, ahí estaba Renata, inquieta y saltarina, para devolverla al mundo real. Juntas encontraban el equilibrio.

—¿Nos cambiamos para la fiesta?

—¡Sí! —gritó exaltada Renata, como cualquier niña en el día de su cumpleaños, incapaz de controlar la emoción.

—¿Y querrás ponerte vestido?

—¡Ya está todo preparado en mi cuarto, mami! Los tenis de colores me combinarán con el overol de mezclilla y...

Ni ella misma había planeado qué ropa luciría para la ocasión. Lo más probable, una de sus ya habituales blusas de colores y uno de sus muchos pantalones holgados y cómodos. En cambio, su ya no tan pequeña de diez años era más coqueta y estaba descubriendo de primera mano lo que era la vanidad. Pensó que le quedaba mucho por delante.

Vio a su hija correr entusiasmada hacia la casa. Por un brevísimo instante, sintió su frecuente dolor de estómago, agudo como un disparo, que siempre la asaltaba ese preciso día. Ese terrible día donde todo se tiñó de rojo.

«Esta vez será distinto», se dijo. Y, creyéndose su propia mentira, siguió tras los pasos de Renata.

2

Una anfitriona perfecta

Los invitados empezaron a llegar a la hora prevista y la fiesta comenzó de manera oficial. Escasos instantes atrás, frente al espejo, Beatriz se había prometido que sacaría fuerzas de flaqueza para huir de su mundo interior, dejar a un lado la timidez y convertirse en la anfitriona que todos esperaban. No quería que la vieran distante ni la confundieran con una de esas madres soberbias, de profesión creativa y altiva por el éxito de sus libros.

Apenas tras salir al jardín para recibir a las familias, se vio envuelta entre una veintena de niños de la edad de Renata que ya hiperventilaban, correteando y saltando por el jardín, bien por los dulces o bien por la emoción de disponer de un castillo inflable instalado frente a la entrada del garaje. Beatriz buscó entre la marabunta a su hija, que, con el flequillo incapaz de despeinarse por más que lo intentara, daba vueltas en el carrusel y la saludaba con la mano y una sonrisa.

Beatriz le devolvió la sonrisa levemente inquieta. De pronto, se vio invadida por tantos estímulos que se refugió en sus pensamientos. La gran celebración reunía a todas las caras que conocía de la escuela; algunas pasaban sin pena ni gloria —incluso sin educación— cuando iba a dejar a la niña a la escuela, otras cruzaban un breve saludo y con las menos compartía cafés y confidencias: sus amigas. La estampa, eso sí, era invariable cada mañana, igual que en ese mismo instante en su jardín: matrimonios de catálogo, hijos felices y todos los educados vecinos de un barrio fotográficamente perfecto y tranquilo.

Así era, al menos, en el número 9 de Old Shadows Road, la casa que había enamorado a Marco y a Beatriz mientras pasaban por el pueblo de Pinomar y que, casi como una jugarreta del destino, tenía colgado el llamativo distintivo de «se vende». Era perfecta. Las bajas vallas blancas hasta el paseo de piedra y césped, ideal para salir a hacer *jogging* cada mañana; los pequeños arbustos y rosales de la entrada; el porche donde se veían pasando los atardeceres y saludando a los vecinos y niños en bicicleta; las habitaciones del segundo piso, con torre y tejas grises, donde Beatriz había imaginado enseguida que situaría su mesa de escritorio para crear futuros libros. Una casa perfecta. Tanto que la asustó.

Una de esas cancelas blancas fue la que cruzaron Anaís y Gastón, su marido, para plantarse sigilosos al lado de Beatriz.

—Hasta ahora, el mejor cumpleaños en lo que va del año —afirmó su amiga con un pequeño golpecito en el brazo de

Beatriz, como si quisiera apaciguar una posible inquietud, cuyo silencio solo podía provenir de que la fiesta estuviera yendo según lo previsto.

—¿De verdad lo crees? —preguntó despertando de su ensimismamiento y reparando en la frondosa melena de Anaís al viento.

Le cubría la larga y delgada espalda, siempre arropada por un top deportivo; parecía que acabara de impartir una clase de yoga, pero sin el consecuente sudor o muestra de agotamiento. Beatriz sospechaba que, en realidad, su amiga lo hacía para poder lucir su esbelta figura y, más que llamar la atención de los maridos del resto de las mamás, lo que buscaba era provocar la envidia de estas.

—Sí, te aseguro que lo es —añadió Gastón, reconocido y exitoso médico de fertilidad responsable de traer a Renata al mundo, quien tras el saludo de cordialidad abandonó a las dos mujeres y puso rumbo a la mesa de bebidas.

A Beatriz le extrañó verlo vestido con chaleco deportivo y mocasines. Gastón nunca prescindía de sus sofisticados trajes de marca, prendas que, sin duda, no necesitaba bajo la bata de doctor experto en fertilidad, pero en las que invertía grandes cantidades de dinero para establecer su estatus. A diferencia de ella, Anaís y Gastón sabían que las apariencias importan, y lo dejaban claro siempre que podían. Por eso no creyó las palabras de su amiga. A pesar de que lo habían calificado como «el mejor cumpleaños en lo que va del año», el día no había merecido las mejores galas de la pareja.

—Pásame esa bandeja, Anaís —le pidió Beatriz, de vuelta a la realidad, cuando reparó en que su amiga arreglaba las bandejas a las que Doris, la criada, no había tenido tiempo de retirar el envoltorio—. Se supone que los invitados no tienen que servir ni organizar.

—Sabes que no puedo evitarlo —se excusó ella sosteniendo una bandeja—. La anfitriona que vive en mí aparece a la menor provocación. Veo un globo o una pequeña cosa fuera de sitio... ¡y ya! Es un acto reflejo.

Beatriz rio ante la sonrisa de su amiga sin saber cómo encajar el mensaje. Le constaba que Anaís no podía dejar en casa su vena obsesiva y que, más que la anfitriona, la que había reparado en las bandejas sin servir era la neurótica que llevaba dentro. Por mucho que se empeñara en disimularlo. Madre perfecta, esposa ideal, empresaria del bienestar en constante estrés y dueña de una silueta perfecta, Anaís no iba a permitirse fallar en nada, ni siquiera aunque aquel no fuera el cumpleaños de su hijo.

—Pues ¿sabes qué? —le dijo Beatriz mientras le retiraba la bandeja de la mano con amabilidad—, ahora vas a poner en pausa a esa anfitriona incansable que llevas dentro y vas a servirte una copa, ¿okey?

—Solo si tú te sirves una conmigo —replicó con rapidez.

—Lo siento. No me gusta que Renata me vea tomar —respondió rotunda Beatriz.

—Pues nos beberemos esa copa otro día —se excusó entonces—. ¿Sabes qué bandeja es la de los canapés veganos?

Mientras Anaís, en lo que a Beatriz le pareció un comportamiento poco propio de su amiga, inspeccionaba uno por uno los platos de la mesa, Julieta se acercó a ambas con un *cupcake* en la mano al que propinó un gran mordisco. Tanto llamó la atención de la anfitriona que apenas percibió la figura de Leonardo, el marido de Julieta, detrás de esta.

—No sé si te envidio o te compadezco, Beatriz —le dijo Julieta con la boca llena y procurando que las migajas no salpicaran su ancha camiseta.

El gesto hizo que llevara inconscientemente la mirada a la figura bajita y regordeta de su amiga, así como a su atuendo algo descuidado. «Definitivamente nadie lo consideró un evento de gala», pensó con inusitada indignación.

—¿Cómo le haces para organizar todo esto y no volverte loca? —acabó por preguntar Julieta una vez que hubo tragado.

—Pues supongo que me motiva el amor a mi hija —suspiró Beatriz contemplando el resplandeciente jardín que horas atrás, cuando había decidido darse un chapuzón, estaba patas arriba.

—Yo también quiero a mis hijos —espetó escandalizada Julieta—, pero jamás conseguiría organizarles una fiesta así.

Ante la aparición de Leonardo, Gastón regresó junto a las mujeres con un par de cervezas en la mano y le extendió una al otro marido presente.

—¿Y Marco? ¿Dónde está? —preguntó Anaís—. No me digas que sigue trabajando.

Anaís tenía razón. En una mirada rápida alrededor, Beatriz no vio a Marco por ningún lado. Ni a través del cristal de la cocina ni más allá de la alberca… Ni rastro de su pelo, siempre bien corto, y su rostro perfectamente afeitado a todas horas. Beatriz era consciente de que Marco prefería gastar más minutos en sacarle brillo a su exitosa carrera que en tener que sonreír por compromiso a los demás, pero la ocasión requería su presencia. Ambos lo sabían.

—Está dentro solucionando unos detalles de última hora del trabajo —inventó sobre la marcha—, pero viene enseguida.

—¡Todos los abogados son iguales! Ni en el cumpleaños de sus hijos dejan de ser unos adictos al trabajo —protestó Julieta.

Beatriz reparó entonces en que Marco, desde el interior de la casa, le hacía una seña disimulada para que se acercara.

—Perdonen, mi marido me necesita... —musitó mientras dejaba el grupo atrás.

Llegó hasta Marco con más urgencia de la que hubiera esperado y lo abrazó cariñosa. Al separarse de él, vio que todavía llevaba puestos los lentes de trabajo y lo notó algo turbado y nervioso, pese a que él intentara esconderlo.

—Ya estaban empezando a preguntar por ti —le dijo acariciándole el hombro de la camisa perfectamente planchada.

—Doris dice que se acabaron los refrescos —espetó Marco con dureza.

A Beatriz la confundieron tanto el mensaje como la manera en la que su esposo se lo había transmitido, sin levantar la voz y con una sonrisa impostada.

—Imposible. Encargué varias cajas.

—¡Pues entonces desaparecieron por arte de magia! —gruñó él irritado.

Beatriz lo miró desconcertada. Era evidente que aquello no era solo por una caja de refrescos.

—¿Qué te pasa? Es el cumpleaños de tu hija, Marco.

Sin tiempo a responder, Doris se les acercó desde el pasillo con visible alteración.

—Disculpen —interrumpió—. Las cajas de refresco estaban en el garaje. ¡No las había visto!

—Ah —espetó Marco algo turbado—. Gracias.

Sin espera a réplica, la muchacha fue hacia el interior de la casa.

—Perdón, yo... es que estoy algo nervioso...

—¿Por qué? —Ella hizo otro gesto de acercamiento con el ceño fruncido—. ¿Qué pasa?

Estaba a punto de decirle algo a su mujer cuando se vieron interrumpidos por la presencia en la cocina de Leonardo, que se acercaba con sus mellizos, Bruno y Santi, este último lloroso y con el cabello empapado en sudor.

—Beatriz, ¿tienes un poco de hielo para ponerle en el brazo a Santi? Se cayó y se le está hinchando.

—¡Por supuesto! —respondió ella.

—Yo lo hago —se ofreció Marco señalando con la mano el camino.

—¡Me duele, papá!

—Lo sé, Santi —le replicó Leonardo, que siguió a su amigo—, papá lo va a solucionar.

Los dos padres y los dos niños se adentraron en la cocina dejando atrás a Beatriz, que, con una mueca molesta y sin haber obtenido respuesta, salió de nuevo al jardín para no desatender a sus invitados.

Marco abrió el congelador y sacó una pequeña bolsa de hielo, le puso un paño alrededor y se la entregó a Leonardo.

—Vamos a dejar esto sobre el brazo hasta que deje de doler, ¿okey? Bruno, cuida de Santi.

Los mellizos asintieron y salieron corriendo hacia el jardín sin más dolor aparente que el de la prisa por reanudar el juego.

—Yo también necesito hielo —bufó Marco con seriedad, aprovechando que el congelador estaba abierto.

Con un vaso de la alacena ya en la mano, fue hacia una botella de ginebra y la levantó con un gesto nervioso hacia Leonardo para ofrecerle una copa.

—Gracias, pero no —le indicó con amabilidad—. Tengo que terminar un reportaje y necesito tener la cabeza despejada.

Sin esperar tan siquiera a una respuesta, Marco le propinó un largo sorbo a su proyecto de gin-tonic, al que le faltaba aún el agua tónica.

—¿Y sobre qué es el reportaje? —Apoyó el vaso.

—Tráfico de recién nacidos.

—¡Guau! —exclamó con una mueca de sorpresa. Dio otro trago a su copa—. Interesante.

—Más que interesante, escandaloso, diría yo —indicó Leonardo.

Algo revuelto, el anfitrión le palmoteó la espalda a Leonardo mientras caminaba hacia la puerta y le daba un último tiento a su bebida. Leonardo, solo en la cocina, se giró al percibir un ruido procedente de la otra parte del comedor. Al asomarse se fijó en cómo Beatriz, frente a una mesa decorada con flores, trataba de ponerle las velas a un imponente pastel de dos pisos. Contuvo la risa al ver que la anfitriona se ponía de puntitas tratando de llegar a la parte más alta para acomodar la última vela.

—Deja que te ayude —le dijo tomándole esa última vela de la mano.

Beatriz lo miró con simpatía, en parte aliviada de que fuera él quien hubiera ido a socorrerla y no otro. Siempre le había caído bien y sentía que compartían intereses comunes, a diferencia de otras parejas amigas.

—¿Cómo está el brazo de Santi?

—Imagino que bien, porque ya está saltando en el castillo inflable.

Ambos llevaron la vista al otro lado de la cristalera y sonrieron al ver a los mellizos junto a Renata saltando sin parar.

—Julieta y los niños van a quedarse un rato más —le indicó él—. Yo ya me voy.

—¿No te quedas para el pastel que tan amablemente me ayudaste a decorar?

Le rio la gracia, pero enseguida se excusó mientras se encaminaba hacia la puerta principal.

—Lo siento, pero, como le dije a tu marido, tengo un reportaje que terminar. —Antes de cruzar el umbral, se giró y sonrió a Beatriz—. Pero me guardas un trozo, ¿eh?

Todavía con una sonrisa en el rostro, ella mantuvo la mirada hasta verlo marchar. Entonces giró la cabeza hacia el jardín con la intención de unirse de nuevo a sus invitados. Sin embargo, detuvo el paso y la vista de golpe al reparar en algo al otro lado del cristal. Se trataba de una joven con un vestido rojo salpicado de pequeñas flores amarillas que entre la gente, la alberca, las mesas, los niños jugando, el carrusel, los globos y el castillo inflable resultaba totalmente fuera de lugar. Beatriz, desconcertada, se estremeció ante la presencia de la muchacha, quien, por un instante, le devolvió la mirada. Revuelta ante esa visión tan perturbadora y a la vez tan familiar, se dispuso a correr hacia ella, pero un grupo de niños se cruzó corriendo en su camino y tapó durante unos segundos su objetivo. Cuando pasaron, la joven ya no estaba. Perpleja y confundida, Beatriz salió al jardín con premura y en un vistazo comprobó que, en efecto, no había rastro de ella.

La sangre se le heló en el cuerpo, ya que su clarividencia fue certera y categórica: aquella visita no era una buena noticia.

Era *ella*. La peor de sus profecías.

3

Recién llegados

Aunque Renata trató de estirar el tiempo todo lo que pudo, las horas de la tarde pasaron volando. Sin darse cuenta, Beatriz y su hija se descubrieron en la reja despidiendo a los últimos invitados que se subían a los coches y decían adiós agitando las manos con efusividad.

—¡Hasta mañana, Renata! —gritaban los niños mientras los padres, con la ventanilla bajada, le agradecían a la anfitriona una fiesta estupenda.

Siguiendo con la vista la marcha del último coche, Renata reparó en la casa de al lado y, fruto quizá de la excitación del día, apuntó hacia la fachada.

—¡Mamá, mira!

Beatriz iba a recordarle que era de mala educación señalar con el dedo cuando atisbó un gran camión estacionado. Las puertas posteriores permanecían abiertas mientras un equipo de cuatro transportistas se repartía las tareas a punto de comenzar lo que a todas luces parecía una mudanza. «¡Qué raro!», pensó Beatriz. Con el alboroto de los niños y el equipo que desmontaba las atracciones de su jardín, se le había pasado por alto semejante despliegue.

Pendientes de cada movimiento, ambas contemplaron cómo los trabajadores comenzaban a descargar cajas, muebles de varios tipos, a la par que entraban al recibidor y salían de la casa dispuestos a un viaje más. Beatriz no pudo evitar buscar señales que le dieran información sobre qué tipo de personas se estaban mudando jardín con jardín.

—¡Vecinos nuevos! —exclamó Renata al ver que una pareja emergía desde la casa para acercarse al camión.

—Ojalá tengan una hija para que juegue contigo —le indicó su madre acariciándole el cabello—. ¿Te acuerdas de cuando vivía ahí tu amiguita...?

Beatriz, sin embargo, suspendió la pregunta y frunció el ceño, ya que la apariencia de la pareja llamó su atención de una manera inesperada. De mediana edad, vio tanto al hombre como a la mujer dirigirse al equipo de mudanza de forma muy seca y con semblante serio. Parecían estar enojados con el mundo. Incómodos. Por norma, los habitantes de Pinomar solían resaltar más bien por lo contrario. La simpatía era la apariencia más importante.

Él aferraba contra el pecho una enorme jaula de pájaros que no contenía ave alguna. Como un perro guía pegado a la pierna de su amo, el hombre siguió la marcha de su mujer paso a paso. Andaban a la vez, de vuelta hacia la valla de su nueva casa.

Quizá porque su presencia no pasó inadvertida, la desconocida pareja se giró hacia Beatriz y su hija e hizo contacto visual con ellas. Por alguna razón que no supo interpretar, Beatriz se sintió intimidada por la intensidad de las miradas, en especial la de ella, y se quedó congelada los escasos segundos que duró el intercambio. Quizá se trataba del instinto que la hacía reaccionar así o más bien era que ya había vuelto a poner la imaginación al servicio de las historietas que se creaban en su cabeza y quería ver cosas donde no las había...

—Señor Octavio, señora Gladys, ¿dónde van a querer esto? —les preguntó el que parecía ser el encargado del grupo de transportistas, mientras otros dos muchachos cargaban un mueble muy grande y de apariencia antiquísima.

Beatriz fue incapaz de escuchar la respuesta que ella, de manera seca y escueta, le susurró a su empleado mientras reemprendía el paso, seguida de cerca por su marido. La incapacidad de separarse el uno del otro, en especial en aquellas circunstancias, le resultó cuando menos perturbadora. La imaginación podía no salir volando, pero su curiosidad la hizo fijarse en las arrugas de ambos, que no solo eran muestra de una edad mayor a la media de aquel vecindario, sino que además se veían acentuadas gracias a una forma de vestir anticuada e incluso descuidada.

—¿Vamos a saludarlos? —Renata interrumpió sus pensamientos.

Beatriz no supo qué contestar. Sería lo correcto, pero la actitud malhumorada y silenciosa de la pareja hacía que se resistiera a la propuesta.

Ante un nuevo cruce de miradas, Beatriz levantó la mano a modo de saludo con un torpe gesto que no fue correspondido por ninguno de los dos, que apartaron la vista y se dirigieron con rapidez hacia el interior de la vivienda. Decepcionada, Beatriz se agachó hacia su hija negando con la cabeza.

—Mejor no... —le respondió intranquila por la mirada que le habían regalado ambos—. Hoy están ocupados, ya iremos mañana.

Sin más dilación, Renata entró corriendo en casa y Beatriz se dispuso a seguirla. Pero antes dirigió la mirada unos breves instantes hacia la puerta por la que segundos atrás los nuevos vecinos habían desaparecido.

Aunque la noche había llegado, Beatriz decidió confirmar que todo hubiera quedado recogido tras la fiesta. Se hizo una nota mental para, en los siguientes días, tener algún detalle con Doris por el esfuerzo de la muchacha para que el día fuera perfecto. Una vez concluida su inspección, por fin se retiró a su cuarto de escritura en busca de calma. Su refugio: una burbuja de paredes color crema y repisas copadas de libros diversos, un ventanal enorme, un escritorio junto al que Beatriz tenía un corcho un poco infantil y que empleaba como mural de inspiración. En él colgaba frases motivadoras, ilustraciones o cualquier cosa que la estimulara.

Sobre la mesa de trabajo descansaba una caja que justo había llegado aquella misma mañana en el correo, y a la que no había podido prestar atención. Por fin pudo abrirla y sacar del interior su nuevo libro, en cuya cubierta brillaba la ilustración de un pequeño ratón; el tierno roedor era protagonista de muchas de sus historias. Con un suspiro, abrazó el ejemplar y cerró los ojos ilusionada; podría haber vivido aquello una veintena de veces y jamás dejaría de sentir la magia de sostener un libro suyo. No tardó en observarlo, pasar emocionada las páginas, fijarse en cada detalle y mantener aquel momento de ilusión solo para ella.

Cuando apagó la luz, la pantalla iluminada de su celular le alumbró el camino. Renata dormía hacía rato y ella, entre estar pendiente de la casa, acostar a la niña y no querer posponer el encuentro con su nuevo libro, apenas había prestado atención al teléfono.

La pantalla estaba llena de mensajes, por los que deslizó de manera rápida el dedo de camino al cuarto:

¡Qué gran cumpleaños!

Fuiste la anfitriona perfecta, Bea, querida.

¡Gracias por una fiesta preciosa!

La verdad es que eres una mamá digna de admiración.

Qué familia tan hermosa, ¡te admiro!

Había cumplido una vez más. Y ese era su triunfo: que nadie sospechara nada. Con una sonrisa de orgullo, Beatriz abandonó el teléfono sobre la cómoda, posado sobre su reluciente nuevo libro, y se dispuso a darse un baño antes de acostarse.

Entonces se acordó de la muchacha del vestido rojo. Y toda su templanza se hizo añicos bajo sus pies.

4

Cuando nadie los ve

Al caer la noche, el cielo de Pinomar se convertía en un perfecto lienzo salpicado de ocre dorado, salmón y naranja que hacían brillar con más intensidad las luces que despertaban en las ventanas. Permitían el acceso de miradas desde el exterior; mostraban la verdadera naturaleza de los habitantes de las casas.

Las paredes verde aguamarina de la sala de Anaís y Gastón eran testigos de la decepción de ella con su hija tras volver del cumpleaños de Renata.

—¡No voy a volver a pasar vergüenza contigo, Camila! —gritó Anaís furiosa a una pequeña que trataba de contener el llanto.

Antes de que la niña dejara brotar las lágrimas, Anaís siguió enumerando, colérica, las razones de su enfado.

—Casi tiras el pastel al suelo, te llenaste de lodo y rompiste el vestido precioso que me costó una fortuna.

La actitud de Anaís con su hija en la intimidad era opuesta a su comportamiento durante la fiesta, donde se había dedicado a sonreírle y saludarla desde la distancia mientras Camila corría y jugaba con Renata y los mellizos.

—Si sigues portándote así, la próxima vez vas a ir sola, porque yo no pienso pasar la vergüenza de que los demás te vean así.

Camila ya estaba acostumbrada a ver a su madre fuera de sí, así que controló el sollozo que provocaría una riña aún mayor.

—¿Qué crees que estarán diciendo los padres de Renata? ¿O los de los demás niños de la escuela? Que yo no sé educarte. Eso van a decir. ¡Que Anaís es la peor mamá!

Gastón, pese a ser un conversador nato y no callarse ante nada en cualquier situación de puertas para fuera, estaba bien curtido de los ataques de ira de su mujer. Por eso se quedó en un rincón en silencio, viendo cómo la madre mandaba a Camila a su cuarto mientras la pequeña subía los escalones casi sin hacer ruido.

—Estamos todos cansados —intervino él cuando oyó que la puerta de la habitación de su hija se cerraba—. Lo mejor será que vayamos a dormir y ya mañana...

—No estoy cansada, Gastón —espetó Anaís molesta ante el intento de su marido por apaciguar las aguas—. Estoy furiosa porque esta niña no sabe comportarse. ¿Y quién es la perjudicada? —lo interpeló buscando con desafío su mirada—. ¡Yo! ¡Siempre yo!

Él se levantó del sofá e hizo el ademán de acercarse a la escalera para, tal y como había hecho su hija escasos segundos antes, dejar atrás la ira de su esposa, que no parecía querer disiparse. Otra batalla que prefería no afrontar.

—Si tus alumnas de yoga vieran cómo te pones cuando nadie te ve —le dijo a su esposa antes de poner un pie en el escalón—, se marcharían al instante de tu academia.

Anaís se giró y fulminó con la mirada a Gastón. Durante unos segundos de silencio se creó una capa de tensión entre ambos, como si Anaís buscara una palabra más por parte de él en la que encontrar la excusa para continuar. Sin embargo, Gastón resopló y comenzó a subir la escalera.

—Siempre soy yo la que tiene que ceder —dijo ella desde la sala, con la rabia todavía presente en la voz, pero el tono más contenido—. Siempre soy yo la que tiene que entender y transigir. Pero ¿sabes qué? Yo también tengo un límite. ¡No soy tan perfecta!

Resoplando, Anaís se giró sobre sus pasos y trató de calmarse haciendo varios ejercicios de respiración. En uno de ellos, prestó atención al pequeño cartel de madera que tenían colgado junto a la puerta de entrada, lo primero que veía cada invitado a su llegada: «La felicidad no ocurre por casualidad, sino por elección». Estaba torcido.

Decidida, se acercó y lo enderezó varias veces hasta verlo perfecto. Solo entonces asintió conforme y se dispuso a apagar las luces de la planta baja para sumarse a su familia en el piso superior. Su perfecta e inmaculada familia.

Julieta cargaba una bolsa del supermercado en una mano mientras trataba de abrir la puerta con la otra. Volvía de dejar a los mellizos en casa de su hermana y ya se había hecho de noche. Al introducir la llave notó que la manija fallaba, estaba a punto de desprenderse, cosa que la molestaba; hacía tiempo que pasaba y Leonardo ni le había prestado atención. Hizo patentes su llegada y su enfado con un portazo.

Se encontró la casa a oscuras. Le resultó fácil hallar a Leonardo, ya que solo tuvo que seguir la única luz que iluminaba el pasillo, procedente del despacho: la de la pantalla de su computadora. Al llegar a su lado pudo leer en el monitor: «Usurpados desde la cuna: robo de bebés nacidos en clínicas de lujo». Bajo el titular de la noticia, se leía «por Leonardo Villagrán».

«Este periodista pudo constatar que varios bebés de jóvenes solteras y embarazadas se entregaron irregularmente en adopción a otras familias también de estrato social alto».

—¿Qué tal te quedó? —le preguntó Julieta quitándose la chamarra.

Él apenas le prestó atención y, mientras seguía con el cursor del ratón, liberó una mano para darle un pequeño sorbo a la taza de café frío. Sus dedos se deslizaron por el teclado a gran velocidad, testigos del aceleramiento de Leonardo.

«En algunas ocasiones, se engañaba a los padres biológicos haciéndoles creer que la criatura había nacido muerta; en otras, se convencía a la madre soltera de que esa era la mejor opción para el futuro del recién nacido».

—¿Hola? —le espetó ella indignada. Al parecer, querer dejar el enfado fuera no iba a resultar posible.

—¿Cómo? —preguntó él sin apartar la vista de la pantalla, procesando la cuestión unos segundos más tarde—. No, este... No lo he acabado aún.

—¿Y hasta qué hora se supone que vas a trabajar? —masculló enojada.

Leonardo captó enseguida el tono de voz de su mujer y bajó la intensidad de su tecleo; Julieta le había cortado la inspiración con la interrupción y no pudo por menos que rebufar.

—Disculpa que te perturbe —reaccionó ella con ironía—, pero se suponía que hoy íbamos a salir a cenar. Vengo de dejar a los niños...

—¡Perdón! —exclamó él dando la vuelta a la silla con un gesto de sincera disculpa—. Lo olvidé por completo.

Julieta no dejó que su marido continuara con las excusas.

—Leo, hace semanas que no salimos. Hace meses que no vamos a bailar. Y para qué hablar de...

Ella no alcanzó a terminar la frase ni tampoco dejó a Leonardo intervenir cuando hizo el ademán de justificarse. En realidad, estaba harta de los pretextos con los que la vida adulta no le permitía hacer lo que quería. Ya se había pasado la adolescencia entera y su primera juventud sacrificándose por el bien de un buen currículum. No estaba dispuesta a dejar pasar las oportunidades. Ahora, al final de la treintena, ya había conseguido todo lo que la sociedad le exigía: una casa ideal, un marido con el que compartía valores, unos hijos que no dependían de ella las veinticuatro horas... Aunque los demás la tacharan de infantil o creyeran que era una caprichosa, no iba a sucumbir. Nunca había tenido una vida alocada y sentía que la pasión que le corría por las venas se quedaba enjaulada ahí mismo, dentro de su cuerpo. En ocasiones así, con Leonardo anclado a la computadora noches enteras y ella resoplando aburrida frente al televisor mientras los niños dormían, fantaseaba con abandonarlos e irse a cumplir sus fantasías. Cuando se despertaba sabía que jamás sería capaz de hacer algo así. Al menos hasta ese momento.

—¿Sabes? —lo encaró—. No importa, voy a ir sola. No me voy a joder otra vez solo porque tú estés escribiendo un puto reportaje. ¡Es como si todo lo que pasara en otro lado fuera más importante que lo que ocurre en tu propia casa!

No esperó respuesta alguna... Dio un portazo y fue directo al cuarto a cambiarse la blusa para salir lo antes posible.

Leonardo se giró de nuevo hacia la pantalla y durante un instante trató de volver a la escritura. Sin embargo, la duda de si estaba tomando la decisión correcta hizo que se levantara y se precipitara hacia el pasillo.

—¡Julieta, espera! ¡Sí, vamos a cenar!

Resignado, siguió su camino con lentitud hacia el cuarto y asomó la cabeza para buscarla también en el lavabo. Sin rastro de ella, y con la casa en silencio como respuesta a su alegato, Leonardo abandonó la idea de seguirla o tan siquiera salir a buscarla.

Octavio atravesó el dormitorio lleno de cajas y desorden propios de una mudanza inconclusa. Oyó a su esposa circular en la planta baja colocando los utensilios de cocina. Se acercó a la ventana y se quedó ahí, inmóvil, los ojos fijos en la casa vecina. Desde el segundo piso tenía un punto de vista privilegiado de las actividades de Marco y Beatriz.

Al fin. Llevaba tanto tiempo esperando ese momento...

Buscó con la mirada hasta que lo descubrió a él en su despacho. Lo vio asomar la cabeza hacia el jardín, desde donde podía contemplar la sombra de los árboles iluminados por el agua de la alberca. A Octavio le pareció que quería asegurarse de que nadie se había quedado allí tras el cumpleaños o de que no hubiera nadie merodeando en los alrededores. Visiblemente nervioso, Marco suspiró y fue a cerrar la puerta de su estudio, echó la llave y volvió al instante al lado de la ventana.

A continuación, Octavio lo vio sentarse en un sillón cerca del escritorio. Su vecino tamborileaba los dedos con nerviosismo mientras daba un gran sorbo a la poca ginebra que quedaba en el vaso.

Octavio también llegaba a ver la luz del cuarto de Marco y Beatriz, donde a través de la fina tela de las cortinas blancas que dibujaban su silueta como una sombra china pudo intuir a esta última poniéndose el camisón. Si no hubiera sido porque la imagen no era nítida, Octavio habría afirmado que se veía abatida, más triste que cansada.

Apartó la vista del segundo piso y volvió a buscar la luz del resto de las habitaciones. Su mirada se trasladó de nuevo al despacho de Marco. De golpe, se sobresaltó: de pie, frente a la ventana, parecía observarlo directamente.

Marco volvió a llevar la vista hacia los alrededores, mirando hacia el jardín, con un cosquilleo en la nuca del que no era capaz de deshacerse. No sabía si era fruto de la bebida, el cansancio o el recelo, pero no sabía con certeza si lo estaban vigilando de alguna manera o solo se sentía observado. Fuera lo que fuera, cerró las cortinas de forma súbita y dejó el jardín a oscuras.

5

Recelo

Recién cerradas las cortinas del despacho, Marco prefirió apartar el vaso de ginebra y volvió a sentarse en el sillón, frente a su escritorio, como si así pudiera recuperar el control y no dejar que el nerviosismo se apoderara de nuevo de sus pies. Con la mirada perdida, fue incapaz de calcular cuánto tiempo había transcurrido en la soledad de su estudio. Sin la referencia de la luz del jardín no tenía manera de saber si la noche ya había caído negra sobre sus espaldas, y tampoco quería consultar el teléfono o el reloj, ya que se sabría de nuevo presa de la ansiedad.

Con la cabeza embotada, reaccionó y buscó en el bolsillo de su saco la pequeña llave que abría la cajonera de su escritorio. Todo para Marco tenía una «llave» de protección, bien fuera el contenido de sus cajones en el despacho, los archivos del trabajo o hasta las contraseñas y accesos de doble verificación que se había asegurado de instalar tanto en las computadoras como en su celular. Del tercer cajón se hizo con un frasco de pastillas y tragó una sin más dilación. Apenas unos segundos después, y siendo consciente de que estaba él solo con sus pensamientos, sin nadie más ante quien justificarse, se introdujo otra pastilla en la boca y esa vez buscó bajarla con la ayuda de las últimas gotas de alcohol. Acto seguido, cerró el frasco y lo volvió a meter en el cajón, junto a un par de carpetitas bien organizadas sobre las que descansaba un revólver del calibre 38. Sin prestarle más atención al contenido del cajón, cerró el mueble con la llave y la guardó en su sitio al tiempo que exhalaba. Solo era cuestión de tiempo hasta que las píldoras hicieran su efecto.

La mente. Necesitaba apagar las voces de su mente. Las amenazas de los últimos días. El peligro que acechaba. Las llamadas telefónicas que solo le recordaban lo que no quería volver a vivir.

Con la intención de abandonar el caos de su conciencia en el despacho, cerró con llave la puerta y se dirigió hacia la escalera, camino al cuarto donde ya lo esperaba Beatriz. Sin prestar atención a cómo su mujer yacía recostada con la luz encendida en su lado de la cama, Marco se deshizo de su ropa para quedarse en calzoncillos.

—¡Mira! —lo interpeló Beatriz con un tono de emoción en su voz que lo despertó del ensimismamiento.

Marco se sentó a su lado y llevó en acto reflejo la vista al objeto que Beatriz sostenía en las manos: un libro infantil con tapas duras, ilustraciones hermosas y su nombre en la cubierta.

—Con todo el revuelo del cumple de Renata no tuve tiempo ni de enseñártelo... —añadió ella.

Durante un segundo, Marco no supo de qué le hablaba. Tener que prestarle atención a su mujer, cargada de energía después de un día largo y agotador, se le hacía un mundo. Beatriz, ante la confusión en el rostro de Marco, quien no alargó la mano para agarrar el libro, le echó un salvavidas.

—¡Mi nuevo libro! Llegaron los ejemplares de la editorial.

Beatriz percibió que su marido estaba ido, con la mente más allá de la misma luna. Su estado era similar al de esa tarde durante la fiesta de cumpleaños.

—¿Vas a decirme qué te pasa? —preguntó preocupada.

Marco se recostó en la cama junto a Beatriz y se frotó la cara con abatimiento.

—Perdón, sí... —resopló—. No han sido días fáciles en el trabajo —mintió apartándole la mano con un gesto suave—. Es eso.

—¿Y no quieres contarme más? —Ella se echó hacia su lado de la cama, frunciendo el ceño, aunque tratando de ser comprensiva y no dejarse llevar por sus temores—. ¿Pasó algo con alguno de los casos que llevas?

Expectante ante una posible respuesta de su marido, Marco entonces hizo todo lo contrario y, en vez de continuar la conversación, en silencio, saltó fuera de la cama.

—¿Por qué estás tan raro? —insistió.

Lo hizo con precaución porque conocía a su marido y sabía que en esos estados no reaccionaba del todo bien. Si bien era cierto que Marco parecía siempre estar cavilando, concentrado en su trabajo —al que otorgaba la más absoluta de las prioridades—, Beatriz sabía que en su rictus serio habitaba una violencia latente que era capaz de aparecer en el momento menos esperado. Ese podía ser uno de ellos... Y no porque tuviera miedo a su propio esposo; Beatriz no podía decir eso, ni mucho menos. Pero la oscuridad que lo acompañaba de manera constante, el ceño fruncido de Marco y el hermetismo de sus respuestas cortas eran la parte que ella era incapaz de iluminar con su presencia.

—¿Adónde vas? —le preguntó con cautela y una pizca de inquietud.

—Acabo de recordar que tengo que mandar unos emails de trabajo que no pueden esperar... —dijo él sin mirarla, poniéndose la parte inferior de la pijama.

—¿Y no puedes mandarlos desde el teléfono? —Sin respuesta, Beatriz vio cómo salía raudo del cuarto hacia el pasillo—. ¿Marco?

Confundida a la par que recelosa, Beatriz se quedó allí acostada oyendo los pasos de su esposo bajar la escalera, sin saber qué hacer.

En un principio habría pensado que Marco podría haberse molestado por la emoción que ella había mostrado ante su nuevo libro. Aunque jamás lo hubiera dicho de manera explícita, Beatriz sabía que para Marco sus inquietudes profesionales podían suponer un conflicto frente a sus responsabilidades como madre. Él era quien debía pasarse el día encerrado en una oficina para que ni a ella ni a Renata les faltara nada. Sin embargo, Beatriz descartó la idea porque él apenas había prestado atención al libro, y había notado aquella misma actitud distante durante la fiesta de la niña.

De hecho, ahora que reflexionaba, estaba segura de que, por un momento, Marco había estado a punto de compartir con ella el motivo de su preocupación, pero algo lo había frenado. ¿No confiaba lo suficiente en ella para revelarle sus inquietudes? Quizá su marido, por mucho que siempre la hubiera amado y cuidado, no la consideraba lo bastante inteligente para hacerla partícipe de las «cosas serias» de trabajo; como si su inmensa creatividad y su gran mundo interior, en el que se perdía para construir historias, estuviera llevándola en ese mismo instante a inventarse una nueva novela en su cabeza cuando lo único que pasaba era que Marco estaba cansado. Tal vez le estuviera dando más importancia a su actitud de la que tenía...

Cuando Beatriz, abatida y ligeramente triste, presionó el interruptor de la lamparita, el cuarto quedó en penumbra.

Entonces, la única luz que Octavio pudo ver desde su ventana, entre las sombras de la casa de al lado, fue el pequeño rayo amarillo que se colaba por la abertura de las cortinas cerradas del despacho de Marco. Fue precisamente ahí donde centró de nuevo la mirada. Y todo su odio.

6

Buena vecina

A la mañana siguiente, Beatriz regresó a casa tras dejar en la escuela a una Renata feliz después de su concurrida fiesta de cumpleaños. Al estacionar el coche, no pudo evitar llevar la vista a la casa vecina, a sus tejas marrones, al porche de vallas metálicas blancas un tanto oxidadas por los días de lluvia que maltrataban todo lo que quedaba a la intemperie en Pinomar; Beatriz suponía que Gladys y Octavio no tardarían en mandar que las pintaran. Eso sí, el color ocre de la fachada se mantenía intacto, así como la pintura lacada marrón oscuro de las contraventanas de la planta baja, sorprendentemente cerradas para una mañana tan calurosa y soleada como aquella.

Aunque hubiera querido concentrarse frente a la computadora para retomar el nuevo relato que tenía entre manos, Beatriz se dio cuenta de que inevitablemente llevaba la vista a la fachada del número 11 de Old Shadows Road, como si de una manera extraña la casa vecina estuviera llamándola. Por la poca acción que pudo intuir tras los cristales de los ventanales, a través de los cuales vio al matrimonio acarrear maletas de una estancia a otra sin tan siquiera mirarse, el misterio que envolvía a la pareja se acrecentó y Beatriz tomó una determinación.

Con una cajita de cartón en la mano, se dirigió hacia la casa de sus nuevos vecinos, donde esperó tras tocar al timbre a que alguien apareciera al otro lado. La puerta apenas se entreabrió y Beatriz vio la cabeza de Octavio asomarse y mirarla con sorpresa. Ya más de cerca, la mujer pudo observar que se trataba de un hombre de unos sesenta años —quizá un poco más—, de estatura media, algo panzón y calvo. El chaleco sobre la camisa a cuadros, claramente desgastada y sudada debido a la mudanza, y los pantalones con tirantes y zapatos lustrados a la perfección le dieron la impresión de profesor antiguo algo cansado de la vida.

—¿Qué tal? —Sonrió ante la expresión algo indiferente del hombre—. Soy Beatriz Colón, su vecina.

Señaló su casa con la mano libre y él asomó la cabeza con lentitud para llevar la vista en la dirección que la mujer indicaba. Por el gesto, a Beatriz le pareció que el hombre era algo apagado en su manera de actuar, lo que corroboró con un ligero sobresalto cuando Gladys, la esposa, abrió la puerta un poco más y apareció tras él con brío, dejando claro quién llevaba la voz cantante en la relación.

—¿Qué tal? —repitió Beatriz sosteniendo la caja en las manos y la sonrisa estática en el rostro.

De cerca, a juzgar por sus finos pero marchitados rasgos, Gladys podía tener la misma edad que su marido, aunque el maquillaje y el peinado perfectos, como si acabara de salir de la peluquería, le restaban un par de años. Algo regordeta y chata, no se le veía tampoco sofisticada, pero Beatriz no pudo evitar pasar por alto que la mujer quizá estaba demasiado arreglada para encontrarse en plena mudanza. Con un rictus digno de la clase media antigua, la apariencia sobria y apagada de ambos se veía bastante obsoleta para lo que cabría esperarse del barrio, y en unos segundos Beatriz dedujo que tal vez se trataba de una pareja que contaba con más empeño que recursos.

Un estricto silencio se hizo a ambos lados de la puerta y, ante la quietud mostrada por sus nuevos vecinos, Beatriz extendió el brazo ofreciendo la cajita que sostenía entre las manos.

—Les traigo un trozo de pastel —indicó—. Quería también disculparme si causamos muchas molestias con el ruido de ayer...

Octavio alargó el brazo para agarrar la caja y se la quitó de las manos en un gesto seco.

—Fue el cumpleaños de mi hija Renata y había muchísimos niños...

—Sin problema —espetó Gladys de manera parca.

Pese a sus modales discretos y la apariencia frágil de la mujer, Beatriz se sintió incómoda tanto por el modo cortante con el que la estaban recibiendo como por la mirada, capaz de aniquilar en un abrir y cerrar de ojos. Sin duda, su aspecto y manera de estar le generó más temor que simpatía. Tuvo la sensación de que, si quería extender la conversación, solo hallaría monosílabos por parte del matrimonio. No se había ganado su confianza, de eso estaba segura. Pero ya tenía un objetivo.

Presa de la curiosidad y del silencio, que se tornaba más embarazoso por segundos, Beatriz no pudo evitar mirar con disimulo hacia dentro. A través del pequeño hueco que se formaba entre el marido y la mujer y la puerta apenas entreabierta, alcanzó a distinguir varias jaulas de pájaros similares a las que había visto a Octavio cargar la tarde anterior, y un par de muebles que, en efecto, se habían detenido en el tiempo. Sobre ellos reposaban cajas de cartón aún sin desembalar.

Octavio percibió la mirada desviada hacia el interior de su casa por parte de la nueva vecina y se interpuso entre ella y el fondo, bloqueando con el cuerpo toda visión.

—Perdone que no podamos seguir hablando —indicó de nuevo con sequedad Gladys—, pero estamos ocupados.

—Sí, sí, por supuesto. Disfruten el past...

Sin tiempo a que ofreciera una disculpa, la puerta se cerró ante las narices de Beatriz, que se quedó con la palabra en la boca. Algo turbada, y con la sonrisa por educación todavía enganchada al rostro, dio un par de pasos hacia atrás sin saber cómo reaccionar ni acabar de definir qué sensación se llevaba de aquel primer encuentro. Abandonó el porche escalón tras escalón con la impresión de que todo había ido al revés de como había planeado.

Cuando se alejó un par de pasos, extrañada y un tanto incómoda, detuvo la marcha de golpe: un sonido profundo proveniente más allá de la madera del zaguán, como si saliera de debajo de sus pies, hizo que se diera media vuelta. Juraría haber oído un grito ahogado, un alarido que apenas había durado un segundo, pero que, sin duda alguna, procedía del interior de la vivienda de Gladys y Octavio. Pudo darse la vuelta, ralentizar el paso y aguzar los sentidos, pero una reacción instintiva, junto con un estremecimiento que le recorrió la espalda, la hizo apurar el paso confundida y dirigirse con premura de vuelta a su casa.

No era momento de seguir indagando.

7

Malas noticias

La página en blanco y el incansable latido del cursor aceleraban el pulso de Beatriz. Por más que lo intentaba, no lograba concentrarse en la historia que tenía entre manos tras el inquietante encuentro con sus nuevos vecinos. Llevaba cerca de una hora delante de la computadora y no había sido capaz de teclear nada que no fueran búsquedas de graciosos videos de animales con los que se distraía más aún, o visitar portales de noticias sin prestarles siquiera atención.

Repasando los correos, volvió a leer uno reciente de Ximena, su editora:

Espero que estés bien. Me gustaría no tener que molestarte porque estás con el lanzamiento del último cuento, pero la verdad es que necesitamos con urgencia el manuscrito de tu nuevo libro. Besos y cuídate mucho.

En aquellos momentos pensaba en Marco y en lo que le diría si compartiera con él el contenido de ese correo: «Mándala al carajo, no necesitas esta presión». Sin embargo, Beatriz adoraba dejar llevar la imaginación por cuentos y narraciones que, además, se habían visto abrazados por el éxito del público desde el principio. No se trataba de una cuestión económica: era más bien que se lo debía a ella misma, a la niña pequeña que llevaba dentro, además de a Renata y al resto de sus lectores, que pasaban las páginas noche tras noche con emoción antes de caer rendidos.

Con la página vacía frente a ella, y cada vez más agobiada por ser incapaz de sacarse de encima la mala sensación que impedía que las ideas fluyeran, no se vio con fuerzas de crear nada por el momento. Decidió cerrar la computadora y salir de allí.

Envuelta en una toalla, llegó al jardín y se detuvo a contemplar la alberca en total reposo. La sola imagen ya le inspiraba calma, por lo que dejó caer la toalla a sus pies y se lanzó sin más dilación, rompiendo aquel estanque pacífico cuando el cuerpo entró en contacto con el agua.

Buceando a ritmo lento, la visión del mundo submarino le parecía de lo más apacible. Allí abajo todo era idílico. Siempre le había gustado el agua; por esa razón había decidido que Renata llegara al mundo de la misma manera diez años atrás ya. Lo recordaba todo con lujo de detalles. Todo, lo bueno y lo malo. La alegría de entender que el momento por fin había llegado y el trauma por lo que vino después. Una vez más volvió la imagen de la silla de ruedas empujada por un enfermero que la condujo, dolorida y casi a punto de dar a luz, hasta la habitación del hospital. Marco iba tras ellos, agitado y lleno de ansiedad.

El equipo médico apenas tuvo tiempo de acostarla en la cama y correr las cortinas, ya que al cruzar las puertas enseguida la esperaba la tina, diseñada en especial para un parto de aquel tipo. Una sudorosa Beatriz lanzó un aullido ronco y desgarrador al entrar al agua. Su respiración era entrecortada y su cuerpo, desnudo, resbalaba mientras ella intentaba asirse de las agarraderas laterales. Marco, a su espalda, la tomaba por los hombros, conteniéndola y dándole ánimos a la par que Gastón y una enfermera supervisaban el proceso con las manos hundidas hasta los codos. Quedaba poco: Renata pronto estaría con ellos.

—No puedo —susurró Beatriz tras un nuevo alarido de dolor—. No puedo...

Marco se acercó al rostro empapado de su mujer y comprobó que Beatriz estaba sobrepasada por completo por la agonía y el esfuerzo. Jamás la había visto así.

—Sí que puedes, mi amor —la animó acariciándola—. Vas muy bien.

Beatriz, entonces, puso todo el esfuerzo del que fue capaz en un nuevo empujón, el último resto de energía que le quedaba, y emitió un rugido.

—Aquí está... —oyeron ambos que decía la enfermera.

Las palabras lograron que Beatriz, mezcla de emoción y alivio, comenzara a sollozar. A su lado, su marido asomó la cabeza hacia el centro de la tina con visible alegría, buscando entre las aguas el diminuto cuerpo de su hija.

—Puedes tomarla... —le indicó Gastón a la nueva mamá.

Con las emociones a flor de piel, Beatriz sumergió las manos temblorosas mientras por su rostro resbalaban gotas de sudor que se entremezclaban con las lágrimas de felicidad que habían empezado a brotarle.

Extendió los brazos buscando con los dedos el contacto con la piel de su bebé a la vez que sentía los besos de Marco sobre los hombros; estaba tan emocionado como ella de ver emerger a su pequeña en cualquier instante.

Beatriz localizó al tacto la cabeza y se dispuso a sostener bajo los brazos a la criatura cuando el agua comenzó a teñirse de rojo. El color se extendió con rapidez, partiendo del centro, donde se situaba ella, hasta alcanzar los bordes de la tina, antes siquiera de que Beatriz llegara a elevar a su bebé y de que el rostro de la niña quebrara la superficie del agua para salir al mundo.

Un agitado grito de auxilio de la enfermera hizo añicos el instante.

Sin saber qué sucedía a su alrededor, y sin haber logrado alzar a la bebé en brazos, Beatriz se vio rodeada de más rostros que acudían en torno a ella mientras el agua se oscurecía. Unas manos le arrebataron a la niña. Trató de hablar, pero fue incapaz de emitir un solo gemido. El mundo entero comenzó a licuarse a su alrededor, como una acuarela mal secada. Ella misma sintió que se derretía, que se iba, que también su cuerpo se hacía agua roja, que su alma empezaba a abandonar su piel.

Los recuerdos ahora volvían con más frecuencia, con más fuerza, sin que nada motivara su regreso. El trauma. El horror. Todo estaba ahí, de nuevo, chapoteando en una tina llena de sangre. «El agua es un caos sensible». Recordó la cita de Novalis, que nunca había terminado de entender. Hasta ese momento.

Beatriz sacudió la cabeza y emergió de la alberca con premura. Alterada, comenzó a inhalar y exhalar a toda velocidad con el pecho húmedo y las gotas resbalando por la parte superior del traje de baño. La tranquilidad que envolvía el jardín solo se veía interrumpida por el jadeo de su propia respiración.

Observó sus manos: blancas, sin rastro alguno de sangre. Las yemas de los dedos ya habían comenzado a arrugársele. Para dejar atrás el terror que le provocaba el recuerdo de su parto, Beatriz alcanzó con determinación uno de los costados de la alberca y retomó el ritmo nadando de extremo a extremo e impulsándose cada vez con más potencia.

En uno de sus giros, levantó la cabeza para tomar aire. Al alzar la vista acertó a discernir la figura de Gladys, que, desde la ventana de la casa contigua, la observaba con quietud. Algo confusa y turbada, Beatriz detuvo las brazadas y le devolvió la mirada a la mujer, que, al verse descubierta, corrió las cortinas y abandonó la estancia desde la cual la vigilaba. El mismo estremecimiento que le había recorrido la espalda al dejar atrás la casa de sus nuevos vecinos esa mañana volvió a instalarse en la nuca de Beatriz.

—Basta —se dijo—. No voy a volver a vivir con miedo. ¡Nunca más!

Y de un salto salió de la alberca.

8

Octavio y Gladys

La noche terminó de derrotar al día en los cielos de Pinomar y para Gladys y Octavio eso solo significaba una cosa: era momento de bajar al sótano de su nueva casa. No precisaban mirar el reloj; la tonalidad azulada que se colaba a través de las persianas era aviso suficiente de que había llegado la hora.

Gladys llevaba mucho tiempo en la cocina preparando la cena y colocándola en una bandeja. Cuando estuviera lista, Octavio se encargaría de llevarla escalones abajo con sumo cuidado, ya que aún no se había acostumbrado a la empinada escalinata del subsuelo de aquella casa. Se trataba de una tarea mecánica que Gladys llevaba a cabo día tras día mientras la radio le hacía compañía con música clásica o alguna balada romántica en español, según el humor del momento. Se sabía una gran cocinera y, pese a que sus platos no fueran a ser precisamente deleitados por el mejor de los comensales, invertía tiempo y esfuerzo en ellos.

Oyó los pasos de Octavio, que regresaba de hacer una breve inspección de la planta baja. Cuando entró en la cocina, se apoyó en el refrigerador con un gesto entre agotado y pesimista.

—Me temo que hoy está un poco alterado... —suspiró.

Gladys, inflexible, no se giró para responder y siguió llevando a cabo la tarea que tenía entre manos.

—La mudanza debe de haberlo dejado así.

No volvieron a cruzar palabra alguna hasta que Gladys le extendió la bandeja a su marido. Mientras se secaba las manos, observó cómo Octavio hacía malabares para quitar el seguro de la puerta que conducía al sótano, dejarla entreabierta y bajar la escalera con delicadeza. Acto seguido, y con la oreja siempre atenta a los sonidos que provenían del piso inferior, la mujer se sentó a la mesa de la cocina y se puso los lentes de ver de cerca. Con un preciso movimiento tomó una gran caja de latón y la dejó frente a ella. Del interior extrajo un organizador de pastillas semanal muy desgastado, a juzgar por el color amarillento de los bordes, y totalmente vacío en cada hueco. Luego, sacó una impresionante colección de frascos y paquetes con diferentes tipos de píldoras. Atenta a cada una, y sin prisa, Gladys fue vaciando las distintas pastillas de las cajas y los frascos y las fue colocando en su compartimento correspondiente. Las de las mañanas eran blancas y amarillas, y se trataba del contenedor más desbordado: acumulaba hasta seis comprimidos. Habrían sido las más difíciles de disimular en la comida si no hubiera sido porque gracias al calor húmedo que reinaba en Pinomar se disolvían con facilidad. Las píldoras del resto del día variaban de color, salmón, azul y algunas verdes y rojas. Gladys procuraba repasar que todas estuvieran en orden y no se le hubiera escapado ninguna una vez que acababa el proceso, antes de guardar de nuevo la caja de latón que por fuera semejaba un simple tarro de galletas.

¿Quién haría eso una vez que la muerte la alcanzara? ¿Quién continuaría con el ritual diario de preparar desayunos, almuerzos y cenas aderezados con barbitúricos?

Sacudió la cabeza en un intento de espantar los malos pensamientos. No tenía tiempo de pensar en tonterías. Además, no era ella la que muy pronto iba a fallecer.

Octavio dejó atrás la escalera, encendió una luz que tímidamente intentó enfrentarse a la penumbra del sótano, y avanzó hasta una puerta al final del estrecho corredor. Cuando llegó frente a ella, se inclinó con dificultad para alcanzar una pequeña ventanilla, como la boca de un buzón. Con una mano abrió la ranura y con la otra introdujo el plato de comida a través del ajustado espacio. La bandeja se quedó donde estaba: la necesitaría para recoger de vuelta los restos en un rato.

—Aquí tienes la cena —proyectó su voz hacia el otro lado de la puerta—. Arroz con pollo y frijoles. Tus favoritos.

Al instante pudo oír, desde el interior de la habitación, a modo de respuesta, una serie de pasos bruscos, gruñidos y golpes en la pared, que fueron escalando hasta convertirse en un grito que inquietó a Octavio. ¿Y si alguien más lo oía? ¿Y si los muros del sótano no eran lo bastante gruesos, como le había asegurado el vendedor de la casa, para contener aquel sonido delator que nadie más debía percibir?

Casi por instinto, Octavio dio un paso atrás con temor y tristeza.

—Come, por favor. No puedes quedarte con el estómago vacío —dijo en un hilo de voz.

Sin embargo, sus palabras surtieron el efecto contrario: el estruendo al otro lado de la puerta aumentó su fuerza y derivó en un ronco aullido de desesperación que alcanzó a Gladys en la cocina y le desfiguró el rostro. Con premura, la mujer bajó la empinada escalera y apareció tras la espalda de su marido, que la miró con una mueca de angustia y decepción; no había sido capaz de llevar a cabo él solo la tarea encomendada.

—Sé que han sido días de muchos cambios —dijo ella pegándose a la puerta—, pero pronto te acostumbrarás.

La protesta pareció menguar ante la contundente voz de Gladys. Esta trazó una seña con una mano y tanto ella como su esposo retrocedieron unos pasos hacia la escalera con la intención de alejarse y regresar pronto a la cocina. Antes de poner el pie en el primer escalón, Gladys volvió a mirar hacia la puerta y levantó un poco la voz para hacerse oír.

—Vamos a ser muy felices aquí. Te lo prometo.

Pero inclinó la cabeza y negó de manera inevitable: ni siquiera ella había conseguido creerse una sola de sus palabras.

Resignada, Gladys enfiló sus pasos hacia la planta superior seguida de cerca por Octavio. Los gemidos iban quedando atrás, peldaño a peldaño, a medida que avanzaban. Octavio comprobó con alivio que perdían fuerza una vez dentro de la cocina, lo que le aseguraba que no pudieran oírse más allá de la casa.

Sin decir una sola palabra, el hombre se alejó de allí con nerviosismo. Sus pasos se perdieron en la quietud del pasillo que llevaba hacia las habitaciones. Gladys se aseguró de volver a echar el seguro de la puerta que conducía al subterráneo y dejó la llave sobre la barra, donde siempre debía estar. Tras girar el pomo un par de veces más, para cerciorarse de que nadie podía entrar ni salir, se quedó en silencio, en busca de algún rastro de sonido que delatara su presencia allá abajo. Nada. Todo en calma. El ambiente de la casa era sombrío y silencioso, como cabría esperar de una pareja de mediana edad a aquella hora de la noche.

Gladys asintió, satisfecha. Todo estaba bien.

Cruzó el pasillo en busca de su marido, a quien encontró en la habitación, con la mirada perdida, sin expresión, mirando a través de la ventana. Gladys se acercó a él por la espalda y, con la misma actitud pasiva, se ubicó a su lado, desde donde pudo observar el jardín de Beatriz y Marco. Las luces de la alberca de sus vecinos, como cada noche, dibujaban sombras movedizas contra los arbustos que la rodeaban. No había ninguna lámpara encendida en el interior de la casa, solo los focos difuminados bajo el agua, que proyectaban una claridad dulce a la par que perturbadora.

Sin nada más que ver, Octavio dejó a su mujer en la ventana y se dirigió hacia el fondo del cuarto, donde, repartidas hasta casi copar la totalidad de la estancia, se encontraban sus jaulas, ahora repletas de aves. Varias compartían pajareras grandes que ocupaban mucho espacio; otras tenían la celda para ellas solas. En cualquier caso, se trataba de sus mascotas. Sus compañeras. Ellas sí reaccionaban con trinos de alegría cuando se acercaba a saludarlas, como los hijos que a él le habría gustado tener. Muy en el fondo, sabía que jamás se habría atrevido a expresar aquel pensamiento en voz alta, y mucho menos delante de Gladys. Nunca. Eso habría sido una declaración de guerra. La máxima traición.

Abandonó la reflexión y, tras verificar como cada noche que todo estuviera en orden en las jaulas, posó la vista en su mujer. Inmóvil, seguía junto a la ventana con la mirada fija en la casa vecina.

—¿Todo bien? —le preguntó señalando con un gesto de cabeza la propiedad de Beatriz y Marco.

—Todo bien... Por ahora —replicó ella imperturbable.

9

Una amenaza invisible

Gracias a un rápido movimiento de brazos, Beatriz se sumergió aún más y alcanzó el fondo de la alberca. Una vez ahí, decidió quedarse recostada contra la superficie de baldosas blancas. Estaba poniéndose a prueba, vaciándose de energía, liberando una furia que llevaba dentro y que no sabía de dónde provenía. Relajó los músculos, cerró los ojos y se entregó a esa sensación de vacío y levedad que tanto placer le daba.

De pronto, sintió la tenaza de cinco dedos aferrándose bruscamente a su muñeca. Desconcertada, Beatriz se sacudió tratando de soltarse sin éxito. La presión fue en aumento. ¿Cómo era posible? ¿Quién estaba ahí con ella? Podía advertir que intentaban arrastrarla hacia abajo, más allá de la alberca, hacia el fondo de la tierra. Los embates, cada vez más agresivos, llenaron el agua de burbujas y le dificultaron la visión. Desesperada, abrió y cerró la boca en busca de la superficie para tomar aire antes de que fuera demasiado tarde.

A manotazos, entre golpe y golpe, surgió un rostro de entre la espuma. Una mujer. O lo que quedaba de una mujer. Alcanzó a ver las cuencas vacías donde antes estaban sus ojos, la piel macilenta despegándose de los músculos, los labios negros y, más atrás, un espacio oscuro donde se podía adivinar la descomposición de aquel cadáver. Beatriz intentó soltarse con desesperación, pero la sujetaban con firmeza, hundiéndola con violencia. Ya no le quedaba aire en los pulmones para gritar y pedir ayuda. Los dedos huesudos de la extraña se le hundían en la piel. Ahí estaba otra vez la sangre. La sangre roja mezclada con el agua. Abrió la boca y soltó un último suspiro que solo creó más burbujas que difuminaron el rostro desfigurado que la arrastraba con ella hacia el fondo.

Con un grito agudo que retumbó en las paredes del cuarto, Beatriz dio un salto en su cama. Horrorizada, comenzó a gemir y respirar con dificultad entre las sábanas, buscando en cada bocanada recuperar el aire que sentía que le faltaba. Se llevó las manos a la garganta, al tiempo que intentaba aferrarse a algo a su alrededor... en tierra firme.

Marco, acostado a su lado, se despertó alarmado al oír los gritos de su esposa y encendió veloz la luz.

—¿Qué... qué pasa? —preguntó adormilado—. ¿Qué ocurre?

Incapaz de pronunciar ni una sola palabra, Beatriz se sentó en el colchón. Se encontraba en su habitación. En su casa. Rodeada de sus cosas.

—¿Estás bien? Toma aire —le dijo a medida que le frotaba la espalda con la palma de la mano—. ¿Otra pesadilla?

Beatriz jadeó un intento de respuesta y se aferró a Marco rodeándolo con fuerza. Aunque no quería entregarse al llanto, dejó escapar un gemido.

—Tranquila... No hay nada de qué preocuparse —le susurró él meciéndola, como si fuera una niña asustada—. Estoy aquí... Siempre he estado aquí...

Beatriz, incapaz de superar el horror de aquella visión, apretó aún más los brazos, que rodeaban a Marco del mismo modo que un náufrago se aferraría a una tabla en medio de un mar encabritado.

Unas pocas horas más tarde, Beatriz ya estaba lista para salir de casa y llevar a Renata a la escuela como cada mañana. Su rostro no reflejaba rastro alguno de la mala noche que había pasado; tanto el peinado como el maquillaje y el conjunto de ropa que había seleccionado con minuciosidad lucían impecables en el espejo del recibidor.

Marco, con el plato del desayuno sin tocar, abandonó la cocina aprisa para darle un beso de despedida antes de que Beatriz saliera por la puerta. Su ceño volvía a estar fruncido, como los días anteriores, en un gesto de preocupación que Beatriz atribuyó a la pesadilla que los había puesto en alerta a ambos aquella madrugada.

—No olvides nunca que te amo —susurró él tras separar los labios de los de su esposa— y que todo lo que he hecho ha sido por ti, por tu felicidad...

Marco volvió a besarla con cierta premura y la acompañó hasta la reja del garaje. Extrañada, le indicó a Renata que se despidiera de su padre antes de subir al coche y abrocharse bien el cinturón de seguridad. Frente al volante, Beatriz bajó la ventanilla para despedirse de su marido con la mano.

Viendo el coche marcharse por Old Shadows Road, Marco miró hacia ambos lados de la calle, alterado, como si quisiera asegurarse de que ya se encontraba solo y nada sospechoso estuviera esperándolo agazapado en algún rincón o detrás de un matorral. De vuelta a la casa por el camino de adoquines, su teléfono emitió un pitido, ante lo que el hombre se detuvo y, agitado, tecleó un mensaje de respuesta a gran velocidad:

> No es paranoia. ¡Estoy seguro de que
> alguien me está siguiendo! Maldición, ¡esto
> no debería estar pasando! ¡Pensé que todo
> estaba resuelto!

Guardó el celular para poder llevar la vista una vez más a los alrededores de la casa antes de cerrar la puerta principal. Fue entonces cuando reparó en la presencia de Octavio al otro lado de la reja. Serio, inmóvil, el hombre regaba el césped con dejadez mientras lo observaba desde la distancia. A Marco le llamó la atención la gran diferencia entre su propio jardín, bien cuidado, rodeado de árboles y plantas florales, y el de los nuevos vecinos, que llevaba meses desatendido y que apenas salpicaban unos cuantos arbustos secos.

Inquieto ante la mirada fija de Octavio, Marco no se molestó en saludar, entró de nuevo en casa y cerró de un portazo. Aún más alterado, pasó por la cocina dejando atrás el plato de desayuno con la taza de café todavía sin tocar y entró directo en su despacho.

Otro sonido proveniente de su teléfono celular le provocó un sobresalto inesperado. Al ver en la pantalla la identidad de la llamada entrante, su rostro se crispó y lanzó el celular hacia el sofá dejándolo sonar. Fue hacia su escritorio. Dubitativo, dio un par de pasos hasta que, de pie, comenzó a repiquetear con los nudillos sobre la mesa de madera. No sabía si estaba preparado para hacer lo que tenía en mente. Solo sabía que estaba quedándose sin tiempo, sin opciones y sin miedo de llegar al punto que hiciera falta.

¿Por qué su vecino perdía el tiempo regando un jardín que ya no tenía salvación? ¿Qué hacía ahí, desperdiciando agua en plantas que habían muerto hacía varios meses?

Al fin, Marco rebufó en un mar de dudas y sacó de su bolsillo la llave que abría el cajón de su escritorio. Tembloroso ante una amenaza invisible, y agradecido de que nadie estuviera viéndolo, abrió el cajón y sacó su pistola del interior.

10

Tres amigas

La escuela de Pinomar se alzaba imponente en la amplia avenida que hacía de entrada principal. No solo lucía abarrotada como cada día lectivo, sino que además era el escenario perfecto para que los diferentes grupos de madres se pusieran al día de los últimos chismorreos. Despedían —algunas con cariño, otras con desinterés— a sus hijos mientras estos cruzaban los arcos ajardinados, camino a sus respectivas aulas de grandes cristaleras y suelos de roble bien cuidados. Se trataba de la escuela más exclusiva de la zona, y lo que más valor tenía, por encima de que los niños pasaran el día en un ambiente que aseguraba un sano desarrollo, con un gran parque-jardín en el que llevaban a cabo tareas al aire libre, era que a uno lo vieran a primera hora en aquella fila. Estar allí. Pertenecer. El símbolo de estatus que suponía que sus pequeños corretearan por las exclusivas instalaciones y que todo el pueblo lo supiera.

Beatriz, Anaís y Julieta alargaban cada mañana el momento de desearles buen día a sus hijos, que, además de compartir edad y escuela, acudían a la misma clase. Camila, Renata, Santi y Bruno, impecables de uniforme, se entretenían más en hacer grupitos y saludarse con sus compañeros que en besar a sus respectivas madres, que extendían el regreso a cada uno de sus vehículos para compartir impresiones.

—Cruzo los dedos para que los mellizos tarden lo máximo posible en llegar a la adolescencia —suspiró Julieta—. Ya tengo suficiente con tratar de organizarme el tiempo con todo lo demás como para tener que ir detrás de un par de cabezas locas...

—Quizá salgan a su madre —comentó burlona Anaís, a quien Julieta propinó un manotazo cariñoso con falsa indignación.

—¿Qué quieres decir con eso...? —le preguntó sonriendo, nerviosa ante la idea de que corriera por ahí el chisme de que era la madre fiestera de la escuela.

Beatriz se percató de la tensión del momento y, a gran velocidad, corrió un tupido velo continuando la conversación con fluidez.

—Pues es mejor que se enteren de que ya están en la preadolescencia, queridas —señaló Beatriz.

Debido a su profesión, ella dominaba las personalidades de los niños en sus diferentes periodos de crecimiento y utilizaba esa información para dirigir sus cuentos al público correcto. Además, ese conocimiento de la mente humana, de los deseos humanos y de la magia, de cómo se entrelazaban en el día a día de la vida, era su aporte al grupo de amigas.

—Es una etapa que tienen entre los ocho y los doce. Es normal que los niños a esta edad empiecen a ser más rebeldes y busquen su independencia, por mucho que nos duela a nosotras... —remató.

—Por suerte, mi Camila es una santa y no he notado ningún cambio en ella —apostilló Anaís, no sin cierto deje de falsa modestia en la voz—. Estamos más unidas que nunca.

Apoyadas en la placa de mármol donde se leía el nombre de la institución, plantada frente a la fachada principal de la escuela, se quedaron un rato más hablando sobre los futuros años de sus hijos, aún pequeños. Desde ahí podían ver los coches del resto de los padres marcharse uno tras otro.

—Bueno, o nos vamos a una cafetería a tomar algo —sugirió entonces Julieta— o nos movemos. Me está matando estar de pie tanto rato.

—Si vinieras a mis clases de yoga, no te pasarían estas cosas...

Aunque de modo sutil, Anaís no pudo evitar llevar la vista de la cabeza a los pies de Julieta en un repaso que, sin decir nada, lo decía todo. Ella tenía una figura esbelta y atlética, y, en cambio, su amiga no era capaz de aguantar más de diez minutos de charla en la misma posición.

Beatriz intervino; como siempre, ella era el equilibrio entre la pasión de una y la rigidez de la otra.

—Me temo que no puedo —indicó empezando a andar hacia el coche—. Tengo una novela a medias y la editorial me presiona con la fecha de entrega... Ya saben.

—¡Miss escritora de éxito! Pero si todavía no has presentado el nuevo libro y ya estás con el siguiente... —dijo Anaís.

A Beatriz le habría gustado ser humilde en su respuesta; en realidad, sus ventas habían decrecido en el último año. Le preocupaba que sus lectores se hicieran mayores e ir perdiéndolos con el paso de los años o no saber seguir creando cuentos para los nuevos niños que podían llegar a leerla. Sin embargo, pese a la complicidad que compartía con Anaís y Julieta, no se atrevía a poner en común con ellas esa pequeña presión que sentía en el pecho cada vez que se sentaba frente a una hoja en blanco. La percibía como un fracaso.

—Ya, así van las cosas en el mundo editorial, ¿qué quieren que les diga? —añadió con una sonrisa impostada—. ¡No paro!

Antes de que ninguna llegara a alcanzar su coche ni lograran despedirse, un modesto vehículo de tres puertas, bastante anticuado, antaño blanco y ahora cubierto por pequeñas abolladuras, hizo aparición frente a la escuela y se estacionó cerca de ellas. De él salieron Gladys, que conducía el vehículo, seguida de Octavio, quien tras cerrar la puerta corrió a situarse junto a su mujer mientras se dirigían hacia la escuela. El matrimonio cruzó una mirada ante el silencio que había causado su aparición, como si con su sola presencia hubieran provocado una suerte de tensión en el ambiente.

Para sorpresa de Beatriz, Gladys levantó un brazo en dirección a las tres mujeres.

—¡Buenos días, Beatriz! —exclamó—. Buenos días a ustedes también... —dijo refiriéndose al resto sin detener su paso marcial.

Las tres amigas, atónitas, se quedaron en silencio hasta ver a la pareja desaparecer por la entrada principal de la escuela.

No pasó ni medio segundo antes de que Julieta y Anaís se abalanzaran sobre Beatriz para avasallarla a preguntas sobre la extraña pareja, que no había creado más que intrigas y comentarios desde su llegada a Pinomar.

—¿Qué hacen aquí? —preguntó Anaís inquieta—. ¿No son un poco mayores para venir a inscribir a un niño en la escuela?

Esa última pregunta se la soltó directamente a Beatriz.

—Lo cierto es que nosotros no hemos visto a nadie más en la casa, aparte de a ellos dos —señaló.

—¿Y cómo son? —inquirió Julieta intrigada.

—Porque habrás ido a presentarte... —dejó caer Anaís poniendo en duda las capacidades de buena vecina de su amiga.

—Fui después del cumpleaños de Renata y les llevé un pedazo de pastel. Fueron muy reservados y silenciosos.

—¿Y la casa?

—No pude verla —se defendió Beatriz ante lo que parecía un interrogatorio policial—. No me invitaron a pasar porque decían que la tenían patas arriba. Lo entendí y... —Beatriz dejó la frase a la mitad, aunque una mueca en su rostro dejó entrever que ocultaba algo.

—Bastante grosero por su parte no regresar unos días después y devolverte la cortesía, me parece a mí... —insistió Anaís.

—Calla, Anaís —dijo Julieta sin apartar la vista de Beatriz—, que hay algo más. ¿Qué pasa, Bea?

—No sé... —acabó por decir con un suspiro, inquieta—. Los veo raros, y ya no solo por no habernos invitado a pasar.

Están siempre juntos, callados. Es la primera vez que la oigo pronunciar mi nombre... Como si de repente quisiera hacer ver que somos amigas.

—En realidad, es una pareja que desentona en Pinomar. ¿Qué habrán venido a hacer aquí? —lanzó al aire Julieta.

—Y a la escuela, además... —añadió Anaís intrigada.

—Hay más —dejó caer en un hilo de voz Beatriz, ante lo que las amigas cerraron el corrillo, deseosas de saber más sobre un posible chisme—. Tal vez sea una teoría loca y muy conspiranoica, pero a veces, no me pregunten por qué, tengo la sensación de que nos espían... Cada vez que volteo a ver hacia su casa, siempre hay un par de ojos mirando en nuestra dirección...

Extrañadas, Anaís y Julieta asintieron en silencio, con el ceño fruncido.

—No sé, puede que haya sido casualidad... Nada más —añadió Beatriz tratando de quitarle importancia al asunto.

Atrapadas de improviso, el golpe de la puerta principal de la escuela al cerrarse las alertó y las tres deshicieron el corrillo para poder llevar la vista hacia allí. El matrimonio, del mismo modo sigiloso con el que había hecho aparición, abandonaba el edificio.

En un sutil gesto, vieron cómo Gladys mandaba a Octavio al coche mientras ella se acercaba a las tres mujeres con una sonrisa forzada en el rostro.

—Buenos días de nuevo —dijo quedándose quieta, frente a ellas, esperando una presentación por parte de su vecina.

—Sí... —Beatriz se aclaró la garganta—, ellas son mis amigas, Julieta y Anaís —ellas afirmaron con la cabeza educadamente—, y ellos son Gladys y Octavio, nuestros nuevos vecinos.

—Encantada —asintió la recién llegada—. Espero verlas más a partir de ahora, que seré la nueva bibliotecaria de la escuela. Seguro que nos encontramos más a menudo por aquí...

Con un gesto señaló la escuela y, acto seguido, se dirigió a Beatriz, como si sus amigas recién presentadas no estuvieran presentes.

—Estoy deseando poder hablar contigo para organizar alguna lectura de tus cuentos para los niños... Soy una gran fan de toda tu obra literaria.

Beatriz no pudo ocultar la sorpresa que le había causado dicha información. Por suerte, Gladys no fue testigo de la reacción, ya que en ese momento desvió la vista hacia el coche, donde Octavio esperaba sentado en el asiento del copiloto.

—Las dejo —dijo apurada—. Tenemos mucho trabajo que hacer todavía en la casa.

—Claro... —asintieron las tres casi a la vez mientras la veían alejarse camino a su coche.

—¡Hasta la próxima! —exclamó a la par que la sonrisa desaparecía de su rostro y se montaba de nuevo en su vehículo para, segundos después, abandonar la calle.

Allí dejó a las tres mujeres, completamente anonadadas tanto por el impacto que había causado su fugaz aparición como por la información que había compartido con ellas.

11

Pesadilla de ojos abiertos

La emoción desbordaba el rostro de Beatriz. Por más que pasaran los años y acumulara libro tras libro, el momento de «presentarlo en sociedad» no perdía ni una pizca de magia. Era una de las cosas que más le gustaban: sentarse frente a su público lector —que no pasaba de la edad de Renata— e iluminar sus caras con cada línea y dibujo que les mostraba, atrapados en un cuento que ella y solo ella había creado.

Aquella tarde era especial. Llevaba nerviosa toda la mañana anticipando el momento. El pueblo contaba con apenas tres librerías, y la directora de la más grande le había asegurado por teléfono que esperaban aforo completo. Beatriz, muy impaciente, llegó antes de la hora.

La función no había comenzado aún. De hecho, no llevaba ni cinco minutos sentada en el sillón, frente a la alfombrilla a la que los niños pasaban para sentarse mientras sus padres se situaban al fondo de la sala, llena de expectación y con

ganas de empezar la lectura, cuando la encargada de la libre-
ría se acercó a ella con el rostro serio y turbado. Le bastó
verla apenas un segundo para descubrir que la conversación
no iba a versar sobre la presentación de su libro. El rostro de
la joven estaba lívido.

«Son malas noticias», alcanzó a pensar Beatriz justo cuando la encargada se acuclilló a su lado y se acercó lo máximo
posible para susurrarle algo al oído. Tras unos inquietantes
segundos de espera, Beatriz palideció. La sonrisa que la había
acompañado en cada saludo que dedicaba a los niños se trans-
formó, de golpe y frente a toda su audiencia, en una mueca de
horror.

Se puso en pie de un salto, incapaz de decidir entre salir
corriendo con urgencia o caer desplomada sobre el sillón. No
conseguía pensar. Era imposible. Acababan de darle una pésima noticia. La peor de todas.

No supo con exactitud cómo logró encontrar su coche en el
estacionamiento, subirse a él y conducir hasta la reja de la
entrada principal de su casa. Aquel tramo estaba en blanco en
su cabeza. La lógica le habría indicado que se trataba de un
shock durante el cual había podido operar de manera funcio-
nal..., al menos hasta que alcanzó a ver las luces de los coches
de policía diseminadas por Old Shadows Road.

El lugar estaba cercado con cintas amarillas dispuestas
por el contingente policial al que veía entrar y salir de su casa,
además de rodear el jardín delantero. Al bajar del coche, Beatriz solo tuvo ojos para la ambulancia que, con las puertas

traseras abiertas, mostraba su interior vacío. No supo qué pensar. ¿Podía ser buena señal... o no?

Corriendo, levantó las cintas amarillas para abrirse paso y llegar hasta la reja. Dos oficiales intentaron detenerla.

—Disculpe, señora...

Beatriz, sin el más mínimo control, los apartó de un manotazo para alcanzar la puerta principal. Consiguió subir con urgencia los escalones de la entrada sin que nadie la detuviera. Una vez dentro, una expresión de terror se adueñó de su rostro al ver su sala llena de más agentes, peritos criminalistas y un par de personas enfundadas en overoles desechables.

Ninguno de ellos reparó en su presencia, enfrascados en sus labores. Como si sus pasos se movieran a cámara lenta, Beatriz cruzó la sala en dirección al despacho de Marco, desde donde vio salir al último agente. Al alcanzar la puerta se detuvo en seco, con la respiración agitada.

¿Y ahora? ¿Qué ocurría allí dentro?

Antes de mirar hacia el interior, antes tan siquiera de atreverse a entrar, se cubrió los ojos, como si quisiera contar hasta diez y cambiar el escenario al despertar.

Cuando retiró la mano el escenario seguía siendo el mismo. Y en él yacía el cuerpo inerte de Marco en el suelo, con la cara ensangrentada.

Intentó gritar, pero su cuerpo se había vaciado de sonidos. Un monocorde zumbido metálico se apoderó de sus oídos. Las venas se le helaron dentro del cuerpo al tiempo que un violento calor le hizo explotar la boca del estómago. Marco, ahí, desmadejado. La sangre salpicando muros, libros y escritorio. La herida abierta en el cráneo, el agujero como una ventana hacia su masa encefálica. El brazo derecho de Marco estirado sobre la alfombra empapada. El revólver que guardaba bajo llave en su cajón aún sujeto en la mano. Una pesadilla de ojos abiertos.

«Despierta, Beatriz. Todo esto no es real. ¡Despierta!».

Beatriz salió del despacho con un aullido. Un tumulto de agentes acudió a su encuentro, desconcertados, sin entender qué hacía esa mujer allí y cómo había conseguido llegar hasta la escena del crimen. Luego, todo pasó muy rápido. Beatriz, sentada en el sofá de su propia sala, atendida por un par de policías. El temblor de sus manos. La falta de aire en los pulmones. Sus intentos por concentrarse en las preguntas que le hacían. Los peritos que continuaban con las diligencias necesarias en torno al cuerpo de su marido. El cadáver de Marco dentro de una vulgar bolsa negra, abandonado sobre una camilla. Los chismosos que ya debían de comenzar a amontonarse al otro lado de las ventanas. Las imágenes a modo de *flashes* que le pasaban por la cabeza: el día de su boda con Marco. La sonrisa de Marco. Los ojos de Marco. La espalda de Marco sobre ella, encabritada a la hora de hacer el amor. La actitud huraña y distante de Marco en los últimos días. Pero nada de eso existía ahora. Un gran charco de sangre lo había reemplazado todo.

—Todo parece indicar —dijo uno de los agentes llamando su atención— que su marido se suicidó.

Beatriz apenas levantó la mirada hacia el policía que acababa de dirigirse a ella. Tenía la visión borrosa y no acertaba a enfocarlo. Intentó decir algo, pero tampoco lo consiguió. Luego, desapareció la sala, su casa, la calle invadida de policías, el barrio perfecto y siempre pulcro, Pinomar entero, y Beatriz terminó de naufragar en el océano de su tragedia.

Era de noche cuando el contingente operativo y la mayoría de los agentes abandonaron la residencia. Un poco más repuesta, Beatriz fue capaz de regresar a la sala. En el sofá la esperaban un par de oficiales con intención de interrogarla. No era capaz de discernir si se trataba del mismo día o si habían transcurrido semanas desde el instante en que vio cómo una camilla portaba el cadáver de Marco. ¿Dónde estaba su hija? ¿Adónde habían llevado el cuerpo de su marido?

Con el pelo aún mojado tras bañarse, cubierta apenas por una bata y con el rostro demacrado, Beatriz pidió disculpas por su estado. Se dejó caer en el sillón y trató de responder a las preguntas que el par de policías tenía anotadas en una libreta. Apenas logró añadir ningún dato que arrojara luz sobre el caso. La única certeza que la acompañaba era que su esposo ya no estaba con ella. Se había marchado para siempre.

Al parecer, no existía pista alguna ni antecedente que guiara a nadie hasta el porqué de la decisión de Marco. No existía justificación: simplemente, había decidido meterse el cañón de la pistola en la boca y apretar el gatillo. Tan brutal pero tan sencillo.

—Si recuerda algún dato que pueda ser de relevancia —le indicó con sutileza el agente mientras posaba su tarjeta de presentación sobre la mesa—, ya sabe dónde encontrarnos.

Beatriz no se movió de su asiento. Ni siquiera supo cuándo los hombres abandonaron su casa. Allí se quedó, la mirada perdida, fija en un punto impreciso y lejano. Había luz de sol en la ventana cuando vio a Julieta. Tras ella estaba Renata, con los labios apretados y el mentón tembloroso. Había estado llorando, era evidente. Fue la inesperada presencia de su hija lo que hizo que se levantara del sofá y se abalanzara sobre ella para abrazarla con urgencia. No se sentía capaz de tener una conversación con ella. ¿Cómo iba a explicarle lo que había ocurrido? ¿Cómo iba a contestar todas las preguntas que, seguro, Renata tenía atoradas en la garganta? ¿Cómo reconfortar a una niña tan madura para su edad siendo una madre tan vacía de respuesta?

—Todo va a estar bien, mi amor...

De nuevo, no sabía si era ella la que emitía esas palabras o si era Julieta quien las pronunciaba. Su cerebro no procesaba la información de manera correcta. Era incapaz de darle un orden a las cosas y tanto el pasado como el presente transcurrían simultáneos frente a ella. No podía distinguir entre los diferentes sonidos de las voces que la acompañaban, y todos se oían del mismo modo, deformes y deshilachados, en el interior de su cabeza. «Tal vez yo también esté muerta —pensó—. A lo mejor esto es perder la vida».

Sintió la mano de su amiga tomarla por un brazo y, como una autómata, se dejó llevar hasta la cocina. Una vez allí, Julieta le señaló el refrigerador.

—Te dejamos unos cuantos platos preparados para que Renata y tú no tengan que preocuparse por nada. Cada una cocinó algo... —trató de indicar con una sonrisa amable.

Cuando intentó darle las gracias por aquella ayuda, había vuelto a hacerse de noche y Julieta ya no estaba por ninguna parte. Renata dormía a su lado y se movía agitada, sin duda amenazada por sus pesadillas de niña. Beatriz intentó arrastrarse a duras penas fuera de la cama, pero no lo consiguió. Pensó en sus amigas, que habrían continuado con sus vidas como si nada, ajenas a su dolor. ¿Estarían felices de que la desgracia le hubiera tocado a otra, a ella misma? Podía imaginarse los chismes correr de boca en boca en la puerta de la escuela, en la academia de yoga de Anaís, en cada sala, habitación, coche o plaza de Pinomar. «¿Por qué el marido ideal de la familia más ideal de un pueblo ideal había acometido semejante atrocidad...?».

«¿Por qué?».

Y ahí residía la duda que no la dejaba respirar: ¿era esa la vida real? ¿Era aquello lo que opinaban los demás? ¿Su relación con Marco había sido perfecta o tan solo una fachada de apariencias?

¿Habían sido, en realidad, la pareja ideal?

Y la respuesta a esa pregunta volvió a hundirla en el fondo del océano.

SEGUNDA PARTE

12

Una pareja ideal

Viuda.

La palabra no escapaba al pensamiento de Beatriz mientras hundía el pie bajo el agua, sentada a la orilla de la alberca apenas iluminada por las luces submarinas. El jardín estaba a oscuras. Una densidad que la abrazaba y que Beatriz sentía como su compañera. Renata dormía en su cuarto mientras ella, incapaz de pegar ojo, acudía una vez más al agua para calmar los nervios.

«Qué irónico —pensó—. El agua, siempre el agua. Debería huir de ella, pero siempre termino aquí. Ni yo misma lo entiendo».

No sentía nervios; en realidad, no sentía nada..., porque nada a su alrededor le parecía real ni tenía sentido.

Viuda.

Estaba preparándose. «Ese será mi nombre a partir de ahora», decidió. Así se referirán a ella cuando vuelva a salir al mundo exterior y recorra las calles de Pinomar. El pueblo entero sería testigo de cómo aquella mujer, que hasta unos días atrás paseaba feliz por el centro con su flamante marido abogado y su pizpireta hija, era ahora la protagonista de una desgracia.

Víctima también sería otra palabra que la acompañaría el resto de sus días; una pobre y desconsolada víctima. Y aquello era lo de menos. No iba a ser capaz de soportar los cuchicheos a su paso cuando fuera a dar un paseo por la urbanización, o cuando llevara a Renata a la escuela, o cuando hiciera fila en el supermercado, o cuando intentara distraerse con sus amigas en una cafetería. No habían empezado aún y Beatriz ya se preguntaba cuándo cesarían las miradas sobre ella.

«La viuda víctima de la desgracia que destrozó a su familia perfecta».

En silencio, con los pies inertes bajo el agua, comenzó a llorar presa del miedo y la desesperanza. No lograba entender ni la repentina desaparición de Marco, que aún no era capaz de procesar, ni sus razones para quitarse la vida y dejarla sola.

Una voz a su espalda, la de su marido, la sobresaltó.

—¿Cómo la quieres?

Había sido allí mismo, en el preciso lugar en el que estaba sentada, donde años atrás Marco se había acercado a ella, la había abrazado con fuerza y la había mirado lleno de amor.

—¿De qué hablas? —respondió ella con una sonrisa, dándoles la bienvenida a los brazos que la rodeaban.

—Que cómo quieres la alberca que te voy a construir.

—¿Estás hablando en serio? —Beatriz abrió aún más los ojos ante semejante sorpresa.

—Pues claro —respondió él besándola al tiempo que estiraba el brazo para señalar con el dedo su posible localización—. Podría tener hasta un tobogán para nuestros futuros hijos.

—Uy, no —refunfuñó ella incapaz de ocultar su satisfacción—. Mejor nada de toboganes, que pueden ser peligrosos.

Marco la hizo darse la vuelta entre sus brazos y acercó la nariz, coqueto, al rostro de su esposa.

—¿Y qué te parecería un *jacuzzi* apartado solo para nosotros dos? —sugirió seductor, notablemente excitado—. ¿O eso también te parece peligroso?

—Podemos discutirlo —asintió Beatriz echando la cabeza hacia atrás, entrando en el juego y buscando su mirada—. Depende de lo que tengas en mente.

Él levantó un brazo hasta hacerse con su cabeza y la besó con una pasión que Beatriz sabía que jamás compartiría con nadie más.

—Prepárate para el peligro, pues... —rio él entre suspiros, besándola en medio del jardín.

Porque así había sido la relación desde el inicio, pensó Beatriz. Ideal. Su noviazgo y matrimonio con Marco habían resultado perfectos en casi todos los aspectos; tanto que ni siquiera había parecido real.

Desde el primer encuentro, más de una docena de años atrás, Beatriz sintió que todo con Marco era fácil. La presentación en una cena informal entre amigos para celebrar, justo, el cumpleaños número treinta de él. Las miradas que Marco le lanzaba desde el otro lado de la mesa entre sorbo y sorbo de su copa de vino. Las caminatas de vuelta a su departamento compartido cuando él la acompañaba todas y cada una de las veces tras sus citas. Beatriz, como en una nube, sintiéndose la protagonista de una comedia romántica hollywoodiense.

Compartían cada paso, cada botella de champán que celebraba los primeros éxitos de Beatriz como autora, los ascensos de él... La seriedad con la que Marco salía de su oficina de trabajo se transformaba en una sonrisa cuando la veía en la acera esperándolo para ir a tomar algo. La manera en la que Beatriz se hacía con los lentes de Marco, que llegaban sucios al final del día, para limpiarle los cristales con el borde de su propia blusa, coqueteando con el gesto y sugiriendo siempre algo más. La química entre ellos siempre había sido innegable. Marco no escatimaba en muestras de afecto y su noviazgo recorría el mismo camino que el de los sueños de ambos.

Aquel camino los condujo un día a Pinomar, donde habían encontrado el hogar perfecto para comenzar juntos una vida perfecta. Las avenidas anchas, copadas de palmeras y colores, se veían llenas de vida a la par que plácidas. Los inmaculados parques y plazas con fuentes mostraban a familias de ensueño a las que los problemas del mundo exterior no parecían alcanzar. El lago que dibujaba el epicentro sobre el que se desplegaba la ciudad reflejaba los árboles, el cielo azul y las pequeñas nubes como una obra de arte que transmitía paz cuando se observaba seguido.

En una de aquellas primorosas calles encontraron su refugio, la casa idónea cuya reserva formalizó Marco en cuanto vio el rostro de felicidad de una enamorada Beatriz al contemplar las estancias. El hogar ideal a diez minutos de la que pronto se convertiría en la cafetería favorita de Renata para merendar, justo en la esquina del cine Celuloide y la famosa heladería que alojaba su vestíbulo, donde Beatriz y Marco habían hecho durante años fila cada sábado por la noche antes de ver la película de estreno.

La vida en Pinomar la había hecho sentirse privilegiada, como si se tratara de una experiencia única donde las cámaras no decían nunca aquello de «¡corten!». Beatriz pensaba que aquel nivel de felicidad tenía que ser irreal de tan perfecto que resultaba... Hasta entonces.

Fríos y arrugados, sacó los pies de dentro de la alberca y se los frotó con las manos. Trató de ponerse de pie, pero vio que se tambaleaba en el intento y decidió seguir un rato más sentada, rodeada ahora de un frío inusual. La estampa del jardín, al levantar la vista, le resultó de lo más inhóspita. Su hogar, antes perfecto, le resultaba ahora ajeno. Sentía que bajo la superficie los cimientos del suelo habían comenzado a resquebrajarse, llenos de grietas y agujeros, y que en cualquier momento sucumbiría ante un voraz derrumbe que se tragaría su casa, la calle entera y parte del pueblo.

Echando la vista atrás, no podía evitar dudar: ¿había sido aquella vida real, en realidad? ¿O se había tratado tan solo de una maraña de apariencias, llena de secretos; una película que Marco había querido proyectar tan solo para los ojos de Beatriz?

El silencio del jardín se vio interrumpido de pronto por el lejano sonido de un trueno. «Lo que me faltaba. Una tormenta», pensó Beatriz. Y, por más que lo intentó, no pudo evitar recordar aquella noche, esa otra noche de tormenta, truenos y relámpagos, donde un vestido rojo salpicado de pequeñas flores amarillas flameaba impulsado por el viento y se adhería a las piernas de la muchacha a causa de la densa lluvia. ¿Acaso nunca iba a olvidarla? ¿Iba a seguir mucho tiempo más torturándola desde ese lejano pasado?

—¡Viuda! ¡Soy viuda! —exclamó en voz alta, en un intento desesperado por alejar aquel fantasma de su memoria.

Y por toda respuesta obtuvo un feroz estruendo en lo alto del cielo negro.

13

Terror nocturno

La noche llevaba entrada unas horas y no hacía mucho que Beatriz se había ido a la cama, después de haber acostado a Renata y haber comprobado que todo estaba listo sobre la silla de su cuarto. Había dudado si acercarse o no al centro comercial para comprar algún atuendo adecuado para la niña, pero la idea de buscar entre ganchos de prendas llamativas hasta tener que preguntarle al personal de la tienda si tenían algo de la talla 10 en negro hizo que se echara para atrás. No podía comprarle el primer vestido de luto a Renata. No estaba preparada. No se lo merecía.

Dormitaba a medias gracias a una pequeña pastilla que Julieta le había pasado a escondidas de la mirada reprobadora de Anaís, que jamás habría consentido el gesto, cuando un grito la despertó en medio de la noche.

—¡Renata! —exclamó aterrada.

Se levantó de un salto y fue corriendo a la habitación de su hija. No estaba allí. De inmediato la boca se le llenó de un gusto amargo: el sabor del miedo. Bajó la escalera a gran velocidad, entre tropezones. ¿Dónde estaba? ¡¿Por qué no la veía?! Recorrió la casa abriendo y cerrando puertas. Un violento trueno hizo temblar los cristales en las ventanas. La tormenta, tanto fuera como dentro, había estallado.

—¡Renata!

A la náusea incontenible se sumó el dolor de cabeza, una puñalada en el cráneo que la obligó a entrecerrar los ojos y a respirar cada vez más rápido para poder mantenerse en pie. Un pinchazo en el estómago le dio la pista de hacia dónde tenía que dirigirse. Al salir al jardín, vio a Renata manotear en el agua, en medio de la alberca, incapaz de salir a flote. ¡Su hija se estaba ahogando!

Sin tiempo de pensar cómo y por qué había acabado ahí o qué demonios estaba pasando, Beatriz saltó con la ropa de cama puesta e intentó nadar hacia ella con desesperación.

Pero no pudo. Apenas entró en contacto con el agua, una mano salió debajo de sus piernas y la tomó por la muñeca, la agarró con fuerza del brazo y la jaló hacia abajo. Beatriz se hundió, histérica, mientras veía entre borbotones de burbujas y las escasas bocanadas de aire que conseguía alcanzar que su hija seguía manoteando en el agua.

Otro trueno. Y un relámpago.

Esa noche se parecía tanto a aquella otra noche...

Todo comenzaba de nuevo.

Pataleó con todas sus fuerzas, con la intención de deshacerse de la figura que la arrastraba al fondo y acercarse a Renata. Entonces, entre la espuma y el caos, le pareció reconocer el estampado de un vestido floreado bajo el agua. ¿Provenía de debajo de ella... o lo llevaba Renata puesto? En ese instante, la mano aprovechó su pausa para sumergirla hasta el fondo y estrellar su rostro contra las baldosas blancas.

Beatriz se incorporó en su cama, entre sudores, y despertó de un nuevo terror nocturno que ya comenzaba a repetirse con demasiada asiduidad. A su lado, arropada entre las sábanas, se encontraba su hija abrazada a un pequeño peluche.

A Beatriz le llevó un buen rato recuperar el aliento sin despertar a la niña. Al fin, se acostó de nuevo a su lado, la abrazó y besó con tacto, respirando tranquila de que estuviera a salvo, y comprobó en el celular que pronto amanecería y que quizá ya no le compensaba tratar de volver a dormir.

El día había llegado: era el funeral de Marco.

14

Descansa en paz

El sonido del timbre tomó a Beatriz de improviso. No, no podía ser la hora todavía. Sin embargo, al comprobar el reloj vio que, en efecto, había llegado el momento, y Julieta apareció al otro lado de la puerta, ataviada con un ancho vestido negro muy sobrio, lista y dispuesta para recogerlas. Beatriz no se veía con fuerzas de conducir hasta la iglesia y su amiga, que había sido un hombro más que fiable sobre el que apoyarse desde lo de Marco, se había ofrecido a llevarlas.

A pesar de tener personalidades diametralmente opuestas, se había convertido en un apoyo fundamental y la llamaba varias veces al día. Desde llevarles comida hasta encargarse de Renata mientras ella atendía cuestiones legales, Julieta se encontraba allí para ella en los días más duros de la vida de Beatriz.

—¿Estás lista? —le preguntó tras cerrar la puerta a sus espaldas—. Qué tonterías digo, cómo vas a estar lista para algo así... Nadie lo está.

Beatriz farfulló algo ininteligible y subió la escalera en busca de su hija, quien llevaba horas encerrada en su cuarto. Desde el día de la tragedia prácticamente no había vuelto a hablar. Se pasaba el día en silencio, vagando sin rumbo entre las diversas habitaciones de la casa, como si en algunas de esas estancias se encontraran las respuestas extraviadas a sus preguntas. Beatriz extrañaba su voz, su risa contagiosa, sus comentarios de niña precoz. Marco no solo había acabado con su vida: había aniquilado a todos los que vivían con él.

—¿Vamos, mi amor? —le indicó a la niña jalándola del brazo para tomarla bien fuerte de la mano y abandonar la casa juntas.

Así fue como entraron en la parte trasera del coche familiar de Julieta y Leonardo, quien ya había acordado con su mujer ir a la iglesia directamente desde el trabajo.

—¿Te importa que vaya con ella atrás? —indicó Beatriz señalando a su hija—. No quiero que parezcas un servicio de taxi...

—No seas tonta, faltaría más... —le respondió su amiga con una breve caricia en el hombro y poniéndose al volante.

De hecho, ese simple gesto ya resultaba toda una declaración de intenciones: Julieta era acción, intensidad, pasión; la que sostenía el volante y conducía hacia adelante —si no sola, arrastrando a los demás—; por el contrario, Beatriz era pura reflexión y melancolía. Siempre había contado con un espíritu muy en las nubes, tal vez en parte por la naturaleza de su trabajo, pensaba Julieta. Sin embargo, la muerte de Marco, y además de una manera tan inesperada y brutal, sin duda iba a sumir a su amiga en un estado de tristeza y pesadumbre mayor de lo imaginable.

Conduciendo por las apacibles y casi desangeladas carreteras de Pinomar, Julieta no pudo evitar llevar con asiduidad la mirada al espejo retrovisor y contemplar cómo Beatriz abrazaba sin descanso a Renata. La madre apoyaba la cabeza en la de la pequeña mientras dejaba que la vista se le perdiera por la ventanilla en el paisaje. Julieta estaba convencida de que Beatriz no tenía otra cosa en la mente que Marco. Su marido en piloto automático, las veinticuatro horas del día, incapaz de escapar a una imagen que ni ella misma podía rescatar. Sabía que, en cada gesto, su cuerpo se dirigía o refería a Marco, desde dónde estaban sus cosas, esparcidas por la casa tal cual las había dejado, hasta abrir el refrigerador y consultar el menú del día en voz alta esperando una respuesta que no llegaba. Así habían sido los últimos días y así serían para Beatriz de ese momento en adelante.

Por supuesto, el silencio de Beatriz en el trayecto hacia la misa no podía escapar al pensamiento: «Nunca más podré volver a darme la posibilidad de amar». Se había acabado, la estaba enterrando. Su capacidad de querer, más allá del amor que sentía por su hija, se había roto en el instante en el que Marco había apretado el gatillo. Las personas como ella no merecían segundas oportunidades. La vida había sido demasiado generosa con ella. Había estirado la cuerda muchos años, hasta que esta había terminado rompiéndose por la parte más débil. Se había roto por Marco, claro: el más débil de los dos.

—Ya casi estamos... —indicó la conductora abriéndose paso entre las decenas de coches que habían acudido al servicio y que atascaban la vía principal de acceso a la iglesia.

Por su parte, Julieta sentía que llevaba dentro una bomba de relojería. Hacía semanas que Leonardo y ella pasaban una de las mayores crisis de su matrimonio. Entre fiestas infantiles, encuentros de variada índole, novedades y cuchicheos, no se había visto con fuerzas de compartirlo con sus amigas. En especial con Anaís. La sola idea de ventilar las costuras de un matrimonio fracasado frente a la supuesta mujer perfecta le producía una rabia infinita y un bochorno por el que no quería pasar. Contaba con que Beatriz fuera su apoyo, y había estado a punto de confesárselo semanas atrás, buscando en ella una compañera que entendiera sus anhelos y ganas de sentirse joven de nuevo, de llenarse de energía y diversión en vez de obligaciones y malas caras... Pero ya era tarde. Ahora resultaba demasiado egoísta sacarle el tema y hablar de un marido ausente, absorto en su trabajo, a una mujer que acababa de perder al suyo para siempre.

Al descender Renata y Beatriz del coche, el corrillo agrupado frente a la iglesia se abrió y creó un pasillo para dejarlas avanzar. Sin soltar la mano de su hija, Beatriz se vio en la diatriba de bajar la mirada y huir de los comentarios y saludos que le llegaban y la obligación, por educación, de alzar la vista y agradecer con una mirada la presencia de toda aquella gente. Gente, al fin y al cabo, que había ido a despedirse de Marco.

Porque de eso debía tratarse aquel momento; no de una viuda y su hija mostrando tristeza; no de un orfeón de rumores y decenas de espectadores en busca de respuestas a lo que había sido el escándalo de la semana. Aquella era la despedida y celebración de la vida de Marco Antonio, quien, con tan solo cuarenta y dos años, se había rendido.

—Levanta la cabeza, mamá —oyó decir a Renata a su lado.

Una vez más, la hija le indicaba el camino a la madre.

Beatriz habría imaginado un silencio sepulcral apenas roto por el sonido de un órgano o un elegante cuarteto de cuerda mientras las dos recorrían el pasillo central de la capilla que las llevaba hacia las primeras filas. Sin embargo, la música era acaso sonido ambiental y las conversaciones y susurros iban elevando el volumen a cada paso que daban, haciéndose presentes y retumbando contra las paredes como un molesto zumbido que pronto se volvió ensordecedor.

¿Es cierto que Marco se pegó un tiro?

Me rompe el corazón verlas así.

¿Fue un suicidio?

Tenemos que estar más cerca de ella ahora.

¿Y qué dice la policía?

La verdad, el comportamiento de él fue muy extraño en el cumpleaños de su hija...

Beatriz sacudió la cabeza en un intento por borrar el mundo que la rodeaba. Esa vez las cosas iban a ser distintas. Tenían que ser distintas. «Somos gente de bien, gente buena

—se dijo—. Y la gente buena siempre es la que triunfa al final de la historia».

Anaís, unos metros más atrás, aceleró el paso y se acercó a las dos con la intención de tomar a su amiga del brazo y obligarla a avanzar lo más rápido posible el tramo que les quedaba hasta alcanzar el féretro de Marco. Beatriz, sin embargo, la apartó con sutileza y continuó de la mano de Renata. Ahora solo quedaban ellas dos.

—Entiéndela —susurró Julieta a Anaís, unos pasos atrás, cuando esta se sintió rechazada y retrocedió—. Están muy afectadas.

—No soporto los chismes en un momento como este... —espetó indignada Anaís, mirando altiva a su alrededor a la gente que ya había tomado asiento, esperando a llegar a las bancas delanteras de la iglesia.

Julieta decidió morderse la lengua, ya que lo primero que pensó fue que la propia Anaís había sido autora de comentarios similares en los días anteriores. Sin embargo, no era el lugar y tampoco iba a conseguir nada enzarzándose con ella en una batalla dialéctica en un momento como aquel. Seguida de Leonardo y de Gastón, las dos parejas tomaron asiento en una de las bancas que se encontraban detrás de los reservados para los familiares del difunto. Julieta sospechaba que Anaís estaba disfrutando en secreto de que la vieran tan cerca de la familia en una circunstancia tan íntima como aquella...

Por su parte, Renata y Beatriz se sentaron solas en la primera banca situada frente al ataúd de Marco, lo más cerca posible. La madre notó que la niña, impresionada, bajó la cabeza, y la rodeó con el brazo. Beatriz se miró la punta de los zapatos. No tenía intención de enfrentarse al enorme crucifijo que, desde la altura, seguro que juzgaba cada uno de sus movimientos. No tenía espíritu para encarar una nueva sentencia.

Oyó un suave tosido a su izquierda. Al voltear se encontró con la punzante mirada de Gladys. La mujer ni siquiera pestañeaba. Sus pupilas se adhirieron a la piel de Beatriz como dos ventosas hambrientas. Un poco más atrás, Octavio permanecía inmóvil, pegado a su mujer, los ojos orientados hacia el ataúd. Sonreía.

Beatriz sintió que un incendio le nacía en la boca del estómago. Se separó de Renata, dispuesta a acercarse a sus vecinos y encararlos a viva voz. ¿Cómo se atrevía a reír en pleno funeral? ¿A eso había ido? ¿A provocarla con su gesto irónico? ¿A hacerle saber que estaban felices de su nueva viudez? ¿Qué razones podían tener para hacer una barbaridad así? Beatriz iba a ponerse de pie para interrogarlos, pero al otro lado del pasillo los familiares de su marido ocuparon las primeras filas y le hicieron un discreto gesto al sacerdote. Entonces se hizo el silencio y la música, ahora sí, comenzó a sonar tal y como Beatriz había imaginado. «Recuerda a tu hijo Marco, a quien llamaste de este mundo a tu presencia...». No tuvo más remedio que abandonar su impulso de confrontación y asumir que su imaginación había vuelto a jugarle una mala pasada. «... concédele que, así como ha compartido ya la muerte de Jesucristo, comparta también con él la gloria de la resurrección».

Y se entregó al dolor como una verdadera esposa en duelo.

15

Conversaciones peligrosas

Unos días después del funeral de Marco, durante los cuales Beatriz fue más una sombra de sí misma que otra cosa, los padres e hijos de la escuela de Renata decidieron que sería un noble gesto para con la familia celebrar algún tipo de acto. Por eso no tuvo más remedio que acudir al gran salón de actos de la escuela a una ceremonia que se había preparado para después de las clases y que dedicaron en exclusiva a la memoria de Marco.

Sintió pánico ante la idea de tener que repetir un día como el del funeral, en el que fue incapaz de contenerse y del que, casi por suerte, apenas guardaba recuerdos a modo de *flashes* que iban y venían. Su vida seguía igual de confusa que aquel momento en el que entró en su casa y vio el cadáver de Marco con el arma en la mano.

Cabizbaja y arropada por sus compañeros de clase, Renata tenía la mano entrelazada con las de sus mejores amigas, entre ellas Camila, la hija de Anaís y Gastón. A Beatriz le pareció un gesto bonito y prefirió ubicarse unos asientos más atrás para darle algo de privacidad a su hija y gozar de una mejor vista panorámica. Era la primera vez que los pequeños se enfrentaban a la muerte a tan corta edad y le gustaba ver cómo sus amigos la apoyaban en sus horas más bajas. Quizá algún día sabría explicarle a Renata por qué su padre había decidido abandonarlas de aquella manera tan drástica y abrupta, pero por el momento Beatriz no tenía respuesta alguna, tan solo tristeza y dudas.

Salvo que la muerte de Marco no se debiera a un suicidio. Una posibilidad que solo existía en su mente y en la de nadie más.

«Sospecho de todo el mundo hasta el último minuto». La cita correspondía a un diálogo de la novela *Asesinato en el Orient Express*, de Agatha Christie. Había leído el libro hacía poco y tenía fresca en la memoria aquella frase, que en ese momento le pareció más pertinente que nunca.

Entre los asistentes, junto a ella, se sentaron Julieta y Leonardo, así como Gastón y Anaís, afectados como el primer día por la inesperada partida de su amigo. Fueron ellos quienes la animaron a que se levantara y subiera al escenario cuando fue su turno en el homenaje, para leer unas palabras.

—Gracias a todos por este gesto —comenzó con la voz temblorosa y algo emocionada—. Estoy convencida de que Marco habría rehusado ser el centro de atención de un acto así..., pero sé que estará feliz de ver tanto amor allá donde esté.

Incapaz de aguantar el llanto, se quebró ante los asistentes. La directora de la escuela se acercó a ella y la invitó a regresar a su asiento mientras ella se hacía con la palabra. Cuando bajaba del escenario, Beatriz pudo ver entre las filas de padres y profesores a Gladys, de nuevo presente junto a su marido convertido en su sombra.

Algo dentro de ella se removió. Ni Julieta ni Anaís pudieron evitar llevar la vista hacia donde la había clavado su amiga con una suspicacia inusual en ella, y descubrieron la presencia de los extraños vecinos.

—¿Ella otra vez? —susurró demasiado alto Anaís—. El otro día en la iglesia, hoy aquí...

—Recuerda que ahora es bibliotecaria de la escuela... —le respondió Julieta con disimulo—. Tiene sentido.

—Ya... pero ¿aun así no te parece extraño?

La conversación entre las amigas se quedó suspendida en el aire por el regreso de Beatriz a su lado. Aun así, consiguieron retomarla cuando observaron con una mirada de lo más atenta cómo la pareja abandonaba la escuela al final del acto sin dirigirse siquiera a la viuda.

—Okey... eso sí que es extraño —le indicó Julieta a Anaís sutilmente mientras Beatriz recibía el pésame de los otros padres y de profesores de Renata.

—¿Ves? Te lo dije. Ni siquiera se acercaron a Beatriz o a la niña...

—Y, por lo que me contó Bea —añadió Julieta con una cercanía e intimidad que crisparon el rostro de Anaís—, tampoco han tenido el gesto de ir a su casa a ofrecerle apoyo, ya sea con algún platillo preparado o para quedarse con Renata... Y no pueden decir que no lo saben...

—No, obvio —indicó Anaís con indignación—. ¿Qué sentido tiene hacer el papel y luego no ayudar? Me saca de quicio.

Aunque no se hubiera atrevido todavía a compartir sus sospechas con Julieta, Beatriz también participaba de esa extraña sensación. Como si algo dentro de ella se removiera y se le clavara en las entrañas ante la presencia de Gladys. No podía evitar pensar que la llegada a Pinomar de la insólita pareja había coincidido con los primeros indicios del comportamiento errático de Marco. Desde su aparición, su vida y la de Marco no habían sido las mismas, hasta el punto de que su marido había decidido acabar con la suya propia. ¿Y si no se trataba de una casualidad?

«Las conversaciones siempre son peligrosas si se quiere ocultar alguna cosa». La frase también era de Agatha Christie. Y, una vez más, la literatura daba en el clavo.

Esa noche, y después de acostar a sus respectivos hijos, Beatriz, Julieta y Anaís hicieron una videollamada para compartir penas y comprobar cómo había pasado el día su amiga. Ahora estaba sola, completamente sola, y ambas habían coincidido en que tras una semana tan intensa, «volver a la normalidad» —es decir, llamarse y comentar sus chismes y sus penas como siempre— iba a ayudarla.

—Por favor —indicó Beatriz acostada en el sofá, con el celular extendido con un brazo y la mano sobre la frente—, no me pregunten cómo estoy. ¡Es lo único que me dice todo el mundo y ya no sé qué responder! —suspiró agotada—. En realidad, no sé cómo carajo estoy. No sé qué pensar. Me ahogo en las preguntas que todo el mundo se hace, pero que no se atreve a formularme a la cara. Ojalá tuviera una respuesta...

Anaís y Julieta tomaron aire sin saber qué decir para reconfortarla.

—Así que paremos ya de hablar de Marco o de mí, aunque sea durante un rato. ¿Les parece? —les dijo con un falso tono animado, buscando el apoyo en sus rostros para que las caras largas desaparecieran al otro lado de la pantalla—. Cuéntenmede ustedes. ¿Qué tal Gastón, Anaís? ¿Y la niña? ¿Cómo está Camila? ¿Y tú, Julieta? Necesito airearme y no pensar en él constantemente o me volveré loca.

—Camila está insoportable —se apresuró a responder Anaís sin reparos, comenzando la narración de cómo aquel comportamiento había llegado a crearle problemas con su marido. Por lo visto, Gastón y ella no se entendían en casa. De cara a los demás todo iba sobre ruedas, pero de puertas adentro no compartían la manera de educar a su hija—. Él siempre tan encantador, llamando la atención con su humor donde vaya, conversando con todos... ¡Me saca de quicio!

—Pero ¿por qué? ¿Qué tiene que ver eso con Camila? —preguntó Beatriz.

—Bueno, porque él es tan *easy-going* que a mí me toca siempre hacer el papel de mala, ser la exigente. El papá divertido y la mamá bruja. Y no puedo, lo siento. No quiero que mi hija sea un árbol que crezca torcido y ahora... pues ahora temo que ya sea demasiado tarde para enmendarlo.

Anaís pensó que se había sincerado demasiado al compartir un asunto tan privado, una fractura en su vida de revista, y no quería que sus amigas pensaran que algo no iba bien. Pero era demasiado tarde. Beatriz, por su parte, se sorprendió muchísimo: nunca había oído algo así de la boca de su amiga.

—Pero, bueno, me quejo de tonterías; en realidad es una estupidez... —añadió queriendo señalar a Beatriz, pero sin llevar de nuevo a la palestra el nombre de Marco.

En ese momento, Anaís oyó rebufar a Julieta. Esta última llevaba gran parte de la conversación callada, sujeta a su copa de vino tinto sin mirar siquiera la pantalla del iPad desde el que se había conectado.

—Julieta, si crees que mis problemas son superficiales, me lo dices y punto...

—No es eso —se apuró ella a responder—, es que llevo un rato con el celular tratando de localizar a Leonardo y no hay manera.

—¿No está en casa? —preguntó extrañada Beatriz al ver la hora. Pasaban de las once y media de la noche.

—No, y habíamos quedado para salir a cenar. ¡Otra vez se olvidó de nuestra cita!

Siendo consciente de que una cena entre semana era algo que podía sonar a mero capricho para sus amigas, Julieta corrió a tapar la decepción que sentía ante el plantón de tener que quedarse en casa y abrir una botella de vino ella sola, y lo enmascaró con el trabajo de su marido.

—Bueno, tiene mucha presión en el periódico por el reportaje en el que está trabajando. Desde arriba lo están presionando porque no les hace gracia que remueva ciertas cosas, y siempre llega tarde, cansado, irritado...

—Ya —asintió Beatriz—. Es como nadar a contracorriente.

—Exacto —suspiró Julieta, incapaz de compartir sus verdaderos sentimientos.

Si hubiera sido sincera, les habría dicho que en realidad echaba de menos a su marido, al de hacía quince años, pero no al de los últimos meses. Siempre había adorado su *look* intelectual y despeinado, ese con el que Leonardo salía de casa, desaliñado pero a la vez fresco y juvenil. Julieta sabía que las mujeres lo consideraban guapo y, además, con los años no había hecho más que mejorar. A diferencia de ella, que cada día odiaba más ver el tiempo pasar en el espejo, a Leonardo las canas le sentaban de maravilla y a Julieta le gustaba que otras mujeres miraran a su marido cuando entraba con él del brazo a los lugares, cuando iban a un bar y él atraía las miradas hasta de las meseras...

El problema era que eso ya no sucedía. Hacía tiempo que la profesionalidad de Leonardo estaba por encima de todo, incluidas su mujer y su vida amorosa. En resumidas cuentas: ya no se divertían juntos. Su fuerte sentido de la ética hacía que él creyera que en su labor como periodista tenía una misión, y no estaba dispuesto a pausarla ni a dejarla de lado por nada, ni siquiera por ella. Por ser fiel a sus principios, Julieta pensaba que Leonardo le estaba siendo infiel... con el trabajo. Ella no aspiraba a tanto, no pedía aplausos ni reconocimientos, al menos no de manera profesional. Solo pretendía pasársela bien, disfrutar de la vida, bailar, dejarse ver..., algo que Leonardo tachaba de frívolo.

—Pero... están bien, ¿no? —preguntó Anaís tras una pausa—. Con la organización y los mellizos y eso...

—Sí, sí... Si yo como *freelance* siempre puedo adaptarme —añadió Julieta dando un último trago a su copa—. Y Leo es un superpapá. Él siempre ha querido ser un *buen* padre. Ya saben, de esos que se obsesionan con no repetir los errores del suyo propio y convertirse en lo opuesto. Todo lo que hace es con los niños en mente y por su bien.

—¡Pues, chica, suena de maravilla! —dijo Anaís indignada—. No sé de qué te quejas...

«De nada», pensó Julieta. Y dejó de hablar antes de tiempo, igual que Anaís. Una mezcla de pudor y miedo se instaló en su pecho: pudor de estar quejándose de sus problemas frente a una amiga recién enviudada, y miedo de abrir la boca y revelar el verdadero estado de su matrimonio. No iba a compartir con sus amigas que Leonardo le había echado en cara más de una vez que su egoísmo la llevaba, a veces, a ser mala madre y no anteponer las necesidades de los niños a las suyas propias. «Mala madre» cuando quería salir a bailar. «Mala madre» cuando le pedía la noche del sábado que fueran ellos solos a cenar en vez de llevar a los mellizos a la pizzería, como les había prometido. «Mala madre» por gastarse más dinero de lo que él consideraba ético en prendas de marca que Julieta no necesitaba y que ella creía que eran la clave para volver a sentirse joven, para volver a ser atractiva. Para volver, irónicamente, a enamorar a Leonardo. «Mala madre, mala madre».

Beatriz apagó el celular pasada la medianoche. Con la cabeza llena de las voces de sus amigas, se metió en el baño, abrió el grifo y se mojó la cara. El agua, otra vez el agua. «Por algo dicen que la cura para todos los males es siempre el agua:

el sudor, las lágrimas o el mar —pensó—. O una buena alberca, como la que me construyó Marco».

Cuando se enderezó, el rostro aún goteando, se quedó unos instantes mirándose al espejo. Sin terminar de entender muy bien el porqué, volvió a recordar: «Las conversaciones siempre son peligrosas si se quiere ocultar alguna cosa». Y descubrió que ella llevaba años hablando sin parar, sumergida hasta el cuello en ese peligro.

16

Aguas turbias

Aquella vez era distinto. Lo sentía en cada brazada, en cada gesto que empleaba para sacar la cabeza de debajo del agua y tomar aire. Era la primera vez que se zambullía en la alberca desde la muerte de Marco.

Si bien era cierto que el agua siempre le había otorgado una cierta paz y que las gotas salpicando a su alrededor la tranquilizaban, de un tiempo a esa parte Beatriz solo encontraba pesadillas en ellas. Pesadillas, justo, de las que llevaba tiempo tratando de escapar. Aun así, allí, en aquellas aguas era donde hallaba la salida a las dudas, al miedo; donde se sentía intocable porque podía borrar y difuminar los recuerdos y el torbellino que le desordenaba la mente con tan solo sumergir la cabeza y abrir los ojos. La imagen difusa de una vida desenfocada.

Esa tarde había recibido un correo electrónico de su aseguradora, que también se convirtió en otra pesadilla apenas lo abrió. Adjunto al email encontró un documento titulado «Consejos prácticos para asumir mejor la viudez», que le causó una profunda amargura. A los pocos minutos le entró una llamada telefónica: «Lo siento, Beatriz, pero es parte de un protocolo institucional —le dijo su agente—. Por si acaso, échale un ojo al texto. Tal vez encuentres alguna idea que pueda serte útil».

Eran apenas seis puntos. Por lo visto, para el autor del texto —alguien que con toda certeza jamás había perdido a un ser querido— sobrellevar la pérdida de un esposo solo precisaba seis miserables pasos obvios, insípidos, genéricos y que además ofendían la inteligencia del lector.

1. No es recomendable recurrir a agentes tóxicos como el alcohol, el tabaco y los medicamentos para liberar la ansiedad.

Había dejado a Renata en su cama, agotada, dormida con una silenciosa profundidad de la que Beatriz no podía huir. Estaba preocupada por ella. Su adorable hijita, siempre sonriente, siempre atenta y observadora, siempre curiosa, había perdido la energía, se había apagado. Era como si su pequeña, tras la desaparición de Marco, hubiera pulsado el botón de pausa y una arbitraria mudez se hubiera adueñado de su ser. ¿Qué podía hacer para ayudarla? Incluso antes de que la propia Beatriz fuera capaz de encontrar las palabras para hablar con ella, Renata había enmudecido.

2. No es recomendable ocultar los sentimientos y no permitirse llorar, porque la represión de las emociones puede terminar manifestándose de otra forma, como desarrollando una enfermedad física o psicológica.

Rabiosa, Beatriz agitó las piernas con más energía todavía. Comenzó a nadar como si quisiera deshacerse de toda la frustración y tristeza que cargaba consigo en cada brazada. Además, era la manera ideal de cansarse hasta la extenuación y llevar su cuerpo al límite con tal de caer rendida y así poder conciliar el sueño. Si no, solo acariciaba el pelo de Renata mientras las horas de la noche transcurrían sin pausa ni freno. Incapaz de dormir. Incapaz de huir de las dudas sobre Marco.

Porque Beatriz no podía ocultarse a sí misma que en los últimos tiempos se había sentido alejada de él. Marco había preferido invertir el tiempo en su exitosa carrera, en esquivar sus preguntas. Beatriz había presentido en la boca del estómago las mentiras y los secretos de su marido, pero jamás habría pensado que estos lo hubieran llevado a meterse el cañón de una pistola en la boca. Por eso ahora odiaba que sus intuiciones nunca le hubieran fallado antes.

3. No es recomendable quedarse aislada en casa, pero tampoco huir de ella por miedo a los recuerdos.

Si echaba la vista atrás, sabía que aquel presentimiento había estado incluso presente el mismísimo día de su boda. Recordaba el pequeño pellizco en la boca del estómago que sintió cuando, de camino al altar, observó cómo la mayoría de los invitados pertenecía al lado de Marco, al del novio. Por su parte, la de la novia, apenas había acudido un par de personas. Y si bien era cierto que Beatriz nunca había sido amiga de las multitudes y sus amistades más cercanas se podían contar con los dedos de una mano, en aquel instante se sintió sola e insegura. ¿Qué podía esperar de aquella nueva vida en la que se adentraba paso a paso por el larguísimo corredor de la nave central de la iglesia?

Aquellas caras sonrientes que apenas conocía iban a convertirse en su nueva tribu. A la hora de planificar el convite, Marco se había sorprendido por la ausencia de parientes por el lado de la que sería su esposa. Sin embargo, ella le había quitado importancia al asunto con un seco «no estoy muy unida a mi familia». La idea de huir una vez más de aquella gente con la que no quería tener relación, de la que se había sentido víctima, y construir su propio clan era lo que la empujaba hacia adelante, hacia un futuro lleno de ilusión. El conservadurismo de un padre autoritario y distante se quedaba en el pasado; los problemas y maltratos de una madre que jamás la había protegido ya eran historia. Beatriz iba a reconstruirlo todo con su nueva familia, la que estaba formando con Marco aquel mismo día.

4. No es recomendable guardar todos los objetos y la ropa de la persona fallecida, porque impide la aceptación de la nueva situación en casa.

Al salir de la alberca de un salto, con el aliento entrecortado, se sintió más sola que nunca. Su familia se había esfumado literalmente de un disparo y lo único que le quedaba era una pequeña de diez años recién cumplidos que se había sumido en el más profundo de los mutismos.

Beatriz apartó el celular, que reposaba sobre la toalla, para poder secarse y en el gesto ignoró la pantalla iluminándose, copada de mensajes a los que había decidido hacer caso omiso.

Si necesitas estar sola, me puedo llevar a
Renata.

Estamos todos pensando en ti y en la niña.

Ve día a día, amiga, con calma.

Hoy no nos has contestado, ¿todo bien?

Sabemos que necesitas tu espacio. Aun así,
estamos aquí.

Cuando alzó la cabeza para secarse el cabello, Beatriz alcanzó a ver cómo Gladys la observaba desde la penumbra de su habitación en la casa de al lado. Por increíble que pareciera, esa vez no le sorprendió. ¿Cuánto tiempo llevaría esa mujer espiándola? ¿Qué demonios quería? Seguro que no pretendía organizar una lectura de sus cuentos para los niños de la escuela, tal como le había comentado la última vez que se encontraron cara a cara. Sus sospechas sobre ella no parecían tan infundadas, sobre todo ahora que la veía asomada por una ventana en mitad de la noche.

5. Sin obligarse a nada, pero con el objetivo de encontrar nuevas aficiones y conocer a gente con intereses similares, se recomienda asistir a clubes sociales, clases de ejercicio físico, manualidades, etc.

A pesar de la evidente violencia de saberse vigilada en la privacidad de su propio jardín, a Beatriz le resultó curioso que junto con el acecho de Gladys le llegara también un lejano y familiar recuerdo: aquel era el mismo tipo de mirada que la había seguido de camino al altar el día de su boda. La sensación que la sobrevino era casi gemela a la de aquel día. Se supo observada, insegura, analizada, como si estuviera adentrándose en lo desconocido sin tener la posibilidad de dar marcha atrás. Aun así, decidió no amedrentarse.

Por su parte, su vecina mantuvo también la mirada y decidió no apartar la vista de Beatriz una vez que esta la hubo descubierto. A diferencia de todos los mensajes de cariño y preocupación que la esperaban al otro lado de la pantalla, Beatriz fue testigo de cómo el rostro de Gladys se endurecía en aquel silencioso duelo de pupilas y su expresión se tornaba más y más sombría. Recordó de golpe los comentarios de sus amigas la vez que se enfrentaron a Gladys en la puerta de la escuela:

¿No son un poco mayores para venir a inscribir a un niño en la escuela?

Están siempre juntos, callados.

No hemos visto a nadie más en la casa,
aparte de a ellos dos.

En realidad, es una pareja que desentona
en Pinomar. ¿Qué habrán venido a hacer aquí?

Beatriz no tuvo más remedio que confesar que nadaba en aguas turbias y que, para su desgracia, no tenía ninguna respuesta para todas esas interrogantes. Entonces, para sentir que al menos aún poseía el control de su propia existencia, se animó a hacerse la pregunta que llevaba demasiado tiempo incubando en su cabeza: ¿quién carajo era en realidad su vecina?

6. ¡Ánimo, la vida sigue siendo bella!

17

Llueve sobre mojado

Aquella mañana Beatriz se despertó acompañada de un tiempo demencial. Desde las primeras horas de la madrugada, una lluvia torrencial inundaba las calles de Pinomar; era uno de esos días grises que, aunque escasos en la zona, hacían que en pleno día pareciera que estaba a punto de anochecer.

A Beatriz no le gustaban esos días. Le traían malos recuerdos, como si el pronóstico del clima tuviera algún poder sobre el estado de su mente.

Sentada frente a la pantalla en su escritorio, intentaba avanzar con el manuscrito de su nuevo cuento. Renata por fin había accedido a regresar a la escuela, Doris hacía la compra y la casa lucía resplandeciente y ordenada. La vida a su alrededor fingía ser normal y ella tenía que seguirle el ritmo o se quedaría atrás, estancada, como un tiburón que se hunde cuando deja de nadar. Había perdido mucho en poco tiempo y, aunque tras las malogradas circunstancias sus editoras habían sido más que comprensivas con la fecha de entrega del libro, Beatriz sabía que retomar rutinas podría ayudarla a pasar las horas sin pensar una y otra vez en Marco. En la terrible última imagen que guardaba grabada a fuego de su marido sobre la alfombra cubierta de sangre.

Además, Julieta y Anaís la habían animado, llenas de entusiasmo, a sentarse una vez más frente a la computadora; era, sin embargo, un entusiasmo casi exacerbado, impostado. Como si volver a viajar por sus mundos ficticios de cuentos de hadas pudiera alejarla de la realidad.

Allí estaba, frente a la pantalla que iluminaba el despacho como si se tratara de un foco de luz, mientras fuera el gris oscuro, casi negro, ganaba terreno sin piedad. Beatriz intentaba concentrarse en las letras. «Una palabra tras otra, no es tan difícil», se decía a sí misma, pero la vista estaba más pendiente de las gotas que golpeaban con furia el cristal de la ventana que de la historia que esperaba a tomar forma en la hoja en blanco.

Un sonido externo, proveniente del jardín, la alertó de repente. Sin necesitar más excusas, y un poco temerosa, se acercó a la ventana y trató de buscar el origen de aquel golpe seco. La cortina de lluvia no le permitía ver mucho más allá y tuvo que esperar a que el sonido se repitiera para localizarlo. Pronto pudo observar que se trataba de la madre de familia que vivía en el número 10, en la acera de enfrente, y que bajo la lluvia se peleaba con el pesado portón para huir del temporal.

Pero Beatriz no pudo concentrarse en la imagen de aquella señora empapada porque su mente, como una presa que se abre y libera una cantidad ingente de agua, la arrastró de regreso a una noche de lluvia torrencial como aquella.

Confusa, Beatriz se encontraba recogiendo los platos de la cena cuando le pareció que Marco levantaba la voz más de lo normal, afuera, en el jardín. Había diluviado desde bien entrado el día y hacía rato que pensaba que el aparejador encargado de la construcción de la alberca se había marchado a su casa. Sin embargo, al asomarse al ventanal del patio, pudo observar cómo Marco discutía acaloradamente con el tipo. La tormenta, cuyos truenos se repetían cada vez con más asiduidad y estruendo, así como la lluvia repiqueteando en el alféizar, le hacían imposible entender de qué trataba la discusión.

Los gestos hablaron entonces más que cualquier palabra. Con un ademán brusco vio cómo Marco, con aire resuelto, echaba de su propiedad al hombre y lo despedía del trabajo y de su casa bajo la tempestad.

Entonces Beatriz sintió un pinchazo en la boca del estómago, tuvo un mal augurio. Sus premoniciones solían ser acertadas, nunca le fallaban... y en aquel instante, mientras el hombre cerraba la cancela a sus espaldas y Marco se apartaba el cabello mojado de un rostro cubierto de furia, Beatriz sintió que algo no iba bien. Iba más allá de un posible retraso en la construcción de la ansiada alberca o algún malentendido de su marido con el constructor. Beatriz pudo ver con una claridad pasmosa, mientras pasaba la mano por el cristal y quitaba el vaho del ventanal, que la vida idílica que estaban dibujando y construyendo en aquel mismo jardín trasero, la idea de su hogar perfecto, iba a diluirse y embarrarse tanto como el suelo encharcado allí afuera. Algo le decía, pensó mientras veía a Marco regresar a casa goteando hasta por las pestañas, que si no caminaban con cuidado iba a resultar muy fácil resbalar.

Antes de tener tiempo siquiera para preguntarle a su marido por las razones de aquel desencuentro, el timbre de la puerta principal sonó a sus espaldas. «Será el aparejador», se dijo Beatriz. Sin esperar a que su esposo se hiciera cargo, acudió con brío a la entrada con intención de intervenir en el altercado con su don de gentes. Sin embargo, al abrir y batir la madera del portón, que dejó entrar un remolino de lluvia en el recibidor, Beatriz alcanzó a ver el estampado de un llamativo vestido rojo. Un vestido salpicado de pequeñas flores amarillas que, mojado, aguardaba bajo la tormenta frente a la puerta de su casa.

Al otro lado de la calle la vecina por fin alcanzó su hogar; Beatriz seguía apoyada en el marco de la ventana, obnubilada con el reguero de gotas que recorrían el cristal con aleatoriedad y virtuosismo. No sabía decir cuánto tiempo llevaba allí, inundada por sus oscuros recuerdos. No se sentía capaz de enfrentarse a ellos, del mismo modo que no se veía con fuerzas de hacer frente a las cosas de Marco; su ropa, sus objetos, los papeles del trabajo... De hecho, no iba a mentirse a sí misma, no podía ni enfrentarse a la hoja en blanco que la urgía desde la computadora.

Se sentía maniatada y diminuta.

Inútil.

«No seas tan dura contigo misma —se dijo—. No es lo que Marco hubiera querido».

Una lámpara se encendió tras la ventana del piso inferior de la casa de al lado y el fulgor la despertó de su embelesamiento. Provenía de la sala de Gladys y Octavio, quienes, ante la oscuridad del temporal, habían recurrido a la luz.

A ellos sí que podía hacerles frente, pensó. Los tenía allí, observándola día y noche, con rictus serio, casi macabro. Incapaz de huir de esos rostros ni de la sensación que la había acompañado la noche anterior cuando Gladys y ella habían mantenido la silenciosa batalla de miradas, en aquel instante Beatriz tomó la determinación de hacerles frente. No sabía cómo, con qué intención o qué iba a decir, pero necesitaba hacerse con el control de una sola cosa aunque fuera.

Apresurada, se puso una chamarra impermeable para cubrirse de la lluvia y se calzó en el recibidor unos tenis de piel que no se molestaba jamás en desanudar. A pasos rápidos, con cuidado de no dar ninguno en falso, recorrió el camino de baldosas que separaban su puerta de la entrada principal de la casa de sus nuevos vecinos.

Llamó al timbre una sola vez, con la mano temblorosa y húmeda de la lluvia. Sin embargo, sin dudar, golpeó la puerta con el puño, esperando que la oyeran de ese modo.

—¡¿Qué pasa?! —respondió la voz de Gladys de mala manera al abrir la puerta.

Beatriz abrió la boca llena de la rabia que arrastraba con ella desde el día de la muerte de Marco; aquella pequeña mujer regordeta y anticuada iba a ser su víctima.

Sin embargo, la boca no fue capaz de emitir palabra alguna porque la vista se le escapó al mueble del recibidor de la casa en la que había irrumpido con tanta brusquedad. Justo detrás de Gladys, en un marco de borde dorado y fina madera natural, alcanzó a distinguir lo que le pareció era la foto de una sonriente muchacha ataviada con un vestido que reconoció al instante.

El inconfundible vestido rojo de sus pesadillas.

18

Una melodía antigua

—¿Y bien? —repitió Gladys con el ceño fruncido y agarrada con desconfianza a la puerta—. ¿Qué pasa?

Beatriz, aturdida por lo que creía haber visto, acertó a reaccionar al fin y miró a los ojos a la mujer, que no era capaz de ocultar sus modales bruscos ante la irrupción de su vecina.

—Perdón... Sí... Este... —dijo dubitativa mientras las gotas de lluvia le resbalaban por el rostro—. Quería saber si también se habían quedado sin luz. Parece que en mi casa se fue la electricidad y con este tiempo no sé si se trata de algo mío o de todo el barrio...

Intentó llevar la vista más allá de los ojos de Gladys para poder echarle otra ojeada al portarretratos que tanto llamó su atención pero la mujer, incómoda, se interpuso entre Beatriz y la ranura de la puerta señalando tanto al porche como a la sala del fondo, de modo que su figura imposibilitó que pudiera seguir husmeando.

—Pues, como puedes ver —la pausa que Gladys sostuvo puso en pie de guerra a Beatriz—, es algo tuyo. Nosotros tenemos luz.

—Ya, ya veo...

Dando un paso atrás, Beatriz volvió a exponerse a la tormenta. No hizo falta otro gesto para que Gladys no tardara más que un breve segundo en susurrar un amago de despedida y le cerrara la puerta en las narices.

¿Acababa de deshacerse de ella? ¿Tendría que ver su brusca actitud con la imagen que Beatriz acababa de descubrir? Conmocionada y hecha un mar de dudas, reanudó el paso de regreso a casa bajo la lluvia, entre los charcos, y con el ánimo y el genio diametralmente opuestos a los que la habían llevado hasta allí.

¿Era cierto lo que había visto allá adentro o su imaginación, una vez más, le había jugado una broma cruel?

Gladys terminó de cerrar la puerta con contundencia y se asomó a la ventana con sigilo para asegurarse de que su vecina se hubiera marchado de su casa. Desde ahí vio que la lluvia arreciaba y que un rayo iluminaba un instante la imagen de una Beatriz empapada que regresaba a su hogar con el rabo entre las piernas.

Pero Gladys no podía sentirse satisfecha. Aunque había esquivado una bala, se había expuesto al peligro y el corazón le latía más rápido de lo que estaba acostumbrada.

Cuando se hubo tranquilizado, volvió a la sala, donde de fondo sonaba una música antigua, de otro tiempo, como si aquella estancia hubiera viajado directa de décadas atrás. El lugar todavía estaba repleto de maletas de piel desgastada, unas encima de otras, y cajas acumuladas sobre el suelo y en los rincones. Mirando una última vez hacia atrás para asegurarse de que se hallaba sola, la mujer reanudó la tarea que tenía entre manos y continuó desempaquetando diversos objetos, ordenándolos en el suelo antes de colocarlos de forma definitiva: revistas de números atrasados y mal conservadas; auriculares estropeados; lentes, cuya graduación había caducado hacía años, en su propia funda... Objetos que no parecían de mucha utilidad.

De entre todos ellos, Gladys se hizo con un pequeño bolso de tela viejo y raído que se ocultaba al fondo de una de esas cajas repletas de posesiones añejas. Lo puso frente a ella y lo abrió con decisión. De su interior sacó con sumo cuidado una prenda: un vestido rojo salpicado de flores amarillas cuya apariencia antigua no había apagado los colores vistosos. Lo estiró frente a ella, sobre el sofá, buscando contemplarlo extendido, sin una arruga.

A sus espaldas, sigiloso como siempre, apareció Octavio, quien acababa de subir la escalera que lo había llevado desde el sótano hasta la planta baja. Sus pasos, que producían un pequeño crujido del suelo, sacaron a Gladys de sus pensamientos.

—¿Todo bien? —preguntó él en el centro de la lúgubre estancia cuyo silencio apenas rompía el sonido de la música.

Ella se giró para observarlo. Su aspecto descuidado y su expresión imperturbable iban acompañados de una bandeja a rebosar de platos sucios, ropa en mal estado colgada de sus brazos y a su lado, apoyada en el suelo, una bolsa de basura llena hasta el tope.

—Toca alimentarlo —añadió Octavio dejándola allí y encaminándose a la cocina para hacerse cargo de todo lo que llevaba encima.

Gladys no tardó en ir tras él, siguiéndolo con la mirada para ver cómo arrastraba por el suelo aquella bolsa pesada.

—¿Con esto será suficiente? —preguntó Octavio señalando unas sobras en una olla sobre el fuego que todavía no se habían recalentado.

—Más que suficiente —respondió Gladys, diligente y ruda, haciéndose con su caja de latón y disponiendo frente a ella de manera metódica la colección de frascos y medicinas.

Comprobó la hora que mostraba el reloj y se cercioró del tipo y cantidad de píldoras que correspondían. Luego, con un afilado cuchillo de hoja ancha y mango desgastado, aplastó con el filo las pastillas para hacerlas polvo y las diluyó en la olla. Antes de poner el par de cucharones de potaje que quedaban en un plato, se aseguró de remover bien la mezcla. Luego se dispuso a bajar al sótano.

—¿Necesitas ayuda? —le preguntó Octavio pasándoles un trapo a los platos del fregadero.

—No —respondió ella rotunda, recuperando su rictus decisivo, que, por un instante, había dejado en alerta tras la visita de Beatriz.

Al alcanzar la puerta del sótano, se agachó frente a la rendija y, antes de introducir la bandeja de alimento a través de ella, asomó los ojos verdes por la abertura en busca de la figura que, al fondo del cuarto, esperaba pegada a la pared.

Se trataba de un joven con ropas raídas y el cuerpo medio desnudo, como si hubiera sido incapaz de cuadrar los botones de la camisa con los ojales. La ropa se veía desgastada y la estancia estaba cubierta por un par de centímetros de polvo sobre los que el hombre se arrastró al percatarse de la presencia de Gladys.

Tambaleante, trató de ponerse de pie sin éxito. Entonces, no tuvo más remedio que reptar con dificultad, casi a cuatro patas, hacia la rendija.

—Te traigo tu comida... —le dijo ella con una suavidad en la voz que a todos, menos a aquel hombre, les habría parecido inusual.

Él trató de balbucear algo, pero las drogas le complicaron la tarea. Mantenerse despierto parecía incluso un reto.

Sin medias tintas, extendió la mano más allá de la abertura para alcanzar la comida con torpeza. Antes de que jalara algo, Gladys le acercó el plato.

—Come. Lo preparé especialmente para ti —musitó ella. Y agregó bajando dos tonos la voz—: No tienes idea de lo que es capaz una madre por su hijo.

Cuando el hombre terminó, consiguió reptar hasta la pared más cercana para apoyarse en ella y, sin fuerzas, dejarse caer abatido de nuevo. Gladys recuperó el plato y cerró la compuerta, pero dejó la bandeja en el suelo. Tenía algo que hacer antes de subir de nuevo y continuar vaciando cajas.

Del bolsillo de su bata de algodón estampada, la mujer sacó una llave y se acercó a una pequeña puerta, casi invisible, al pie del primer escalón. Se trataba de una puertecilla que apenas le llegaba a las rodillas. Dentro de ella, Gladys iluminó el pequeño rincón cubierto de velas y encendió una nueva antes de recoger las usadas. El improvisado altar estaba copado de fotografías, velas y algún que otro recuerdo apenas discernible. Por lo visto, era un rincón para la memoria, para batallar el olvido, para conmemorar.

Con las manos entrecruzadas y los ojos cerrados, de rodillas frente a aquel santuario, Gladys se entregó a sus reflexiones. «La vecina está inquieta. Pero estamos en la senda correcta. Todo está yendo según lo previsto».

Tomó una gran bocanada de aire, se incorporó y se guardó las velas consumidas en los bolsillos. Y se repitió que todo iba a salir bien. Que no podían perder. Que habían nadado demasiado lejos como para morir ahogados en la orilla.

Y de un golpe cerró la puertecilla.

19

Cambia, todo cambia

Cuando Julieta y Anaís lo sugirieron, Beatriz no pudo negarse. Tenían razón: no había mejor manera de retomar su vida que disfrutar de una cena en casa junto a sus amigas y sus respectivos maridos; una de aquellas cenas que tantas veces habían compartido en el pasado. Si bien era cierto que el ambiente no resultaba precisamente festivo, el hecho de haber rescatado el mantel para invitados, cocinar junto a Doris una de sus mejores recetas, sacar la vajilla, atender hasta el último detalle para más tarde verlos llamar a la puerta y ser testigo de cómo cada uno se sentaba en la silla de siempre hizo evidente que las cosas, poco a poco, iban volviendo a la normalidad.

Julieta había decidido ir directa, un rato antes y sin rastro alguno de Leonardo, para echarle una mano en lo posible. La nueva mejor amiga de Beatriz había aprovechado la oportunidad para seguirla por la casa con una copa de vino y compartir con ella la frustración que sentía en su matrimonio desde hacía ya tiempo. Beatriz se había refugiado en ella y Julieta había hecho lo mismo con su amiga, a la que le gustaba que le hablaran de algo que no tuviera relación con la muerte de Marco. Se habían convertido en cómplices, y para Julieta tener un oído en el que verter la basura que normalmente se saca por el patio trasero era su propia manera de «enfrentarse» a la crisis que tenían Leonardo y ella. Julieta tramitaba con Beatriz el eterno papeleo que implica la muerte de un ser querido y, a cambio, se confesaba.

—Qué fuerte es Beatriz... —dijo Anaís de camino a los coches una vez que hubo terminado la cena, tratando de susurrar entre parejas para que la aludida no supiera que hablaban de ella justo cuando acababa de cerrar la puerta.

—Me gustó mucho verla reír —indicó Leonardo con esperanza.

—Yo creo que se siente mucho la falta de Marco en casa... —reconoció Julieta indirectamente, con la intención de no banalizar la situación.

—Bueno... ya saben lo que se dice —añadió Gastón subiéndose al coche familiar, a modo de despedida—: «El tiempo todo lo cura».

Al cabo de unos días, esa normalidad que Beatriz ya había visto reinstaurada a su alrededor, quisiera o no, la había llevado a tomar una determinación: no podía seguir estancada. La vida en torno a ella se movía... y debía ponerse también en marcha. Por eso llamó a Julieta.

—Es el momento...

Su amiga no necesitó más y al poco tiempo se plantó en casa de Beatriz con cajas y bolsas de todo tipo y tamaño. La encontró de pie en mitad del cuarto, inquieta, mirando hacia la parte del armario donde se encontraba la ropa de Marco. A su lado, una caja de cartón.

—Creo que aún soy incapaz de tocar sus cosas —suspiró temerosa—. No puedo ni mirarlas.

—Ha pasado solo un mes, Beatriz. No seas tan dura contigo misma y vayamos paso a paso —indicó Julieta acercándose al armario y señalando con delicadeza una camisa—. Por ejemplo, ¿esto sería para regalar o quieres conservarlo?

Beatriz sonrió con una mueca llena de tristeza.

—Lo creas o no, era su camisa favorita. No era ni la más cara ni la más elegante, pero decía que le daba seguridad...

Quiso dejarse llevar por la ternura del recuerdo, pensar en la última vez que había visto a Marco con ella puesta... Sin embargo, lo único que le acudía a la cabeza cuando intentaba revisitar el pasado era la imagen de Marco en el suelo de su despacho, ensangrentado y con el arma en la mano.

Perturbada, Beatriz sacudió la cabeza como queriendo deshacerse de su propia pesadilla de ojos abiertos y se rearmó enseguida bloqueando sus emociones.

—Para regalar.

Julieta la miró con un deje de tristeza, pero decidió no intervenir y tan solo asintió mientras introducía la camisa en la caja correspondiente.

—Ver su ropa ahí es como estar esperando a que regrese... —murmuró inmóvil.

—No tienes que justificarte. Solo haz lo que te haga sentir mejor.

—No sé qué es lo que me hace sentir mejor.

—Entonces no hagas nada, deja que yo arregle esto —dijo Julieta con seguridad.

Beatriz, sentada en la cama, observaba cómo su amiga iba vaciando con premura y diligencia el armario, concentrada para no tomar una mala decisión por su amiga.

—Es que sigo sin entender por qué Marco se mató —susurró Beatriz cubriéndose el rostro con las manos para controlar las lágrimas—. ¡Lo tenía todo! ¿No éramos suficientes Renata y yo?

Julieta se acercó a ella para ser un hombro amigo, pero Beatriz decidió mostrarse fuerte y se secó las lágrimas mientras se aproximaba a la ventana que daba al jardín. Afuera estaba Renata, en traje de baño, sentada sobre el césped leyendo un libro. La imagen no la ayudaba a disimular que estaba rota por dentro.

Beatriz sacudió la cabeza a ver si así conseguía alejar ese pálpito que poco a poco iba haciendo nido en su pecho y que estaba segura de que terminaría por ganarle la partida. No quería seguir hablando. No deseaba hablar mal de Marco. Ensuciar su matrimonio. Su relación. La confianza que se tenían. Pero por más que lo había intentado, el dolor era demasiado y le consumía todas las fuerzas. Las palabras envenenadas treparon por su garganta, se abrieron paso a través de su boca, se le escaparon sin que lograra atraparlas en pleno vuelo.

—Me traicionó, Julieta —sentenció con un tono más teñido de rabia que de tristeza—. Y no se lo perdono. No sé si podré perdonárselo.

Una vez que el cuarto quedó más o menos recogido y Beatriz se sintió cómoda con la cantidad de objetos que rememoraban la presencia de Marco, ambas siguieron la labor con cajas nuevas en el despacho. Sin duda, se trataba de la estancia más difícil para Beatriz, quien, acompañada y guiada por Julieta, encontró la fuerza para extender la mano, agarrar el pomo con la palma y hacer el gesto necesario para abrir aquella puerta.

—Ya verás. —Julieta trató de aliviarla—. Será entrar, revisar y guardar papeles y documentos, y ya pensaremos más adelante en este cuarto. ¿Okey?

«Entrar en el despacho de mi marido muerto, el mismo despacho donde se quitó la vida», se dijo Beatriz.

La alfombra. Los muros. La superficie del escritorio. Al menos alguien había tenido la delicadeza de limpiar las manchas de sangre. ¿Quién? Doris, seguro. Pero las otras manchas, esas que no se borran, esas que van por dentro... ¿cómo iba a eliminarlas?

Comenzó a revisar los archivos de trabajo. Pensaba entregárselos al bufete de su marido para evitar que se perdiera la documentación de algún caso importante. Por su parte, Julieta se hizo con la llave de la cajonera de la mesa, aquel cajón cerrado cuya llave Marco siempre llevaba consigo, receloso, y que la policía había entregado a Beatriz junto a los otros efectos personales que habían encontrado sobre la víctima.

Julieta decidió ignorar la cajita con balas que vio al abrir el primer cajón. Entendió que era donde Marco había guardado el arma con la que se había quitado la vida y consideró que no era necesario hacer partícipe a Beatriz de semejante descubrimiento. Al lado de esta había un frasco de pastillas que apartó para revisar una serie de papeles, informes médicos y formularios.

—En estas cajas de aquí estoy dejando los documentos que se guardan... —le comentó Beatriz rompiendo el silencio y la tensión que recorría el cuerpo de Julieta.

—Tendrás que indicarme qué es relevante y qué no...

—Marco tenía la manía de guardar hasta los tíquets del supermercado. Seguramente tiraremos todo.

Ambas rieron con nostalgia ante el comentario y Beatriz sacó una carpetilla del archivador y la levantó para mostrársela.

—¿Ves? Un recibo de luz de 2017 —le indicó alzando los hombros, incapaz de entender qué hacía aquello todavía archivado, con una media sonrisa.

Sin embargo, Julieta no pareció escucharla. Se encontraba en una especie de trance tras haber sacado un par de hojas del segundo cajón bajo llave. Era documentación relativa a Renata.

—Mira —le indicó de nuevo Beatriz nostálgica—. Dibujos de Renata, estos se guardan, claro...

Beatriz observaba los dibujos de su hija con ternura, ajena a cómo la expresión del rostro de Julieta cambiaba a medida que leía el contenido del papel que tenía entre las manos.

—Beatriz —consiguió decir, confusa y con el ceño fruncido, al acabar la lectura—. ¿Tu hija es adoptada?

Beatriz palideció.

—¿Renata es adoptada? —preguntó de nuevo Julieta.

—¿De qué estás hablando? —espetó a la defensiva.

—Es lo que dice este documento.

—Si es una broma, Julieta, es muy cruel que...

—¡Jamás bromearía con algo así, Beatriz! —se apresuró a aclarar extendiéndole el documento—. ¡Mira!

La mujer, sin miramientos, le arrancó la hoja de la mano sin siquiera prestarle atención.

—Será de algún caso viejo de Marco que guardaba por alguna razón...

—No, míralo bien —le señaló para que lo leyera con sus propios ojos—. Lo dice claro: «Renata Salazar Colón, adoptada el 13 de mayo de...».

—Eso no es cierto —susurró Beatriz en *shock*—. ¡Debe tratarse de un documento falso!

—No quiero hacerte daño, pero Leonardo lleva meses trabajando en este mismo tema. Ya lo sabes, lo he tenido hasta en la puta sopa. Créeme que sé cómo son los certificados de adopción. Y ese es un documento oficial, Beatriz.

Paralizada por el pánico, la mujer levantó el documento y lo observó por primera vez.

—¿Estás segura de que no hay nada que...? —intervino Julieta acercándose junto a ella, intentando encontrar una explicación lógica a lo que estaba pasando.

—Yo parí a mi hija, Julieta —la interrumpió seca y cortante—. ¡La parí!

Se hizo el silencio entre las dos hasta que Beatriz, llena de rabia, hizo una bola con el papel y la lanzó contra la pared.

—¡La llevé en mi vientre nueve meses y la parí! —gritó.

Por un brevísimo instante sintió el habitual dolor, agudo como un disparo, que le asaltaba el vientre de vez en cuando.

Su mundo comenzó a dar vueltas y, con un ligero mareo, perdió el equilibrio y tuvo que sentarse. Julieta la ayudó.

—¿Seguro que no recuerdas nada... nada más? —la animó con voz pausada—. Piénsalo.

Beatriz cerró los ojos, tomó aire y, cuando los abrió, pudo verse acostada en la cama de hospital diez años atrás. Débil y algo pálida, no se encontraba muy bien. Con la vista borrosa, pudo localizar sentado a su lado a Marco, cuya expresión de profundo cansancio solo se veía iluminada por la presencia del bebé que sostenía en brazos.

—Beatriz, ¡por fin! —exclamó con una sonrisa.

—Mi... mi niña... —susurró ella en un hilo de voz.

—Te la presento, mi amor —indicó él posando sobre los brazos de Beatriz a la pequeña criatura—. Mira, Renata. Ella es tu mamá. La mujer más valiente del mundo.

Marco acarició el pelo a su esposa mientras esta sujetaba al bebé en brazos, y, aunque aliviado de verla con los ojos abiertos, su rostro mostraba preocupación. Mucha preocupación.

—Estuviste dos días en coma, mi amor —le dijo entonces, tranquilo, pero con tono de voz serio—. Sufriste una fuerte hemorragia después del parto y...

Confusa, Beatriz apartó por primera vez la vista de su pequeña Renata para ser testigo de cómo su marido, entre lágrimas, se quebraba.

—Fueron horas muy difíciles, pero... —Marco negó con la cabeza entonces, se inclinó y besó a su esposa en la frente—. Pero ya estamos por fin los tres juntos, Beatriz. Para siempre.

Sacudió la cabeza, de vuelta al despacho, donde Julieta seguía arrodillada a su lado, tratando de calmarla. Su amiga había recuperado el documento y lo sostenía entre las manos con la intención de revisar de nuevo cada línea y cada párrafo.

—Pero... —objetó Julieta, muy desconcertada, a medida que el documento seguía confirmando sus sospechas—. Pero ¿entonces...?

—¡Entonces nada! —gritó Beatriz levantándose.

—Marco debió de guardar este certificado de adopción por algo..., ¿no?

Beatriz, furiosa, le arrebató el certificado de las manos, decidida esa vez a enfrentarse a su amiga y sacarla del error.

Comenzó a leer el documento, muy alterada, y a medida que avanzaba línea tras línea, su rostro se cubría con un rictus de horror. Las piernas se le doblaron y flaqueó.

—No. Esto está mal. Esto es un error. ¡Un error!

—Tienes razón —indicó resolutiva Julieta tratando de recuperar el documento—. ¡Jamás debí...!

—¡Renata es mi hija! —gritó de nuevo apartándose de ella, aferrada al papel ya arrugado en su puño—. ¡Yo la traje a este mundo!

—Lo sé, Beatriz. Te juro que jamás quise...

—¡Es tan cruel que pongas en duda que...! —Beatriz sintió otro pinchazo en el estómago—. ¡Yo sé lo que viví ese día!

Entonces, rodeó el escritorio de Marco en busca del bote de basura y lanzó el documento dentro.

—No puedo seguir. No puedo. ¡Lo siento!

—Tienes toda la razón. Podemos terminar otro día. Cuando estés más tranquila y...

Pero Beatriz no dejó que siguiera hablando y salió del cuarto rápidamente. A solas, Julieta volvió a recoger el certificado y se quedó mirándolo muy impresionada. No había duda.

Sin saber muy bien qué hacer o adónde ir, Beatriz salió del interior de la casa y alcanzó a ver que Renata, en traje de baño, estaba a punto de lanzarse a la alberca. De manera instintiva, reaccionó con un aullido:

—¡Nooo!

Asustada, la niña se detuvo sobrecogida y se dio la vuelta para ver cómo su madre corría hacia ella. Desconcertada, la niña vio que Beatriz la abrazaba con todas sus fuerzas, disfrazando aquel abrazo de ternura para que Renata no percibiera el terror y la angustia que la embargaban.

Pero era tarde: ahí estaba de nuevo el miedo. Ese miedo tiránico que ardía en lo más profundo del pozo de hielo en que se había convertido su hogar. Antes de hundirse otra vez en la oscuridad, oyó la voz de su hija preguntándole qué le pasaba, por qué estaba así. Más lejos, desde la casa de al lado, el taladro de las pupilas de Gladys continuaba perforándole la nuca en busca de algo que aún no hallaba. Eran muchas cosas al mismo tiempo. Demasiadas para poder soportarlas.

Por suerte, llegó la inconsciencia. Y la marea brava de su vida terminó por tragársela.

TERCERA PARTE

20

El honor de un periodista

Pese a saber que podía haber consecuencias, el día que a Leonardo lo despidieron del periódico en el que llevaba trabajando más de quince años no lo vio venir. Le había parecido un día normal, como cualquier otro. Había entrado en la redacción con su habitual termo de café y había dejado su mochila sobre la mesa mientras saludaba a los compañeros que habían madrugado más que él.

Todo se torció cuando apenas media hora después lo llamaron a la sala de juntas, un piso por encima de la redacción, y adivinó de golpe que algo estaba a punto de pasar. Mientras subía al ascensor y presionaba el botón, notó cómo se le abría un agujero en el estómago y una bola se apoderaba de su garganta. Había publicado su reportaje sobre adopciones ilegales, el arduo trabajo de meses de investigación, sin la aprobación final «de arriba», como le decían en la redacción. Esperaba una respuesta, alguna consecuencia... pero no aquella.

—¿Despedido? —soltó sentado a la mesa frente a media docena de hombres trajeados.

—Nombres y apellidos... Leonardo. Tuviste la desfachatez de no redactar siquiera con iniciales —espetó lleno de furia su editor jefe, que claramente no ostentaba el cargo más alto, algo que era fácil de advertir por la posición que ocupaba en la distribución de asientos—. El revuelo que ha causado me persigue cada segundo.

—Sin duda, el reportaje ha generado polémica —añadió otro con voz pausada.

—En menos de un día nos hemos visto forzados a atender llamadas, digamos, «complicadas» —añadió el editor—. Ya conoces cómo funciona esto, no puedes ir por la vida así y hacer enojar a quien te da de comer.

—¡Es justo a eso a lo que me debo como periodista! —exclamó Leonardo, poseído por la indignación y la incredulidad.

Se hizo un pequeño silencio en la sala que, además de calmar las aguas, otorgó la palabra al hombre que presidía la mesa.

—¿Qué te podemos decir, Leonardo? —suspiró con tono pausado, lo que sin duda mostraba que llevaba la voz cantante—. Es un tema complejo. Somos conscientes de que tu labor ha sido extraordinaria. Se trata de una investigación muy minuciosa, copada de fuentes prácticamente imposibles. En realidad, me gustaría no tener que hacer más que felicitarte...

El hombre se tomó una pausa para tomar aire y, por un momento, la rabia de Leonardo se tornó en esperanza.

—Pero esto viene «de arriba» —indicó el hombre con un gesto, tratando de hacerle entender que aquella decisión escapaba incluso a la propia directiva del periódico e implicaba a grupos inversores y demás personas poderosas en la sombra—. Créeme que plantamos batalla hasta el último minuto para defenderte, para defender la publicación...

—Además, sabemos que son temas que venden —añadió el caballero sentado a la diestra del mandamás.

—La cuestión es que nuestros abogados analizaron a fondo el asunto y... —el hombre al frente de la mesa retomó la palabra mirando al resto de los integrantes de aquella reunión— todos estamos de acuerdo en que se trató de una gran negligencia.

La palabra retumbó en la sala unos segundos.

—A ver, llevas quince años en el periódico —indicó el editor jefe—, no vamos a desprestigiar tu peso profesional...

—¿Ah, no? —rio irónico Leonardo.

—No deberías haberlo publicado sin autorización previa —replicó el editor, a punto de enzarzarse en una nueva batalla dialéctica.

—Para nosotros —la voz cauta del mandamás interrumpió en el ambiente caldeado—, sinceramente, ha sido un orgullo tenerte. Pero me temo que este es el final.

—Te pasaste de la raya... —susurró el editor, ya con una confianza que mostraba dolor más que enfado.

—¡Pero si todos sabían lo que estaba escribiendo! —se quejó.

Leonardo dejó que las palabras reposaran en la sala antes de hacer el gesto de levantarse y dirigirse a todos ellos desde una posición altiva que hizo que se sintiera empoderado por lo que iba a decir.

—A estas alturas de mi carrera, y no digamos ya después de todos los meses que me llevó esta investigación —suspiró agitado—, ¿de qué mierda sirve lo que hacemos? ¿De qué vale nuestro poder, la gente a la que llegamos, si no podemos decir la puta verdad?

Acto seguido, sin esperar respuesta, comenzó a avanzar hacia la puerta sin que nadie lo hubiera despachado.

—Si no puedo ejercer ese derecho, soy yo entonces el que quiere dar un paso al lado.

Esas fueron sus últimas palabras antes de cerrar la puerta a sus espaldas con indignación. Lo tenía claro: iba a limpiar su nombre. No podía ser que, en aquel mundillo, entre habladurías y una salida del edificio con una caja de cartón en la mano, su imagen fuera esa después de todo el trabajo que había dedicado a su profesión.

Todavía alterado, en cuanto llegó a su casa vacía y en un silencio que contrastaba con el fuego que ardía en su interior, lo primero que hizo Leonardo fue sacar el celular del bolsillo y llamar a Julieta.

—Tengo una buena y una mala noticia —le dijo a su mujer cuando contestó—. ¿Cuál prefieres que te cuente primero?

Julieta conducía de vuelta a casa tras unos mandados y tenía el manos libres.

—La buena... supongo —respondió intrigada.

—Ahí va, pues: Julieta querida, desde hoy mismo voy a tener más tiempo para ti. Juro que no voy a volver a olvidarme jamás de una cena y gestionaré la agenda y los horarios de manera distinta para ponerlos como prioridad.

Julieta paró en un semáforo en rojo sorprendida ante semejante anuncio.

—¿Y la mala? —preguntó con precaución, como si la buena escondiera una condición o tuviera trampa detrás.

—Acabo de renunciar a mi puesto en el periódico —suspiró él, orgulloso de sí mismo, mientras lo enunciaba y se dejaba caer en el sofá.

Sabía que técnicamente no era la verdad, tan solo un enfoque de la historia. Al fin y al cabo, ambos eran periodistas, a eso se dedicaban: a comunicar con una intención.

Julieta se alteró de tal manera que cuando el semáforo se puso en verde no fue capaz de reaccionar ante la luz y arrancar el vehículo hasta que los coches que tenía detrás la despertaron, impacientes, con sus cláxones.

—¿Qué? —preguntó entre confusa y alterada—. ¿Eso significa que te ofrecieron otro trabajo? —añadió arrancando el vehículo.

—¿Te acuerdas de aquel proyecto que tenía de montar mi propia gaceta? Lo voy a retomar. Así podré tener todo el control y la libertad de prensa que preciso para hacer mi trabajo.

«Para publicar lo que no quieren que se publique», pensó para sus adentros, convencido.

—A ver, Leonardo —suspiró Julieta tratando de respirar y no reaccionar llena de histeria—, los dos somos periodistas y entendemos perfectamente cómo es el mundo. Los proyectos independientes jamás dan suficiente dinero... ¿Se te ha ocurrido pensar que tenemos colegiaturas que pagar, una hipoteca, deudas varias, créditos...?

Aunque expresara sus palabras en un tono de voz prudente, tanto Leonardo como Julieta supieron leer entre líneas su significado. Tal vez los valores de la profesión no fueran compartidos, al fin y al cabo, y los de su mujer estaban en entredicho de forma egoísta en el momento en el que ponía el dinero por delante del nombre de su marido.

—¿Prefieres que siga agachando la cabeza y arruinando mi prestigio para pagar todas esas cosas? —preguntó él dolido.

—¿La verdad? —respondió Julieta desafiante—. Sí, lo prefiero.

Leonardo enmudeció tras la respuesta. Sus segundos en silencio lo llevaron a no saber qué decir y tardó en darse cuenta de que Julieta había colgado al otro lado. Con una expresión de profunda frustración, aún recostado en el sofá, pensó en que en más de un ámbito de su vida le faltaba gente que lo apoyara y creyera en él. Se sintió solo. Devastado.

El sentimiento de verse sin propósito de la noche a la mañana no mejoró con el regreso de Julieta y los niños a casa, ni pasados los días de la semana. Lo que ya podía llamarse con todas las letras «crisis matrimonial» no escapaba a los rincones del hogar donde las miradas entre ambos se endurecían y los silencios hablaban más que las palabras.

Leonardo trataba de buscar en los ojos de su esposa la fiereza de la mujer atrevida de la que se había enamorado y que años atrás apoyaba sus decisiones. En cambio, para ella la nueva situación en la que ambos circulaban bajo el mismo techo sin horarios, sin tener que acudir a una oficina, era como una cárcel; tanto su libertad de movimientos como su situación económica estaban en peligro. Lo único a lo que había podido agarrarse los últimos años —aquella estabilidad que le daba la libertad de ir y venir— compensaba, en parte, la insatisfacción que sentía en otros ámbitos de su matrimonio junto a él. Pero que la decisión de Leonardo hubiera puesto en riesgo lo único que le quedaba hacía que Julieta viera una cosa clara: su relación pendía de un hilo.

A la semana siguiente, Beatriz rompió su silencio tras el terrible descubrimiento cuando ambas limpiaban las cosas de Marco, y le mandó un mensaje a Julieta.

> Gracias por haber estado y estar ahí para mí,
> aunque a veces no sepa cómo mostrártelo.

Julieta sonrió y dio un nuevo trago a su copa de vino mientras pensaba en que, al fin y al cabo, la situación de su amiga era mucho más grave que la suya: sola, con una hija, un marido muerto, sin respuestas y un nuevo misterio.

En ese momento, como empujada por un resorte, Julieta cayó en la cuenta y se levantó del sofá. Le parecía increíble no haber atado cabos antes: el descubrimiento del origen de Renata según el documento del despacho de Marco y el artículo de investigación de Leonardo, que le había costado el puesto de trabajo y su matrimonio.

Sin perder un segundo, Julieta se hizo con su laptop y buscó la web del periódico en busca del artículo. Como era obvio, lo habían borrado. Dedicó un buen rato a buscar fragmentos o posibles copias en internet, pero apenas encontró un par de comentarios en redes sociales. El artículo, sin embargo, había sido eliminado de todos lados.

Había pasado meses furiosa con aquella investigación, quizá por el coraje que le provocaba todo el tiempo que Leonardo había empleado en esta, en vez de en ella, su esposa. Su marido había dejado de lado sus citas, encuentros, responsabilidades por aquella investigación que ahora habían eliminado. Con la información que ya tenía entre manos, le supo mal haber ignorado todo el proceso, haber desdeñado al propio Leonardo cuando él trataba de hablarle de sus avances.

Pero no era momento de lamentos: necesitaba leer el artículo y saber si podía haber alguna conexión. Su primer pensamiento fue ir a buscarlo al cuarto, pedirle leer el original y que él le echara una mano. Sin embargo, seguía recelosa y enfadada. No quería que aquello significara un acercamiento porque no lo hacía por interés en él, sino por su amiga. Quería ayudarla; la idea hacía que se sintiera útil. Entre ser egoísta y castigar con su silencio a su marido o ayudar a su amiga... Julieta sintió que Beatriz se merecía aquella oportunidad.

Por eso caminó descalza por el pasillo, pasando frente a las habitaciones de los niños, que llevaban rato dormidos, y con cuidado de que Leonardo —que, acostado en la cama, veía una serie de misterios y bomberos— no percibiera su presencia. Se coló en el despacho y encendió la computadora de su marido; en un santiamén encontró la copia del texto del reportaje.

Estas adopciones irregulares cuentan con la colaboración de, al menos, diez ginecólogos y personal médico pertenecientes a distintas instituciones de salud. En la mayoría de los casos investigados, son los mismos padres de la joven embarazada los que toman la decisión, y dan carta blanca a los médicos para que actúen a espaldas de la ley.

El primer paso es convencer a la joven de que se oculte durante unos meses de amigos y familiares, que tenga a su hijo y que enseguida lo dé en adopción. Pero si la joven insiste en tenerlo con ella y rechaza tajantemente la adopción, otro plan entra en funcionamiento: el bebé debe nacer muerto. Para que ese plan tenga éxito requiere de un elemento clave: el pacto de riguroso silencio de todos los que están al tanto de la verdad.

En la actualidad, nadie sabe cuántos niños «murieron» en el parto para «resucitar» en el seno de otra familia. A lo largo de la investigación, al entrevistar a las familias de las madres a quienes se les arrebató un hijo, siempre se repite la misma consigna: «Se optó por la vida». Al final, esto no es más que una asociación ilícita para adopciones irregulares, tráfico de niños y una red de abuso donde lo que manda son el dinero y la impunidad de familias poderosas.

Línea tras línea, página tras página, al acabar la lectura Julieta enmudeció frente a la parpadeante pantalla.

A la mañana siguiente, y antes de salir hacia el coche para llevar a los mellizos a la escuela, Julieta se acercó a su marido. Frente a su humeante café, y apoyado sobre la barra de la cocina, cabeceaba adormilado, contando los segundos para que el terremoto de los niños lo dejara despertar en calma. Sin mediar palabra, le extendió un sobre.

—No sé por qué lo hago, pero sé que me lo acabarás agradeciendo.

Leonardo levantó la cabeza alertado. ¿Tan pronto había decidido su mujer divorciarse de él?

Julieta leyó el miedo en su mirada y suspiró, afligida, antes de retomar su camino y abandonar la casa.

—Ahí tienes otro caso de adopción irregular para continuar tu investigación. Se trata de Renata, la hija de Beatriz y Marco.

21

Renata *post mortem*

Renata había enmudecido y ya no había dudas: era un estado permanente. Beatriz había llegado a pensar que su silencio se debía a la conmoción de los primeros días; al funeral; a la ausencia de su papá cada mañana, a quien besaba antes de ir a la escuela. Sin embargo, las semanas transcurrían una tras otra y Beatriz era testigo de cómo la alegría de Renata continuaba apagada, igual que un foco fundido. Como madre, se sentía devastada: no se veía con fuerzas ni capacidad para reaccionar ante el estado de su hija. Pero, si no lo hacía por ella, ¿entonces por quién? ¿Qué otra razón necesitaba, además de recuperar a su hermosa y adorable Renata, para seguir adelante?

Su Renata inquieta y saltarina, llena de color; su pequeña que a veces la sorprendía con frases tan maduras que la devolvían al mundo real. Sin embargo, desde el día en que le ató a la espalda el lazo de aquel vestido negro Renata no volvió a ser la misma. Se oscureció con el color de la tela, como si al contacto con su piel hubiera desteñido también sus emociones.

El equilibrio se había roto. Marco ya no estaba, Renata se encontraba ausente y Beatriz no sabía siquiera cómo era capaz de estar.

Cada mañana y cada noche la observaba en la distancia. La veía desayunar en silencio, sorbiendo la leche rebosante de sus cereales favoritos, cuando antaño parloteaba sin parar. Por el retrovisor veía a la niña sentada en el asiento trasero del coche con la mirada perdida de camino a la escuela. Ya no jugaba a contar casas o a los colores a través de la ventana. Rota de dolor, cuando la acostaba, Beatriz esperaba a que su pequeña cayera dormida para observarla desde el marco de la puerta, a oscuras, cruzando los dedos para que sucediera un milagro y al despertarse Renata abriera la boca con una sonrisa.

Sin embargo, en todos aquellos momentos copados de silencio entre ambas, Beatriz solo podía sentir una grieta que se abría implacable, cada día un poco más. La brecha de un posible terremoto bajo sus pies, provocado por aquel trozo de papel escondido en un cajón que había permanecido cerrado bajo llave. Aquel papel que lo ponía todo en peligro. Porque todo había cambiado ya demasiado, pensaba Beatriz, como para consentir que algo más cambiara entre ellas. Beatriz no iba a permitirlo.

Las madres de la escuela tampoco eran ajenas a aquel cambio que se había producido en la pequeña. Por mucho que quisieran preocuparse por ella y preguntarle a Beatriz, en parte con curiosidad y en parte porque todo el mundo tenía consejos para repartir, no podían. Beatriz ni siquiera les brindaba la oportunidad: hacía semanas que ya no se paraba a hablar cuando dejaba a Renata en la entrada de la escuela.

Con el mismo rictus que su hija, ella llegaba y se marchaba, casi con el motor en marcha, ajena a las miradas, inmersa en su silencio. Lo que las amigas que la observaban y susurraban a su paso no sabían era que, en el fondo, tenía miedo. Miedo de lo que pudiera salir de aquellas bocas. Miedo de que, en una de esas conversaciones, todo se fuera al traste.

Aunque confiaba en el silencio de Julieta, no podía evitar temer que cada palabra pronunciada, cada frase que saliera de su boca en referencia a su hija, desembocara en el mismo sitio: Renata era adoptada. Tan improbable como sospechoso, el riesgo era una puerta a la que no quería llamar.

—Claro que hablan de eso —admitió Anaís aquella noche cuando las tres hicieron una videollamada juntas; la primera en mucho tiempo—. Preguntan, cuestionan... Como si no tuvieran otra cosa que hacer con sus vidas.

—Se preocupan, Anaís —añadió Julieta.

—«¿Qué vamos a hacer con Beatriz? ¿Cómo podemos acompañarla en un momento así, si no nos deja? ¿Y la pobre Renata? Las mamás tenemos que estar unidas» —repitió Anaís frase tras frase con dramatismo e indignación—. Y la peor de todas: «Mucho ayuda el que no estorba». Valientes cobardes.

Beatriz se mantuvo en silencio mientras se sentía el objeto de las críticas y los cuchicheos de las madres de la escuela, que no tardarían en llamarla mala madre si Renata llegaba un día tarde, pero que tampoco hacían realmente nada por ella.

—Bueno, para eso ya estamos nosotras —añadió Julieta, como leyéndole el pensamiento.

—Eso no quita que a veces no las soporte —comentó Anaís—. Cuando no es por las mañanas, son los mensajes bombardeándome el celular... No me lo puedo permitir, me rompen el equilibrio mental y las buenas ondas.

—Pues sal del grupo, ¿qué quieres que te diga? —sugirió Beatriz, rompiendo su silencio, con una honestidad casi brutal.

—¡No puedo hacer eso! —respondió Anaís sin pausa—. Las veo todos los días en la entrada de la escuela. ¿Qué pensarían?

¿Qué pensarían? Esa era la pregunta que perseguía a Beatriz. Y por eso prefería ser cauta. Tenía miedo de que, si removía demasiado, las aguas se agitaran.

Julieta tenía ganas de averiguar cómo se encontraba su amiga en realidad. Esa estaba siendo su única interacción en directo desde hacía días. Aun así, con Anaís presente, no pudo hacer otra cosa que dejar marchar la oportunidad cuando, cansada, Beatriz colgó la llamada con la excusa de acostar a Renata.

Hacía varias noches que dormía con ella. En un principio había caído rendida leyendo un libro, pero al poco tiempo vio en aquel gesto la solución para que la niña no se aislara. Por eso, una noche más, se acostó en la pequeña cama, arropada junto a su hija. Tranquilas y en silencio, como si se tratara más bien de un ritual, Beatriz alcanzó un libro de la mesita de noche y se lo apoyó en el regazo para leerle un cuento. Aquel, sin embargo, era especial; lo había encontrado por casualidad mientras buscaba referencias e inspiraciones en internet, y había contado los días hasta que el ejemplar le llegó por correo. Se trataba de un cuento con objetivo: Beatriz pretendía con él que Renata entendiera que no siempre iba a poder vivir aislada, escondida en sí misma tras el silencio.

—Cuando nadie la ve, la princesa Aurora se encierra en su cuarto a pensar en todo lo que va a hacer cuando sea mayor y pueda tomar las riendas de su vida —entonó Beatriz—. Los que la rodean saben que es muy noble e inteligente. Pero lo que Aurora desconoce es que sus mayores problemas todavía están por venir...

Cautivada, Renata escuchaba atenta la narración de su madre.

—Porque, durante años, la princesa pensó que era demasiado joven para saber quién era. Y de tanto pensar no se dio cuenta de que ya no era una niña..., sino una hermosa mujer. Las hadas, que siempre la habían cuidado, tenían la certeza de que la magia no iba a protegerla para siempre. Muy pronto, Aurora tendría que salir al mundo a recorrer su propio camino.

Beatriz insistió con una entonación especial en aquella última frase. Tratando de no dormirse, su pequeña entreabrió los ojos y levantó la vista hacia su madre: Renata intuía que aquel cuento era especial.

—Aurora va a tener que ser muy fuerte —continuó Beatriz—. Tendrá que empezar a comportarse frente a los demás de otra manera, ya que no siempre va a poder seguir manteniendo oculta su verdadera personalidad. Aurora aprenderá que la mejor forma de triunfar es ser siempre sincera y...

Mientras pasaba la página, Beatriz se percató de que Renata volvía a abrir los ojos de par en par y la observaba con atención.

—¿Todavía no te duermes, mi amor?

Le acarició el cabello con dulzura y cerró el libro. Cuando fue a acurrucarse a su lado, Beatriz se detuvo con sorpresa al ver cómo Renata, después de bastante tiempo, volvía a abrir la boca para usar las palabras, las mismas que había cambiado por gestos y miradas.

—¿Por qué... —susurró dudando— se murió mi papá?

Beatriz no pudo contener un suspiro profundo, aliviada de volver a escuchar la preciosa voz de su hija, pero dolida por el contenido de la pregunta. Un dolor que su pequeña no comprendía y que ella misma todavía sentía a flor de piel.

—Porque nos quiere tanto que se fue a cuidarnos desde una estrella, mi amor. Así va a poder estar siempre con nosotras. Todo el tiempo. Aquí.

Beatriz llevó la mano al pecho de la niña y señaló en Renata su propio corazón.

—Y ahora, señorita... —dijo arropándola—, ¡a dormir! Ya es muy tarde, y mañana tienes escuela.

Incapaz de ocultar una sonrisa de alivio y satisfacción, Beatriz se giró para apagar la luz de la mesita. Sin embargo, antes de hacerlo se detuvo y miró a Renata con una mezcla de tristeza y orgullo.

—Vamos a estar bien, hija mía. Confía en mí.

Beatriz le estampó un beso maternal en el nacimiento del cabello, donde la frente daba comienzo a la cara, y apagó la luz. Arropada, viendo cómo el pecho de la niña respiraba acompasadamente, despacio, de arriba abajo, una luz repentina se coló por la ventana, cuyas cortinas Beatriz se había olvidado de cerrar.

Dejó a la pequeña entregada a su descanso y se dirigió hacia la ventana. No era capaz de dormir si no estaba rodeada de la más absoluta oscuridad. Desde ahí, vio claramente que la luz que había irrumpido en el cuarto de su hija procedía de la casa vecina. La casa de Gladys y Octavio.

Desde donde estaba podía ver una de las fachadas completamente a oscuras, a excepción de aquella ventana recién iluminada. Beatriz endureció la mirada antes de correr las cortinas. No quería vivir con más intriga. Si quería que la paz reinara en Old Shadows Road, la extraña presencia de esa pareja iba a tener que empezar a proporcionarle más respuestas que dudas.

Aunque algo le dijo que «paz» era un privilegio que hacía mucho tiempo le estaba vetado. Tal vez por eso no le dio miedo de estar a punto de comenzar una guerra contra sus vecinos, sobre todo si había creído ver en casa de Gladys un vestido idéntico a ese otro vestido.

«Piensa mal y acertarás», se dijo. Y obedeciendo a su propia intuición, se preparó para lo peor.

22

Las dudas de Beatriz

Cuando Leonardo cruzó el umbral del despacho de su casa, a primera hora de la mañana, se enfrentó a un escenario inusitado y que, además de insólito, le resultaba desconocido: su primer día solo, por su cuenta, sin tener que estar cada mañana a una hora concreta en la misma oficina, rodeado de la misma gente. Era su estudio, el de su propio hogar. Pero ahora, visto desde el marco de la puerta —mientras los dedos le tamborileaban nerviosamente sobre la taza de café que acababa de prepararse—, le pareció distinto al de todas aquellas noches que había pasado los últimos meses, bajo un flexo de luz escasa, trabajando sin parar en el proyecto que lo había conducido a aquella situación.

Hacía rato que Julieta se había ido a llevar a los niños a la escuela; no contaba con que volviera pronto porque, a diferencia de él, como periodista autónoma ella estaba más que acostumbrada a gestionar su propio tiempo. ¿A qué se destinaban todas esas horas, llenas de posibilidades, cuando no había encargos esperando sobre la mesa? Hasta allí fue donde se acercó; posó en ella la taza, se sentó frente a la computadora y encendió la pantalla. Las posibilidades podían bien ser infinitas, bien reducirse a la nada absoluta... o a una, tan solo, por la que comenzar el día y su nueva vida.

Eso fue lo que pensó al reparar en el documento que Julieta le había dado hacía un rato apenas, más llena de furia que con intención de hacer una ofrenda de paz. En realidad, Leonardo no le había prestado la más mínima atención porque la idea de que aquel trozo de papel supusiera el final de su matrimonio había copado toda su atención. Sin embargo, detuvo la percusión de los dedos sobre el documento y, dándole un sorbo a su café ya templado, se hizo con el contenido. Leyó en diagonal primero y con detenimiento después:

RENATA SALAZAR COLÓN - ADOPTADA
EL 13 DE MAYO DE 2012.

La mirada de Leonardo se endureció, incapaz de huir de esa frase... y todas las consecuencias que conllevaba.

Pronto supo cuál iba a ser su primer paso como autónomo aquella mañana, hacia dónde iba a encaminar sus pasos y en qué iba a invertir el tiempo. El objetivo despejó todas las incógnitas con las que había amanecido: debía ir directo al origen.

Menos de una hora después Leonardo se plantaba en la puerta principal de la casa de Beatriz, quien tardó en acudir a la llamada del timbre, que la había agarrado por sorpresa.

—¿Leonardo? —preguntó ella incapaz de ocultar su asombro.

—¿Es un mal momento? —insinuó él, incapaz de invitarse a entrar hasta que Beatriz no saliera de su asombro e hiciera algún gesto—. No quiero importunarte, si estás ocupada puedo...

—No, pasa, pasa... —le indicó abriendo la puerta para dejarlo entrar—. Estaba trabajando en el nuevo libro... Más bien tratando de hacerlo. En realidad, me paso más tiempo con la cabeza en las nubes que tecleando.

—Creo que sé lo que se siente.

—¿Quieres un café? ¿Un té? —le ofreció ella dirigiendo el paso de ambos hacia la cocina.

—Lo que tomes tú. No quiero darte trabajo... En realidad, al contrario... —dudó Leonardo mientras veía a Beatriz llenando la tetera con agua y sacando un par de tazas de la alacena.

—¿Sí? —preguntó ella distraída.

—Me parece que puedo ayudarte... con lo que te está pasando —soltó con un tono serio que la alarmó.

Presa por un instante de temor, tomó la caja de infusiones y clavó la mirada en la de él.

—No sé qué... —insistió ella, confundida, tratando de eludir su mirada.

—Beatriz, sabes que llevo meses trabajando en un caso en particular. —Leonardo se acercó a ella rodeando la barra

—

de la cocina y rompiendo la distancia que los separaba—. Un caso que, para qué seguir mintiendo, me costó el puesto de trabajo.

La confesión la alarmó.

—¿Cómo? —preguntó confundida—. Pensaba que...

—Julieta no sabe nada. Le dije que había renunciado, pero la verdad es que me echaron como a un perro. Por favor, Beatriz, confío en que podamos guardarnos los secretos —dijo haciendo hincapié en el plural del término.

Aunque ninguno de los dos lo dijera, Leonardo sabía que entre Beatriz y él siempre había habido una suerte de entendimiento mutuo y tácito, silencioso. El afecto que se profesaban hizo que Beatriz no lanzara más preguntas y tan solo afirmara con la cabeza, dejando que él llevara la voz cantante de la conversación.

—No me gusta haber tenido que mentir a mi esposa, tal vez haya sido el orgullo estúpido el que me hizo decirle que me fui yo...

—Leo —susurró ella—, no tienes que contarme nada si no...

—En realidad, vine porque creo que... Como periodista, creo que puedo ayudarte. Más bien, me debo a ello.

Mientras se bebían el té sentados a la isla de la cocina, Leonardo le explicó cómo se habían sucedido en realidad los acontecimientos en la redacción del periódico, los mismos que lo habían llevado aquella mañana hasta su casa.

—Ayudarte con lo que estás pasando puede ser una manera de ayudarnos a ambos... Podría recuperar mi carrera.

El silencio de Beatriz mientras le dedicaba los últimos sorbos a su taza hizo que Leonardo, algo nervioso, posara la mano sobre el brazo de ella.

—¿No lo ves? Me echaron justo por investigar el tema de las adopciones ilegales. No creo que el hecho de que tú hayas encontrado ahora esta documentación sea fortuito...

—Ese documento debe ser falso. Yo parí a mi hija.

—Lo sé. En mi investigación muchas mujeres tenían a sus hijos, pero después los médicos...

—¡No quiero remover el asunto, Leo!

—Pero después los médicos les decían que habían muerto —continuó el periodista.

—Tiene que ser un error. ¡Una confusión!

—Puedo mostrarte el reportaje. Ahí está todo...

—¿Por qué te lo contó Julieta? ¡Le pedí que no dijera nada!

Leonardo asintió y acarició el brazo de Beatriz de manera comprensiva.

—Espero que entiendas que ella no ha querido traicionar tu confianza en ningún momento. Si compartió esto conmigo fue más bien por la preocupación que siente por ti. —Leonardo suspiró buscando su mirada—. Solo trata de ayudarte.

—Lo sé —asintió ella posando también la mano sobre la de él para, acto seguido, desprenderse de ella y llevar las tazas al fregadero—. Pero también has de entender que todo esto me resulta muy difícil. ¿Y si abro una puerta que me lleve a descubrir algo de Marco que me deje marcada para siempre?

Se hizo un breve silencio entre ambos.

—Quiero poder recordarlo como siempre, sin nada que ensucie su nombre...

—Yo solo quería ofrecerte mi ayuda... —susurró Leonardo.

—Lo sé... Es solo que... estoy confundida.

—No sé muy bien cómo preguntarte esto, pero... ¿crees que el suicidio de Marco podría estar relacionado con una implicación en una posible adopción ilegal de Renata?

Ahí estaba: la posibilidad de un nuevo horror. De otra pesadilla. Beatriz clavó la mirada en los ojos de Leonardo y a él le pareció identificar en ellos un mar de dudas con más súplicas que lamentos.

—Ya te lo dije. Esto es un error. Ese documento no puede ser cierto. ¡Llevé nueve meses en el vientre a mi hija!

Beatriz sintió que sus pies rozaban el borde de una cornisa, de cara al vacío. Bastaba apenas una pregunta más, un comentario peligroso, una insinuación venenosa para que su cuerpo entero se precipitara al abismo. Trató de agarrarse a algo, a lo primero que llegara a su mente; sin embargo, lo único que consiguió recordar fueron las últimas palabras de su marido, cuando ella le preguntó si todo iba bien. Las últimas palabras que Marco le dirigió aquel maldito día, cuando ella se marchó de casa y jamás volvió a verlo con vida.

«Estoy algo nervioso...».

«No han sido días fáciles...».

Nada de eso era un salvavidas definitivo. Por lo visto, nada iba a salvarla de morir reventada contra el pavimento tras una brutal caída. Además, Beatriz no se veía con fuerzas para unir pistas o frases sueltas con las que intentar descubrir una verdad oculta.

Sus pies ya casi no se sostenían en la cornisa. El siguiente paso era hacia el precipicio. «Rápido, contesta algo, Beatriz. Dile algo que salve la situación». Pero no. Su boca parecía haber olvidado cómo hablar para defenderse. Y, como una broma cruel, su mente se empeñaba en revivir las palabras con las que Marco se había despedido de ella la mañana de su muerte: «No te olvides nunca de que te amo y de que todo lo que he hecho ha sido por ti, por tu felicidad...».

—«Por tu felicidad...» —musitó en voz baja, cargada de un repentino odio.

—¿Qué?

Sintió que se acercaba un poco más al despeñadero. ¿Sería capaz de frenar el interés de Leonardo ante la posibilidad de arrancar una nueva investigación? ¿Cómo explicarle que no deseaba saber la verdad, que era demasiado frágil para enfrentarse a una situación como esa? De pronto, se sorprendió maldiciendo la memoria de su marido, culpándolo de verse arrinconada contra la pared por un amigo periodista que, a todas luces, quería ayudarla sin saber que lo único que iba a conseguir sería condenarla.

«A los muertos hay que dejarlos en paz», reflexionó. Y Marco estaba muerto, muy muerto. Sin embargo, aunque ella hubiera querido negarlo durante todos esos años, siempre supo que su marido contaba con una vida más o menos armada antes de conocerla, una vida que incluía secretos y aspectos ocultos de su personalidad... ¿Y si lograba convencer a Leonardo de que tal vez allí, en ese pasado remoto y desconocido, podía encontrarse la respuesta a la pregunta que él le había hecho? Ella nunca se había envalentonado a averiguar más, nunca había querido profundizar ni buscar detalles, aunque más de alguna vez la tentación por descubrir aquel mundo oculto había estado a punto de vencerla. Pero, si lograba manejar bien la situación, tal vez ahora la muerte de Marco podía servir de algo.

«Lo has hecho todo mal, Beatriz, y no puedes negarlo. Cuando nadie te ve eres capaz de cometer los peores errores. Lo sabes, y también sabes que, al final, no hay deuda que no se pague ni plazo que no se cumpla...».

Esa mañana, en su cocina, y con Leonardo abriendo de par en par la puerta al pasado, Beatriz pensó que, si conseguía jugar bien sus cartas, esa podía ser la oportunidad de reescribir su historia y enmendar todos sus errores. Quizá lo mejor era permitir que alguien más se hiciera cargo de poner en palabras todo lo que ella había sospechado, captado, intuido e incluso omitido alguna vez, para así saldar sus deudas y ponerles un punto final a sus plazos.

¿Se atrevería a dar ese paso? ¿Dejaría hurgar a Leonardo en sus rincones más privados, por más arriesgado que pareciera?

«Siempre he sido una cobarde —se dijo con frustración—. Escondí tantas cosas que incluso yo misma terminé por olvidarlas. Y ahora no sé qué hacer. ¡Es culpa tuya, Marco! ¡Todo es culpa tuya!».

—¿Y? ¿Qué dices? —la presionó el periodista—. ¿Nos lanzamos a la aventura?

Con horror, Beatriz supo que no iba a lograr frenar la avalancha. No era capaz de enfrentarse a alguien como Leonardo, fuerte y sólido como una roca. Ella, en cambio, era agua. Agua sin cauce. Agua sin destino. Agua sucia. Y el agua de esa naturaleza nunca logra su objetivo porque termina evaporándose antes de tiempo. No, no iba a poder evitarlo. Había perdido la batalla.

Bajó la cabeza y soltó un suspiro final que la lanzó de bruces hacia el abismo. Leonardo, en cambio, sonrió satisfecho: creyó leer en ese sutil gesto de Beatriz el permiso que necesitaba para seguir adelante. Y allí, en el epicentro de ese cruce de apreciaciones, comenzó a fraguarse una nueva tragedia.

23

Viaje al hospital

Cuando Leonardo regresó a casa de su encuentro con Beatriz, confiado y aliviado por haber dado los primeros pasos de un camino que lo emocionaba de nuevo, Julieta lo esperaba en el pasillo, con el celular en la mano, dudando de su paradero.

—Pensaba que te encontraría trabajando en tu despacho... —espetó ella con frialdad, reemprendiendo su marcha hacia ningún lugar en concreto para dejarlo de lado.

—En casa no me concentraba. No sé cómo has conseguido hacerlo tú todo este tiempo.

—Entonces ¿saliste a trabajar? ¿Y fue productivo?

Pese a que la pequeña incógnita de si compartir con Julieta esos primeros pasos que había tomado apenas cruzó su mente, Leonardo enseguida la descartó con una mentira de las que se dicen en ocasiones «piadosas».

—Lo normal... Fui por un café, unas llamadas y luego a la biblioteca municipal.

—Ah, empezaste entonces a mover los hilos para el portal...

Si bien era cierto que en su mente, desde que había abandonado las oficinas de la redacción, solo tenía la idea de centrarse en su proyecto personal y crear su propia gaceta, aquel giro de los acontecimientos iba a retrasar un poco más esos planes. En la encrucijada de decisiones, se sabía inmiscuido demasiado en el tema que llevaba meses investigando como para dar vuelta atrás y empezar de cero... Al menos todavía.

En cuanto a su mujer, vio prudente no decirle nada aún ante sus reacciones sobre la inestabilidad que en el matrimonio podían producir esos nuevos pasos.

—Sí —emitió él aclarándose la garganta—, retomé algunos contactos, avisé al programador, a un diseñador y ya estoy planeando una serie de encuentros con algún que otro conocido, a ver si de manera puntual pueden echar una mano.

—Bien —dijo Julieta todavía con dureza en la voz—. A ver qué tal va.

—Paso a paso... —respondió él adentrándose sin más en su despacho para dejar la mochila cargada de los papeles y libretas que había llevado consigo durante toda la investigación.

—Voy a hervir agua para un té, ¿quieres?

No respondió, porque su mente se fue directo al té que había tomado con Beatriz.

Dudó si mencionar de manera casual que la había visto, solo por si acaso salía en alguna conversación entre amigas. Sin embargo, sabía que aquello era un secreto entre ambos,

Beatriz y él, uno más, y sin saber muy bien por qué decidió no contarle nada más a Julieta. Por mucho que ella le hubiera facilitado la hoja de ruta que lo había llevado hasta el hallazgo de la adopción de Renata, sabía que su esposa no entendería sus motivos y creía que compartir con ella aquel dato iba a darle más problemas que beneficios.

—¿Leo? —le reclamó Julieta, todavía esperando una respuesta en el umbral de la puerta—. ¿El té?

—¿Qué? —Él despertó de su ensimismamiento y sacó sus libretas de la mochila—. No, gracias. Ahora bajaré a picar algo.

Julieta siguió pasillo adelante hasta que Leonardo oyó sus pasos bajando la escalera. En un suspiro, respiró tranquilo y tomó la determinación de llevar a cabo la investigación codo a codo con Beatriz. Sin embargo, a ojos de su mujer, quedaría con gente y gestionaría cada día cosas del trabajo necesario para la creación de su propio portal, su salvoconducto para moverse con la libertad necesaria. Se había ofrecido a ayudar a Beatriz poniendo a su disposición todos sus años de experiencia como periodista, sin exigir nada a cambio, pero en el fondo sabía que sus motivos no eran puramente altruistas; limpiar su nombre era una prioridad mayor que cualquier otra.

Determinado, repasó las notas de sus libretas que pudieran tener conexión con el caso de Renata. Mientras lo hacía, oía a Julieta llevar a cabo varias tareas del hogar en la planta baja y se detuvo un instante. No pudo evitar pensar en las palabras de su mujer cuando él le había comunicado que había decidido «dejar» su trabajo. «Los proyectos independientes jamás dan suficiente dinero...».

Sin embargo, aquel no era un proyecto independiente a secas: era el proyecto que podía definir un antes y un después en su carrera; en realidad, ya lo había hecho en el momento en el que su investigación lo había puesto de patitas en la calle.

Mientras el sonido procedente de la cocina seguía llegando a sus oídos, casi con mayor volumen por arte de magia, en la cabeza de Leonardo resonó otra frase de su mujer: «¿Se te ha ocurrido pensar que tenemos colegiaturas que pagar, una hipoteca, deudas varias, créditos...?».

Julieta tenía razón. Estaba adentrándose en una senda de la que no podía ni quería salir, pero que iba a poner en peligro todo lo que había construido. ¿Hasta qué punto valía la pena el honor si todo lo demás podía derrumbarse sobre su cabeza?

Ahuyentando sonidos y pensamientos, siguió pasando páginas con determinación. Dejó que sus ojos corrieran veloces sobre el siguiente renglón:

Al final, esto no es más que una asociación ilícita para adopciones irregulares, tráfico de niños y una red de abuso donde lo que manda son el dinero y la impunidad de familias poderosas.

Como periodista especializado en investigaciones complejas y en destapar casos de corrupción, sabía que su obsesión con la verdad y la justicia —aun cuando el hecho en sí le tocaba hasta el punto de comprometerlo emocionalmente en más de un sentido— iba a impulsarlo hacia su necesidad de hacer lo correcto. Por eso estaba decidido a dejarse los pies en la calle rastreando hasta la última pista que lo condujera hasta el verdadero origen de Renata, y eso, y solamente eso, era lo que lograría que descansara por las noches.

A Leonardo no le llevó mucho atar cabos, buscar entre posibles conexiones y deducir el origen de los primeros pasos de Marco a la hora de tramitar la adopción de Renata. El primer peldaño de aquella escalinata pasaba, sí o sí, por acudir en busca de información al hospital donde Beatriz había dado a luz.

Y esa era la dirección que tecleaba en el navegador del coche, estacionado por la mañana a las afueras de Old Shadows Road, mientras Beatriz salía de casa y cerraba la puerta a sus espaldas con nerviosismo.

—¿Todo bien? —le preguntó él cuando arrancó el coche y observó cómo antes del segundo semáforo la mujer seguía frotándose las manos con visible inquietud.

A esas horas las calles de Pinomar estaban tranquilas, en contraposición con la mirada de Beatriz, que, a través del cristal, parecía seguir a cada persona y cada fachada como deseando huir de aquel coche.

—Entiendo que no es algo fácil —susurró Leonardo posando la palma de la mano en los nudillos de la mano de Beatriz—, pero míralo de esta manera: iremos paso a paso, a ver qué nos encontramos.

—Cierto... —susurró devolviéndole la mirada con premura, pero aún algo agitada.

Aunque el silencio de Beatriz no revelara mucho más en el trayecto al hospital, la incomodidad de la mujer era latente y hasta podía sentirse en el aire que los separaba en aquel pequeño espacio. A Leonardo la tensión del ambiente le decía que Beatriz sentía miedo de que aquella incursión pudiera resultar peligrosa. Y no le faltaba razón: la muerte de Marco, los interrogantes sin resolver sobre el origen de Renata, su repentino despido del periódico... Hacer preguntas a veces conducía a situaciones arriesgadas y a respuestas para las que uno no está preparado. Quizá Beatriz huía de una de ellas, pensó.

—No tienes por qué entrar si no estás preparada —le dijo clavando la mirada en sus ojos cuando estacionaron el vehículo en la entrada del recinto—. Puedo encargarme yo de todo y compartir contigo lo que averigüe...

—No —espetó Beatriz un poco tensa, interrumpiéndolo.

Se dio cuenta de que su voz había sonado demasiado brusca y le devolvió una mirada más calmada.

—Agradezco muchísimo que quieras prestarme tu ayuda, pero es mi familia. Quiero que estemos juntos en todo esto.

—Estoy aquí para ti.

—Una cosa más, Leo. Nadie puede saber sobre esto —advirtió—. Nadie. Ni siquiera Julieta. ¿Está claro?

—Clarísimo.

Leonardo sonrió con una amabilidad casi triste y Beatriz inclinó la cabeza con gratitud. Abrió la puerta del coche y un golpe de viento le dio la bienvenida frente a la fachada del hospital de Pinomar, el mismo donde había conocido a su hija.

Antes de dar el primer paso, su instinto la hizo frenar en seco.

«No, no lo hagas».

Pero Leonardo la tomó por el brazo presionándola cortésmente a seguir. Y a Beatriz no le quedó más remedio que dejarse llevar.

24

La primera pista

«Tener la primera pista es lo más importante porque nos abre un mundo de posibilidades...».

Esa fue la sentencia de Leonardo, con inequívoca expresión de triunfo, tras la visita al hospital. Y ella sonrió forzada por las propias circunstancias. Sin embargo, un par de días después todo aquel asunto empezó a removerla por dentro. Beatriz concluyó que una actitud pasiva ante el caso no iba a llevarla a buen puerto, por lo que decidió seguir de cerca, paso a paso si hacía falta y a él no le importaba, los avances de su amigo.

Con cada día que transcurría, con cada nuevo mensaje que se intercambiaban, Beatriz no podía evitar que el estómago se le retorciera ante el simple sonido del celular. En cualquier instante, Leonardo podía contactar con ella con alguna nueva pista o información que diera un vuelco al caso y, por ende, a su propia vida.

En realidad, la visita al hospital, por muy entusiasmado que hubiera tenido a Leonardo, solo había resultado ser la punta de un mal hilván del que no tenían claro que pudieran jalar ni que fuera a conducirlos a ningún lado. Cuando volvían de aquella primera incursión, bajo una lluvia que parecía no querer abandonar Pinomar esa semana, Leonardo intentó calmarla ante la ausencia de pistas.

—Bueno, no está mal... Es un comienzo —le había dicho apoyando la mano en el hombro de ella para consolarla.

Lo cierto era que la visita se había saldado con malas caras, gente ocupada y un gerente poco colaborativo. Tras más de media hora cruzándose con rostros nuevos que no parecían poder hacer nada por ellos y deambular por pasillos atiborrados de pacientes y de personal médico, decidieron abandonar las instalaciones. Justo en ese momento, una mujer que apareció de la nada, y que por lo visto había sido testigo de sus inútiles interrogatorios y peticiones de ayuda, se acercó a ellos y les hizo un gesto disimulado.

—Síganme —susurró.

Beatriz y Leonardo cruzaron una mirada cargada de dudas. Pero antes de que ella tuviera tiempo de confesar sus inquietudes, el periodista echó a andar a grandes zancadas tras la mujer, hasta que desaparecieron juntos al final del pasillo. Beatriz, de nuevo, no tuvo más remedio que seguirlos, en absoluto silencio y con la cabeza llena de preguntas. Desde varios pasos más atrás, los vio atravesar el inmenso vestíbulo del hospital de Pinomar para luego salir hacia un patio lateral y quedarse ahí protegidos de la lluvia debajo de un enorme alero.

—Muy bien, ya estamos solos —dijo Leonardo en plan profesional—. Hable.

—Yo recuerdo su parto —musitó la desconocida al tiempo que señalaba a Beatriz con el dedo—. Y también recuerdo el nombre de la enfermera que se hizo cargo de su hija durante sus primeras horas de vida.

Sin que pudiera evitarlo, el día del nacimiento de Renata regresó a su mente como un disparo: se vio rodeada de enfermeras y doctores que corrían en torno a ella mientras unas manos femeninas le arrebataban a la niña. Ella había intentado hablar para detenerlas, pero no logró emitir un solo sonido. El mundo se le apagó en apenas un pestañeo.

—Clara Rojas —suspiró Beatriz con desaliento cuando, diez minutos más tarde, caminaba junto a Leonardo de regreso al automóvil—. ¿De qué nos sirve? Debe haber miles de personas con este nombre. Y hace tanto tiempo de aquello...

—Tener la primera pista es lo más importante porque nos abre un mundo de posibilidades —exclamó encendiendo con entusiasmo el motor del coche—. Ahora es cuestión de buscarla y tratar de que ella nos abra la siguiente puerta. Así funcionan todos los casos, confía en mí. He partido mil veces con menos que esto y siempre he conseguido avanzar...

No logró descifrar si el rostro de Beatriz mostraba recelo o temor; en cualquier caso, Leonardo tenía la determinación de estar ahí para ella de manera absoluta y reconfortante.

Había algo en las palabras del periodista, en su presencia al otro lado de la pantalla o de la línea cuando la llamaba con datos nuevos o simplemente para saber cómo estaba, que la reconfortaba e incomodaba a partes iguales. Beatriz era incapaz de deshacerse del miedo que crecía en su interior desde que Leonardo había iniciado, con su beneplácito, aquel camino. En cierta medida se sentía consolada y acompañada, como si la intimidad de aquello que estaban compartiendo hiciera que se sintiera un poco menos sola.

Por otro lado, la tensión no quería abandonar su cuerpo. La tenía ensimismada, repasando en su cabeza cada dato del pasado, en un viaje constante y silencioso que tampoco la dejaba dormir. Y cuando lograba conciliar el sueño o estaba a punto de conseguir una buena idea para su próximo libro infantil, su mente se iba a algún momento de su vida junto a Marco. Un hecho cualquiera. Un rostro. Un gesto. Cualquier detalle que pudiera convertirse en la clave de *algo*.

«Recuerdo el nombre de la enfermera que se hizo cargo de su hija durante sus primeras horas de vida».

Bueno, ahí había algo en qué pensar: en aquella enfermera. Hizo el esfuerzo por acordarse de la mujer, pero no lo consiguió. Y había una razón muy clara: las primeras horas de vida de Renata fueron caóticas. El parto, la hemorragia incontenible, el desmayo, el coma durante dos días, ese vacío en su mente que para ella había durado una eternidad... Todo ese túnel impreciso y oscuro había acabado cuando recuperó la consciencia y Marco le depositó en los brazos a su hija recién nacida: «Te la presento, mi amor. Mira, Renata. Ella es tu mamá. La mujer más valiente del mundo».

La lluvia en los cristales que la acompañaba, acostada en la cama, la sumergió una vez más en un túnel hacia el pasado que la transportó de nuevo a otra noche lluviosa como esa misma, en la que Marco había entrado en la casa después de comprobar los últimos trabajos que los obreros habían llevado a cabo aquella tarde en la alberca. Por aquel entonces, ella no estaba entusiasmada con la idea, a diferencia de él, que había acelerado las obras de construcción.

—¿Todo bien? —le había preguntado Beatriz cuando él terminó de deshacerse de la ropa húmeda en el baño para luego ponerse la pijama frente a ella.

Marco, con el ceño fruncido, no respondió. Pero su silencio le hizo saber que, en efecto, algo ocurría.

El mismo silencio que se había hecho aquella noche, casi el mismo sonido de gotas repiqueteando en el cristal, era el que la acompañaba ahora.

Beatriz se levantó hasta la ventana y desde ella observó la alberca. Se sentía sola. Sola, inquieta... y, en momentos como aquel, solo podía hacer una cosa para calmar el mar rabioso de su interior: nadar.

Bajo las gotas de lluvia que alteraban la superficie del agua, Beatriz se sumergió en la alberca. Ni la temperatura del agua ni el frescor de la noche impidieron que allí dentro se sintiera en paz, en su medio natural. Era irónico; acababa de recordar un momento poco agradable relacionado con aquella alberca y ahora se zambullía en ella como si se vistiera con el traje más cómodo del mundo, hecho a medida, que la hacía sentirse protegida. Aquella era su tierra firme, allí podía pensar con claridad mientras, brazada tras brazada, repetía en su cabeza cada una de las frases de Leonardo en los últimos días.

«He partido mil veces con menos que esto y siempre he conseguido avanzar...».

En el último mensaje de Leonardo, apenas una hora atrás, su amigo le deseaba buenas noches. Esas dos palabras —«buenas noches»— le dibujaron una sonrisa de manera espontánea e involuntaria porque, más allá de la preocupación y de la investigación del periodista, Leonardo era la ausencia de silencio. Esa roca fuerte y sólida que, como el granito que rodeaba la alberca, era capaz de contener el agua dentro. Así se sentía Beatriz, así la removía la presencia de Leonardo. Ella era el agua que trataba por todos los medios de mantenerse en calma y él su puntal, el tanque que evitaba que se esparciera hasta desaparecer.

«Sí, tener la primera pista es lo más importante», concluyó mientras se sumergía hasta tocar el fondo de la alberca.

Y, en ese preciso momento, se encendió la luz en una de las estancias de la casa de sus vecinos.

25

Buenas personas

Tras unos días en los que la acción de pensar, teclear y seguir construyendo mundos ficticios enteros en páginas que antes estaban en blanco le había sido imposible, Beatriz encontró por fin una mañana la calma e inspiración suficientes para dedicarse a lo que amaba: escribir. Para lograrlo, necesitó relegar a lo más hondo de su mente la presencia de Leonardo en su vida y su necesidad de seguir de cerca cada uno de los pasos de aquella nueva investigación en la que se habían embarcado casi por casualidad.

Pero ahora, por suerte, sus dedos se movían con avidez, como si hubieran estado sedientos durante semanas, y corrían sobre el teclado del mismo modo que antes de que su vida se torciera. No llevaba muchas páginas, pero Beatriz sentía que el torrente creativo había vuelto a fluir por sus venas:

El sol estaba sentado / en su columpio de brillos / con los zapatos dorados / y un overol amarillo. / Entonces un nubarrón / llegó llorando de frío / y...

Ding, dong.

El inesperado timbre de la puerta interrumpió sus pensamientos y le cortó el verso a la mitad.

—¡Mierda! —protestó tratando de volver a concentrarse y recuperar aquella idea que parecía haberla abandonado.

El timbre volvió a sonar con una molesta insistencia que tal vez solo estuviera en su cabeza. Beatriz se levantó de su escritorio y trató de asomar la cabeza por la ventana para tener una pista de quién podía plantarse en su puerta sin avisar: sin duda, no eran Julieta ni Anaís... De hecho, nadie en Pinomar haría semejante cosa sin avisar.

Se inclinó todo lo que pudo, pero, al ver que era imposible atisbar nada entre el vaho y la lluvia que aún persistía, se calzó las pantuflas y una chamarra y se dirigió escaleras abajo con la esperanza de que el timbre no sonara una tercera vez.

Ding, dong.

La estampa al otro lado de la mirilla la sorprendió y sobrecogió a partes iguales: Gladys y Octavio, de pie, en silencio, esperaban pacientes a ser atendidos.

Por instinto, Beatriz se llevó los dedos a la boca, un gesto de nerviosismo que la trasladaba al mal hábito de morderse las uñas cuando estaba inquieta. ¿Qué querrían? ¿Podría fingir que no había nadie en casa? ¿O acaso era mejor abrir y quitarse de encima una vez por todas esa sensación que la perseguía cada vez que se topaba con ellos?

Sin tiempo a sopesar la mejor decisión, abrió la puerta con una amplia sonrisa llena de falsa sorpresa. Hasta ese momento no había podido observar que Octavio portaba en los brazos una bandeja envuelta en papel de plata.

—¡Gladys! ¡Octavio! —exclamó tratando de actuar con naturalidad.

—Querida Beatriz —suspiró la mujer con un tono pausado a la vez que dio un paso adelante y la sujetó por los brazos en un gesto que se entendió que era de consuelo—. ¿Cómo estás?

Desconcertada, no supo qué responder ante semejante muestra de afecto.

—¿Y la pequeña Renata? —preguntó la mujer, esa vez llevando la vista hacia el fondo del pasillo y la escalera, en un gesto de curiosidad que Beatriz reconoció de inmediato porque era el mismo que ella había mostrado todas las veces que se había plantado en la puerta de sus ya no tan nuevos vecinos.

—En... la... escuela —respondió cruzándose de brazos y abrigándose con la chamarra ante una ráfaga de aire frío.

—¿Y cómo está ella? Hace días que no la vemos jugar en el jardín... Bueno —rio Gladys señalando hacia el exterior—, con este tiempo es normal... Pero ya sabes a qué me refiero.

Los tres se quedaron allí de pie, en silencio, durante unos instantes, sin saber muy bien cómo continuar el encuentro. Tras una breve ojeada de Gladys a Octavio, este extendió los brazos hacia Beatriz para ofrecerle la bandeja.

—Les traemos un pastel casero. Pensamos que podía animar a la niña —dijo.

—A nadie le amarga un dulce, ¿verdad? —añadió su esposa.

Beatriz extendió los brazos y sujetó el pastel, todavía anonadada por la naturaleza del encuentro. ¿Estaban siendo amables? ¿Ahora? ¿Con qué objetivo?

—Mil gracias —susurró—. Seguro que está delicioso.

Las gotas del porche golpeaban el hombro de la chamarra de piel vuelta de Octavio, que ni se inmutaba ante el frío. La mirada furtiva de Gladys seguía colándose más allá del pasillo, por encima del hombro de Beatriz, invitando casi con el gesto a que los dejara pasar. Beatriz sabía que era lo educado, lo correcto, y lo esperable de una mujer como ella.

—¿Te agarramos ocupada? —preguntó Gladys dando un pequeño paso hacia adelante para evitar que las gotas, como hacían con su marido, la empaparan a ella también.

—La verdad es que... me encantaría invitarlos a entrar y a una taza de té...

—Oh, eso sería maravilloso con este temporal —espetó Gladys interrumpiéndola.

—... pero me temo —continuó con premura Beatriz— que me encuentro en plena sesión de escritura ahora mismo; tengo la fecha de entrega del nuevo libro encima y...

Gladys chasqueó la lengua y, de nuevo, acercó las manos a los brazos de Beatriz en actitud comprensiva.

—Querida, no pasa nada, tranquila. Lo entendemos perfectamente...

—Tal vez en otra ocasión... —dejó caer casi con desgana.

—Sin duda —indicó Gladys al tiempo que le hacía un gesto a su marido para que ambos emprendieran el camino de vuelta a su casa—. En otro momento... Y cuando esté la pequeña Renata, quizá.

—Ya nos dirán qué les pareció el pastel... —dijo Octavio sin mucho entusiasmo a modo de despedida.

A Beatriz le llevó unos segundos cerrar la puerta y apoyar la bandeja en la isla de la cocina. Al hacerlo, se acercó a la ventana para, a través de las cortinas, seguir el camino de la pareja, que regresaba a paso lento por la vía de Old Shadows Road hacia su casa.

«Qué raro», pensó mientras levantaba la tapa que cubría la bandeja y ojeaba un pastel de galleta, vainilla y chocolate que, para qué negarlo, tenía una pinta estupenda. Hundió el dedo en la cobertura y se lo llevó a la lengua para probarlo. En efecto, estaba delicioso, por lo que decidió cortarse una porción y llevársela de vuelta al escritorio para seguir con su flujo creativo.

El pastel estuvo a la altura; lamentablemente, su escritura no. La visita la había descolocado de tal manera que no había podido dejar de pensar en sus vecinos hasta que fue hora de ir a recoger a Renata a la escuela. Sin duda, eran una pareja extraña, un tanto rara, y más que sospechosa de muchas maneras. No obstante, aquel gesto tan sencillo, que ni siquiera sus amigas habían tenido con ella en las últimas semanas, la estaba haciendo dudar. Tal vez los había juzgado demasiado rápido; igual solo se trataba de un par de buenas personas que, ante la cercanía de sus hogares, y como testigos de su desgracia, solo querían tenderle una mano amiga. Pero después recordó el desconcertante grito proveniente del sótano de la casa vecina, y la visión de la muchacha sonriendo desde el portarretratos, y comprendió que no podía bajar la guardia. Pero... ¿y si todo fue producto de su imaginación? ¿Y si esa tarde, de pie frente a la puerta de Gladys y Octavio, su mente la engañó una vez más?

«Reconócelo, Beatriz, es una posibilidad —se dijo—. La ves en todas partes. El recuerdo de aquel vestido te persigue. ¿Podrías jurar por Renata que era el mismo que se apreciaba en la foto? Sigue así, y vas a terminar creyéndote todas tus fantasías...».

«Entonces un nubarrón / llegó llorando de frío...».

Pues sí: sus vecinos eran un nubarrón que amenazaba sus días. ¿O estaba siendo demasiado recelosa?

La siguiente vez que llamaron a la puerta fue un par de días más tarde, pocos minutos después de que Beatriz y Renata hubieran salido del coche a su regreso de la escuela. En esa ocasión portaban una bandeja de galletas glaseadas con una cobertura de colores que Beatriz sabía que iban a hacer las delicias de su hija.

—Estamos experimentando en la cocina —dijo Gladys con una sonrisa, señalando el regalo—. Hace tanto tiempo que no cocinamos este tipo de *snacks*...

Se le escapó un suspiro en la frase que enterneció a Beatriz. Había más detrás de la fachada de esa pareja y era el momento de abrir las puertas: la del pasado de ambos y la de su casa.

—¿Quieren entrar?

Gladys sonrió llena de emoción y Beatriz los hizo pasar a la sala mientras Renata la seguía tímida a la cocina con intención de levantar la tapa y averiguar más sobre esas galletas.

—¿Son unicornios? —exclamó la niña con una ilusión que hacía tiempo que Beatriz no oía en su voz y que extrañaba.

Aquel simple gesto hizo que sirviera el té con una sonrisa y bajara la guardia, lo que resultó en una tarde de lo más agradable entre los cuatro. Entre galletas con formas divertidas (que, sin duda, no habrían tenido la aprobación de Anaís), pequeños gestos de cariño de Octavio hacia Renata y los comentarios sobre libros y el trabajo que estaba llevando a cabo Gladys en la biblioteca de la escuela, Beatriz consiguió sentirse a gusto, a salvo y bien acompañada.

—¿Sabes qué? —le dijo Gladys a Renata—. Octavio hace unas malteadas con colores de diamantina que te van a encantar.

—¿En serio? —preguntó entusiasmada la niña, mirando al hombre como si estuviera en presencia de su mismísimo abuelo.

—Quizá cuando haga mejor tiempo... —señaló Beatriz indicando la lluvia, que seguía mojando el paisaje al otro lado de la ventana.

—Pues está decidido: cuando salga el sol, organizamos una tarde de alberca con merienda de diamantina.

Gladys le extendió la mano a la niña, como si con ello estuviera ofreciéndole un trato.

—Está bien —aceptó risueña, sosteniendo la mano y agitándola para aceptar el plan.

Una vez que la pareja se marchó, Renata terminó su tarea y Beatriz la puso a dormir, se quedó ensimismada ante una copa de vino tinto y un pequeño plato con pan tostado, y con la vista más allá de la cristalera de la cocina; más en concreto, en la luz proveniente de la casa de sus vecinos.

Sin duda, le faltaban nuevos amigos, y aquella misma tarde había comprobado que Gladys y Octavio podían convertirse, poco a poco, en unos referentes familiares de los que Renata carecía. Los veía dirigirse a ella con un afecto tan auténtico que no podía pensar que nada malo pudiera salir de esa pequeña unión que había comenzado a fraguarse. Sus gestos, de hecho, hablaban mejor de ellos que de cualquier otra persona de la comunidad; aquella de supuestos amigos que habían reducido el contacto a mandarle un mensaje de vez en cuando. Tal vez, se dijo Beatriz, todas aquellas miradas furtivas de sus vecinos a través de las ventanas al otro lado de la valla tan solo habían sido una primera toma de contacto por parte de una amable pero tímida pareja que, como ellas, también se sentía sola.

«Es solo una coincidencia —concluyó—. Lo de ese vestido... tiene que ser una simple y vulgar coincidencia».

Pero nunca imaginó lo equivocada que estaba.

26

Ojos de muerto

En una de sus noches ya típicas de videollamada y copa de vino con Julieta y Anaís, parecía que el tema de conversación entre ellas trataba de manera inevitable sobre Gladys y Octavio. Beatriz estaba ligeramente ausente. Sus amigas lo achacaban a que había sido así desde la muerte de Marco. Sin embargo, la razón real era que Beatriz no conseguía deshacerse del cansancio que la perseguía, pues era incapaz de dormir más de unas cuantas horas seguidas cada noche.

Además de que no estaba lo atenta que debería a las conversaciones con sus amigas, se notaba torpe física y mentalmente. Cometía errores tontos, no se acordaba de los horarios de Renata, llegaba tarde a las reuniones y, en general, hacía que Julieta y Anaís percibieran esos descuidos como una falta de interés por la vida de sus amigas (justo las mismas que ella cada vez notaba más ausentes).

—No sé, yo suelo tener un sexto sentido para estas cosas —dijo Anaís—, pero hay algo sobre estos dos que no acaba de cuadrarme.

—Pero eso es porque no visten a la última moda —le espetó Julieta entre risas con intención de molestarla.

—¿Me crees tan superficial? —respondió Anaís indignada—. Te digo que no me transmiten confianza...

—Además, Beatriz ha empezado a pasar más tiempo con ellos. Tal vez deberías preguntarle a ella en vez de juzgarlos por un suéter fuera de temporada.

Julieta le dio a Beatriz la oportunidad de participar en la conversación para que no pareciera que su imagen se había congelado en las pantallas de sus iPad. Como arrastrada por la necesidad de defender el nuevo vínculo creado con los habitantes del número 11 de Old Shadows Road, Beatriz se aclaró la garganta e intervino en la conversación casi por primera vez.

—Tienen que creerme cuando les digo que son buenas personas. Es más —indicó antes de que Anaís pudiera interrumpirla para objetar—, insisto.

—¿Sí? —preguntó con curiosidad y sorpresa Julieta, que se sentía en parte ajena a toda la información que Beatriz ya no compartía con ella.

—Desde luego, mi experiencia y la de Renata con ellos está siendo de lo más positiva.

Los rostros de sus amigas no pudieron evitar mostrar sorpresa ante la mención de su hija: ¿significaba esto que Renata estaba pasando también tiempo con sus nuevos vecinos?

Porque Beatriz hablaba en plural, por su hija y por ella. Le constaba que la presencia de Gladys y Octavio en sus vidas había resultado beneficiosa para la pequeña, que había experimentado una cierta mejoría y cambios en su manera de hablar, de interactuar y hasta de volver a reír. A Renata le hacía bien su compañía y, por ende, a Beatriz también.

«Cuánto puede uno juzgar a la gente cuando nadie te ve», reflexionó Beatriz. Y volvió a quedarse muda durante el resto de la conversación.

Condujo con Gladys hasta la escuela en su coche, ya que la noche anterior se había ofrecido a llevarla para la actividad especial del mes de los niños; en ese caso tocaba una obra de teatro. Tan solo un par de meses atrás, Renata habría sido la primera en apuntarse y ser el centro de atención —y seguro que la protagonista absoluta del evento escolar—, habría llenado el escenario con toda su energía y desparpajo. Sin embargo, en público y rodeada de mucha gente, seguía sumida en un mutismo que a Beatriz le rompía el alma.

Julieta, Anaís y el habitual grupo de madres que parloteaban por la mañana a la entrada de la escuela le habían guardado un asiento en su fila. No esperaban que Beatriz apareciera de pronto por la puerta... y acompañada nada menos que por la nueva bibliotecaria.

—Buenas... —susurró ella haciéndose paso en la fila trasera para poder acomodarse en un par de asientos, ignorando la silla que le habían reservado, con tal de que Gladys se sentara a su lado.

Recibió por respuesta un murmullo ininteligible acompañado de no muy buenas caras. Beatriz sabía cuando algo incomodaba a aquel grupo de mujeres y enseguida percibió cómo, con su gesto, se crearon de inmediato dos bandos.

Tragó saliva y con ella el malestar que le estaba causando la situación, hasta que las luces se apagaron. Apareció un par de niños en el escenario, entre ellos Renata. La sala se llenó de un caluroso aplauso, el más afectuoso y efusivo por parte de Gladys, a quien Beatriz no pudo evitar contemplar mientras esbozaba una sonrisa. La buena relación y el cariño que le profesaba a su hija eran la prueba que necesitaba para saberse sentada en la fila correcta, y nada más.

En uno de aquellos momentos en la penumbra, mientras el resto de los niños iba saliendo a escena a interpretar sus papeles bajo la cálida mirada de padres orgullosos y profesores bien atentos, un leve sonido en el pasillo hizo que Beatriz alejara la vista del escenario y mirara hacia un lateral oscuro.

Le pareció distinguir una sombra, pero no le hizo caso porque no quería volver a perderse una posible aparición de Renata. Sin embargo, una ligera brisa fría en la nuca le hizo voltear de nuevo hacia esa esquina en la oscuridad.

«Beatriz...».

De entre las sombras vio recortarse una silueta negra contra el negro aún más oscuro del salón.

«¿Estás preparada para lo que viene?».

La silueta estaba inmóvil. En absoluto silencio. Y a pesar de que no alcanzaba a distinguir sus facciones, Beatriz sabía con total certeza que la estaba mirando a ella.

«¿Te atreves a salir del agua y mirarme por fin a los ojos?».

El hombre —porque era un hombre, de eso no había duda— no despegaba los ojos de ella. Dos ojos que de pronto relampaguearon en la penumbra. Dos ojos conocidos, familiares. Demasiado familiares para no reconocerlos.

—Marco —alcanzó a murmurar antes de sentir que el cuerpo se le congelaba de pies a cabeza.

Su marido entonces dio un paso hacia el frente. El tenue resplandor que llegaba desde el escenario hizo brillar la sangre coagulada en su sien y la que aún le manchaba el rostro cadavérico. Pero lo que más estremeció a Beatriz fueron los ojos, hundidos en sus propias cuencas y rodeados por piel amoratada. Eran los ojos de un muerto, de alguien que llevaba demasiado tiempo bajo tierra. El par de pupilas apagadas y brumosas la miraban con violenta intensidad. Una de las comisuras de la boca se escurría hacia el mentón, dejando a la vista parte de los dientes inferiores podridos. Y esa misma boca deforme, descompuesta, se abrió unos instantes para decir:

—Una de estas personas es la que me mató.

Beatriz lo vio llevar la vista alrededor, a la platea plagada de sillas.

Con la sensación de que también había muerto y de que su cuerpo ya no respondía a su voluntad, Beatriz dejó que sus ojos sobrevolaran el patio de butacas escudriñando las figuras sentadas de las decenas de personas que había allí: amigos, conocidos, vecinos...

—Una de estas personas es mi asesina —repitió la voz.

Cuando Beatriz giró la cabeza hacia la oscuridad, él ya no estaba allí.

—¡¡Marco!! —aulló cuando consiguió sacar la voz.

Se levantó de su silla de golpe lanzándola al suelo.

«¿Estás preparada para lo que viene?».

Su grito de horror interrumpió en seco la función y alteró a todos en el auditorio.

—¡¡Está ahí!! —gritó señalando con la mano temblorosa, tropezándose con la silla y dirigiéndose hacia la oscuridad—. ¡Enciendan las luces, Marco está ahí!

El estómago de todos los asistentes y profesores se heló al ver que Beatriz, desesperada, buscaba con la palma de la mano en la pared el interruptor para encender la luz.

El auditorio se iluminó por fin.

La imagen de Beatriz encorvada sobre sí misma y el rostro crispado por el pánico y la conmoción se repitió en todas las pupilas, que no se despegaron de ella.

—Beatriz... —le susurró Gladys, la única que se levantó y fue a tomarla del brazo con suavidad—. Bea, querida, mírame.

Pero fue incapaz de moverse.

Al instante, el salón se llenó de manos que tecleaban veloces en los celulares. Los mensajes se multiplicaban en los whatsapps haciendo que el lugar vibrara por las notificaciones.

Pobre mujer.

Nunca imaginé que estuviera tan mal.

Yo te dije que tenía ojos de loca.

¡Que busque ayuda!

Nadie en su sano juicio anda viendo a su
marido muerto.

Qué dolor me da la hija. Vivir con una
mamá así...

La mano de Gladys alcanzó de nuevo el interruptor y apagó las luces de la sala, sin más aspavientos ni explicaciones, para que la función pudiera continuar.

—Vamos, ven conmigo... —le dijo sosteniéndola del brazo a la par que recogía su bolso y se la llevaba de allí con una naturalidad y una calma más que pasmosas, en comparación con el comportamiento del resto de los asistentes.

En el trayecto de vuelta a Old Shadows Road, Beatriz miraba compungida por la ventana con malestar y hasta cierta rabia, sumida en el silencio por respeto a Renata, que, como ella, no había emitido palabra alguna desde que la función había terminado.

—Lo vi. No estoy loca —soltó en cuanto entró en casa, cuando su hija hubo subido la escalera para encerrarse en su cuarto.

—Lo sé... —le dijo Gladys con calma mientras se apresuraba a hervir agua y prepararle una infusión.

Dándole pequeños sorbos a la taza, Beatriz se quedó pensativa. No había compartido con Gladys en ningún momento cuál había sido la intención de la aparición de Marco, y así seguiría hasta que supiera qué hacer con aquella información.

«Una de estas personas es mi asesina».

«¿Quién, Marco? —pensó—. ¿Por qué me dices eso ahora? ¿Acaso no quieres que siga investigando con Leonardo? ¿Es eso? ¿Estás enojado?».

Recelosa, Beatriz decidió dar un salto de fe y avanzar un trecho grande en su relación, esperando reciprocidad por parte de su vecina.

—Si me permites la pregunta —empezó a decirle—, hace un tiempo que vi en la entrada de tu casa una imagen enmarcada.

Gladys levantó al instante la vista de su taza.

—La de una muchacha con un vestido de flores... ¿rojo, puede ser?

Beatriz no tenía muy claro qué pretendía sacar en claro con aquella conversación, pero al menos sabía hacia dónde tenía que apuntar. Gladys bajó la cabeza con pesadumbre y asintió.

—Es mi hija... —susurró—. Teníamos una relación complicada, era muy rebelde y...

Tragó saliva ante el silencio expectante de Beatriz.

—Se fue a vivir a otro país y no he vuelto a verla —dijo acabando la historia más bien pronto.

Cuando levantó la vista con una sonrisa triste, Beatriz sintió lástima al verle el rostro cubierto de lágrimas.

—Lo siento muchísimo, no pretendía...

—No —la interrumpió su vecina—, no te preocupes.

Arrepentida, Beatriz fue testigo de cómo la mujer apuró su infusión con un par de sorbos rápidos y, con una despedida fugaz y una excusa bastante obvia, todavía sumida en la mayor de las tristezas, abandonó su casa para regresar a la suya.

Sintió lástima por ella, pero también una suerte de simpatía. Como si la compasión por esa situación y el sufrimiento de Gladys la hubieran hecho sentirse menos sola en su dolor durante unos instantes.

Pero, a diferencia de Beatriz, Gladys no subió a su cuarto a recostarse en la cama. Por el contrario, apenas entró fue directo hacia la cocina. Una vez allí, abrió la puerta del sótano y bajó los peldaños con paso firme y determinado. Tanta tensión acumulada comenzaba a escaparse por sus grietas. Era hora de desquitarse con *alguien*, sobre todo si ese alguien no podía escapar ni mucho menos pedir ayuda.

Ya habría tiempo después para volver a jugar a ser una buena persona.

27

La otra bajo el agua

Quizá había tomado la decisión por vergüenza o por miedo de tener que enfrentarse al qué dirán al verla aparecer de nuevo en la puerta de la escuela tras el escándalo de la obra de teatro. Sea como fuere, y con la excusa de encerrarse a acabar su libro, que ya reclamaban desde la editorial, Beatriz dejó que Gladys se ocupara de llevar y recoger a Renata.

La decisión tenía más sentido que nunca: su vecina trabajaba en la biblioteca de la escuela y acudía cada mañana. Además, la relación entre su hija y Gladys se había visto reforzada por la cantidad de tiempo que pasaban las tres juntas por las tardes, ya fuera yendo de compras, en el jardín de la casa o cocinando diversas recetas. Gladys era una gran repostera que casi cada tarde, al regresar de la escuela, preparaba una merienda recién horneada.

—A mami nunca le sale así... —había dicho la pequeña en más de una ocasión ante un esponjoso postre.

—Al menos lo intento... o lo intentaba.

—No te preocupes, querida —le dijo Gladys una tarde mientras recogía los ingredientes en la cocina de casa de Beatriz, moviéndose por la estancia como si fuera la suya propia—, podemos practicar las tres juntas si quieres.

—¡Sí! —exclamó Renata todavía con la boca llena.

Gladys sonrió, orgullosa de ver cómo la niña disfrutaba con su merienda, y Beatriz la observó con una ternura inusitada que había hecho nido en su pecho los últimos días.

La relación había ido estrechándose gracias a los cuidados que su vecina —y ahora también amiga— prodigaba tanto a su hija como a ella misma. Como si de una abuela se tratara, las ayudaba en todo lo que estuviera a su alcance.

Beatriz, en especial desde que sabía que Gladys tenía una hija lejos, a la que suponía que echaba en falta en momentos como aquel, sentía que ambas podían beneficiarse de aquella situación, por retorcido que pudiera sonar: de la necesidad, una virtud. Ella misma contaba con un historial familiar turbio y bastante ausente, por lo que, aunque fuera de manera simbólica, había comenzado a sentir que ella podía ejercer de una suerte de hija para Gladys, Renata de su nieta y la mujer podía ser la madre que tanto echaba en falta.

Cuando se despidió de Gladys aquella noche, después de que las dos acostaran a Renata y le contaran un cuento a cuatro manos, no pudo evitar verla marchar y que un pinchazo de dolor, fruto del recuerdo, le recorriera la boca del estómago. ¿Y si no regresaba? ¿Y si volvía a perder a una madre?

Como ya era habitual en ella, se puso el traje de baño y, antes de descender hasta la alberca, comprobó que su hija seguía durmiendo plácidamente. Con un salto al agua, con el que pretendía dejar atrás su mente agobiada de preguntas y enigmas —«¿Nos lanzamos a la aventura?». «Clara Rojas». «Una de estas personas es mi asesina». «¿Acaso no quieres que siga investigando con Leonardo?». «¿Estás enojado?»—, Beatriz se sumergió en su pasado. El pasado de una madre que abarrotaba sus recuerdos llenos de peleas, cuando ella era una adolescente rebelde que ponía en duda hasta la última de las comas de sus palabras.

Nunca tuvieron la mejor de las relaciones. La en apariencia afable y noble Beatriz nunca mostró aquella faceta de sí misma con su familia más cercana, la misma que la había visto nacer y crecer. Ese era uno de los rincones ocultos de su pasado, uno al que no se permitía acceder demasiado, donde todos los recuerdos se clavaban como cuchillos cuando intentaba visitarlos. Ni el propio Marco hubiera dicho, cuando la conoció, que Beatriz sería capaz de mostrar semejante cara frente a nadie, menos a su propia madre.

Aquel era uno de sus grandes secretos: el sentirse otra por dentro, otra persona a la que tenía ahogada, aprisionada en los metros cúbicos de agua de aquella alberca, nadando noche tras noche como huyendo de sí misma... o tal vez con miedo de que en algún momento esa persona que llevaba en su interior saliera a la superficie.

«¿Te atreves a salir del agua y mirarme por fin a los ojos?».

Tomó aire y se apoyó en el borde de la alberca para descansar y decidir si todavía daba un par de vueltas más o si su cuerpo estaba ya lo bastante fatigado como para dejarla descansar unas horas. Desde allí pudo ver la luz encendida en la planta superior de la casa de Octavio y Gladys, y cómo la figura de esta última la saludaba en la distancia. Aquella presencia, antes sospechosa, ahora le daba las buenas noches con una dulce sonrisa antes de correr la cortina. Había dudado tanto de ella que ahora no sabía hacia dónde dirigir la mirada.

Porque Beatriz seguía pensando que había una pieza de fruta podrida entre ellos. Una oveja perversa y muy bien escondida en el rebaño. Gladys había resultado ser su amiga y, sin embargo, Beatriz percibía que todavía se sentía acosada por una persona, posiblemente la menos sospechosa de todas, que llevaba sobre sus espaldas el peso de la traición y el origen de la mentira.

«Una de estas personas es mi asesina».

¿Sería capaz de pegar ojo? Temía ser incapaz de dormir una noche más, presa de los nervios de no saber nada de la investigación de Leonardo y, por consiguiente, sentir que no tenía el control. ¿Y si Leonardo había descubierto algo y se lo estaba ocultando? Eso podía explicar su silencio... y la molestia de Marco desde el más allá. ¿Qué pasaría si su hallazgo era tan horrible que su amigo no era capaz de llamarla siquiera?

Como si el destino estuviera espiándola, su teléfono vibró sobre la toalla que, en una esquina de la alberca, la llamaba para que saliera del agua y se secara. Se trataba de un mensaje de voz de Leonardo.

—Buenas noches, Bea. Es tarde y seguro que ya estás dormida... —decía su voz en un tono bajo y confidente—. Solo quería contarte que localicé la ciudad donde vive la enfermera que atendió tu parto.

«Clara Rojas».

El corazón de Beatriz dio un vuelco y detuvo el mensaje para poder salir del agua de un salto y escuchar de nuevo aquellas palabras. ¿Acaso ya había hablado con ella? ¿Sabía algo más del caso? La impaciencia dominaba sus manos más que la posibilidad de seguir escuchando la simple nota de voz.

—Creo que tendríamos más posibilidades si vamos a verla en persona. ¿Qué me dices? ¿Te animas a hacer una pequeña escapada y así la interrogamos juntos...?

CUARTA PARTE

28

Gritos en el patio

Sin saber muy bien qué meter en su bolsa de viaje, Beatriz comenzó a dar vueltas del baño a la habitación y de la habitación al baño de manera errática. Estaba ansiosa, muy nerviosa, le sudaban las manos y no sabía cómo enfrentarse a la simple tarea de preparar una muda y dejar las cosas listas para que Renata estuviera cuidada durante su ausencia.

Ante la ansiedad de preocupar al resto o de tener que dar explicaciones, decidió inventarse un viaje de negocios: una visita a la sede central de la editorial para mantener una reunión sobre sus futuras publicaciones. De ese modo justificaba su ausencia durante una noche y ni Renata ni Gladys harían más preguntas de las debidas.

—Solo serán unas horas —les aseguró intranquila, besando la frente de su hija sin parar una vez que hubo guardado la bolsa en la cajuela—. Pero mi editora insistió en reunirse conmigo para conversar cara a cara.

—Mami, no te preocupes —le dijo Renata—. Estaremos bien.

Su pequeña, una vez más, más valiente que ella misma.

Al incorporarse repasó en voz alta —más para sí misma que para Gladys— los horarios y planes de las siguientes veinticuatro horas.

—Esta noche se quedan las dos juntas. Por la mañana irán a la escuela, Renata se pasará el día en clase y luego volverá, pero se quedará con Doris... —dijo señalando a Gladys sin prestar más atención—. Por la noche vendrá Julieta a llevársela.

—Yo no tengo problema en volver después de mi trabajo en la biblioteca... —insistió Gladys apoyando la mano sobre el hombro de Renata.

—No, está bien. Seguro que ella está encantada... Además, no quiero sobrecargarte de responsabilidades.

Antes de dar siquiera tiempo a que Gladys respondiera, Beatriz volvió a inclinarse para besar a la niña sin parar y se dirigió hacia el coche tratando de contener las lágrimas. No quería que la vieran llorar.

Se sentía vulnerable: era la primera noche tras la muerte de Marco que iba a pasar alejada de su hija y el carrusel de emociones en el estómago —el viaje, el interrogatorio, Clara Rojas, la distancia con Renata, la investigación de Leonardo— hacía que apenas pudiera mantenerse quieta un instante.

—Cuídense mucho —exclamó desde el coche, que ya se dirigía a casa de Leonardo.

Renata durmió placenteramente toda la noche en ausencia de su madre. Gladys se aseguró de quedarse con ella y le leyó hasta que hubo conciliado el sueño. Sin embargo, cuando se disponía a abandonar la habitación, Renata le hizo un gesto entre sueños y Gladys no se vio con fuerzas de dejarla sola, por lo que se acurrucó a su lado con una pequeña cobija y pasó la noche —para mal de su espalda pero felicidad de su alma— abrazada a la niña.

Tal y como habían planeado, la arregló y preparó para ir a la escuela, y juntas partieron hacia allá, donde Gladys se topó con Julieta al dejar el coche en el estacionamiento.

Se acercó a saludarla con una sonrisa, pero enseguida vio que la amiga de Beatriz no tenía cara de buenos amigos esa mañana.

—¡Buenos días! —exclamó mientras se dirigían juntas, unos pasos detrás de los niños, a la puerta principal.

—Hola —espetó Julieta con sequedad.

—Me dijo Beatriz que esta tarde vendrías a casa...

—Qué pronto hacemos nuestras las casas de los demás —ironizó Julieta interrumpiéndola.

Gladys, harta de poner buena cara y recibir bufidos, mudó la tez seria y continuó con lo que estaba diciendo:

—Me comentó que irías a buscar a Renata. Lo que quería decirte es que no hace falta, que puedo ir yo y arreglármelas mientras esté Doris para...

—No te preocupes —volvió a interrumpir Julieta con frialdad, parando el paso al ver que los niños ya estaban en la fila y que Anaís y el resto de las madres la esperaban en la esquina de la glorieta—. Ya quedé anoche con Beatriz.

Sin darle más tiempo a réplica, Julieta salió disparada con gesto casi violento hacia sus amigas, sin tan siquiera musitar una despedida, y dejó a Gladys atrás, con la intención de que esta reanudara sus pasos sola y se dirigiera hacia la escuela.

Tal y como habían planeado, Renata volvió a casa al acabar la jornada escolar e hizo la tarea junto a Doris mientras esta arreglaba la cocina y supervisaba su juego desde la sala, donde planeaba pasar la aspiradora y limpiar el polvo hasta que llegara su relevo.

Renata salió al patio a corretear tras una pelota de voleibol, su más reciente obsesión. La lanzaba al aire retándose a sí misma para ver si era capaz de recibirla entre las manos de la manera más certera posible. En uno de aquellos golpes erráticos, calculó mal la fuerza de los brazos y lanzó el balón por encima del muro que separaba su casa del jardín de Gladys y Octavio.

Buscó con la mirada a Doris, ya que sabía que no podía cruzar la cancela sin permiso. Sin embargo, al verla ocupada y con el ruido de la aspiradora, dio la vuelta al patio y se dirigió al pequeño portón de entrada de su vecina favorita. No pretendía tardar más de un par de segundos. Era cosa de rescatar el balón y ya está.

Buscó la pelota entre la hierba seca y, sin duda, menos cuidada que la de su hogar. Ni rastro de ella. La espesa vegetación le impedía ver con claridad lo que se escondía a ras de la tierra. De pronto, Renata creyó oír voces dentro de la casa. Pensó que tal vez Gladys ya había regresado de sus mandados y que podía unirse a ella para que no tuviera que jugar sola.

Se acercó a la ventana del sótano, de donde le pareció que provenían las voces. Trató de asomarse para distinguir a su amiga al otro lado del cristal y así saludarla con un gesto.

En ese instante, un lamento despavorido, seguido de varios sonidos metálicos, la alertaron. Con el susto atenazándole el cuerpo, y ante la imagen que le había parecido distinguir tras el cristal opaco, Renata gritó de terror y huyó a toda prisa de regreso a su casa.

El gemido, en cambio, se quedó haciendo eco en el patio durante algunos segundos. Y después se apagó como quien con un soplido brusco extingue la débil llama de una vela.

29

Julieta a solas

La algarabía de los tres niños correteando escaleras arriba hizo que Julieta emitiera un suspiro de agotamiento: sabía que todavía le tocaba subir tras ellos a la planta superior, convencerlos de que se cambiaran, se lavaran los dientes y las manos, y obligarlos a que se fueran a la cama a dormir.

La presencia de Renata tenía alterados a Santi y a Bruno, que no se esperaban poder disfrutar de una invitada improvisada entre semana.

—¡Nada de pijamadas! —gritó Julieta desde el pasillo al oír que sus pequeños tramaban juntar las camas y los sacos de dormir y armar una pequeña tienda de campaña con las sábanas—. Mañana es día de escuela.

No estaba de humor para ser la madre permisiva que podía pasar por alto ese dato y hacer una excepción: aquella misma tarde se había enterado de que su marido iba a emprender una breve escapada de investigación para seguir una pista del caso de la supuesta adopción ilegal de Renata. Contaba con tenerlo en casa y que le echara una mano a la hora de atender a los niños, en especial para que ella pudiera estar más pendiente de Renata, que iba a pasar la primera noche en mucho tiempo sin su mamá. Entendía los motivos y se sabía parte culpable de las indagaciones de Leonardo; al fin y al cabo, había sido ella la que lo había puesto sobre aviso en cuanto al caso. Aun así, con su amiga fuera y ella sobrepasada, no pudo evitar sentirse molesta cuando él se lo comunicó.

«Otra noche más sola...», pensó sacando una copa de la alacena con la intención de servirse un vino en cuanto los niños estuvieran acostados y dormidos.

La tarea le llevó más tiempo de lo que había imaginado. Después de dejarlos jugar un rato, se puso seria y patrulló fuera del cuarto en busca de algún ruido o luz mientras recogía el desorden general de la casa, llenaba la cesta de la ropa sucia y se encargaba de todos esos pequeños detalles de un hogar que siempre se pasan por alto, pero que, por arte de magia, ella era incapaz de ignorar como los demás.

Despeinada, vestida con unos pantalones flojos puestos al revés y descalza, algo que jamás haría en presencia de sus hijos, al fin tuvo tiempo de abrir el refrigerador a solas. Con un resoplido de profundo cansancio, sacó del interior una botella de agua fresca a la que dio un gran trago directo, otra cosa que, de nuevo, nunca haría en la vida frente a sus mellizos. Al cerrarla miró a su alrededor y no pudo evitar resoplar: en el fregadero todavía se encontraban los restos del desayuno familiar, los platos acumulados del almuerzo y la cena, la caja de cereal y la botella de leche sobre la barra. Además, un par de servilletas arrugadas y sucias eran compañeras de una mesa llena de restos de migajas.

Se trataba de una copia del piso superior, pero esa vez en la cocina: el típico desorden cotidiano esperable de la estancia en sí, donde también se incluían juguetes de sus hijos, papeles, libros y libretas de Leonardo, y un par de sudaderas de los niños olvidadas sobre el respaldo de las sillas.

Observar la imagen no hizo más que frustrarla y agobiarla: no tenía fuerzas ni ganas para comenzar a poner orden en su vida ni sabía de dónde sacarlas. Su contrincante, el caos, apretaría el botón de reinicio a la mañana siguiente. «¿Para qué, entonces?», reflexionó.

En ese momento, de entre todos los objetos desperdigados, observó la copa limpia de vino, vacía y cristalina, que la llamaba. Abandonó en un profundo suspiro la idea de ordenar. Simplemente, no podía. No quería. Y no se trataba tan solo de poner los trastes en el lavavajillas y dejar la lavadora programada... No quería *más* de *todo aquello*. No podía soportarlo más.

Al cerrar la puerta del refri, después de haberse servido una cantidad generosa de vino, se quedó observando una fotografía sujeta con unos imanes. Llevaba ahí tanto tiempo, junto con el resto de la decoración, que a fuerza de verla la pasaba por alto de manera constante. Sin embargo, se hizo con la copa y volvió frente al refrigerador para observar la imagen: se trataba de una instantánea de Leonardo junto a los mellizos unos años atrás. Aparecían risueños y felices, como si fueran cómplices de una broma de la que se estuvieran riendo los tres a la vez.

Julieta bufó y abandonó la cocina dejando en la penumbra los ojos brillantes de Leonardo en aquella fotografía al salir. Hacía tanto tiempo que no veía aquel resplandor en directo, hacía tanto que aquellos ojos no se iluminaban por algo más que no fuera su trabajo, sus pesquisas y la maldita necesidad de buscar la verdad, detrás de algún caso que, de algún modo, siempre parecía más importante que ella...

«Desde hoy mismo voy a tener más tiempo para ti. No vuelvo a olvidarme de una cena. Voy a manejar mis horarios de una forma distinta».

Eso le había prometido. Y, sin embargo, allí estaba ella, sola, con un caos a oscuras para poder ignorarlo, bebiendo de nuevo a la espera de que volviera a su lado, mientras él pensaba una vez más en él mismo y en nadie más. Lo imaginó recorriendo a toda velocidad una carretera, deteniéndose en un motelucho de mala muerte para descansar, medio dormir y levantarse al alba al día siguiente. Y todo ese sacrificio con tal de llenar con una línea más de información una libreta o un artículo de investigación. Pero nunca por ella. Nunca por sus hijos.

¿Qué habría estado haciendo desde que, por sorpresa, había metido en un maletín de manera atropellada cuatro cosas, su juego de aseo, y se había despedido con una frase rápida mientras, nervioso, buscaba las llaves del coche con urgencia de salir de allí, lejos de ella?

Entonces el rostro de Beatriz se le metió entre ceja y ceja como un aguijonazo de celos y hasta el sabor del vino se le agrió a mitad de la garganta.

30

Clara Rojas

El viaje por carretera no les llevó tanto rato como en un principio habían programado. Poco después de la hora de la comida, Beatriz y Leonardo estacionaron el coche a las afueras de la dirección que él había localizado y en la que, en teoría, vivía Clara Rojas. La ciudad hasta la que habían viajado era mucho más pequeña y menos cuidada que Pinomar, y el barrio en concreto donde la enfermera que había atendido el parto de Beatriz vivía no era quizá el más ilustre del lugar.

Beatriz no quiso dejarse desalentar por la imagen ni por las posibles consecuencias que pudiera tener aquella visita en su vida. Respiró hondo y, a través de la ventanilla del vehículo, se enfrentó a la calle huérfana de árboles y de alumbrado público, al pavimento de la calle resquebrajado y lleno de agujeros, y a la infinita sucesión de casas, todas iguales, cubiertas con una gruesa capa de hollín que seguro que a esas alturas ya ni la lluvia podía lavar.

—Vamos con todo... ¿Preparada?

Cuando Leonardo terminó de hacerle la pregunta, apagó el motor y las luces del coche. Entonces la calle, que ya le parecía sombría y triste, se le hizo aún más tenebrosa.

Ella asintió con la cabeza y se bajó del coche con un empeño poco habitual, casi forzándose a armarse de la energía necesaria para el encuentro que iba a tener lugar.

El sonido de sus pasos los acompañó hasta que llegaron frente a la puerta. Entonces el dedo de Leonardo se hundió en el timbre.

Ding, dong.

Beatriz contuvo la respiración. Cerró los ojos durante un instante, el tiempo justo para volver a ver el rostro de Marco frente a ella, esquivo, intentando sin mucho éxito esconder su estado de ánimo. «¿Vas a decirme qué te pasa, Marco? ¿Por qué estás tan raro?».

Clara Rojas no tardó en asomarse. Lo primero en aparecer fue su rostro, la boca fruncida en un rictus de inquietud, las cejas arqueadas en evidente gesto de pregunta. Al enfrentarse a los dos visitantes, estableció al momento una pequeña distancia.

—¿Clara Rojas? —se apuró en decir Beatriz.

Leonardo, con una discreta seña, le hizo saber a su amiga que él se haría cargo de la situación.

—Disculpe que la molestemos, señora Rojas —dijo con amabilidad—. Me llamo Leonardo Villagrán, soy periodista de Pinomar. Esta es mi buena amiga Beatriz Colón.

Leonardo hizo una pausa después de mencionar a Beatriz, esperando localizar en el rostro de la enfermera algún gesto que le confirmara que, en efecto, la reconocía de alguna manera. Sin embargo, con ojos parpadeantes, la mujer apenas posó la vista en ellos y, con claro nerviosismo, cortó de seco la cortesía del encuentro.

Un perro ladró al otro lado de la calle.

—¿Qué quieren? ¿Por qué vienen de tan lejos? —preguntó con hostilidad.

La tensión en el ambiente era palpable, lo que hizo que Beatriz se incomodara aún más. Después de que Leonardo la hubiera hecho callar, pretendía quedarse en silencio todo el tiempo que estuviera plantada en aquella puerta, como una viga robusta, inquebrantable..., aunque por dentro estuviera hecha un manojo de nervios y ansiedad.

—Si mis fuentes son correctas, usted trabajaba como enfermera en el hospital de Pinom...

—Ya no trabajo allí —espetó la mujer—. Hace mucho tiempo de aquello.

—Lo entiendo, solo hemos venido a hacerle un par de preguntas breves, la verdad.

A esas alturas, Leonardo había descartado con toda certeza que la enfermera fuera a dejarlos entrar o que tuviera intención de prepararles una agradable taza de té. Por lo mismo, cambió el enfoque del interrogatorio, dada la agresividad del recibimiento que les estaba dando, y se decidió a ser imperativo él también.

—Hace diez años atendió usted el parto de una pequeña llamada Renata Salazar y nos preguntábamos qué podría decirnos de...

—No recuerdo nada. —De nuevo, Clara Rojas interrumpió abrupta las palabras de Leonardo, que empezaba a incomodarse por no ser capaz de acabar ni una sola de sus frases.

—¿No recuerda o no quiere recordar? —le espetó él, entrando en el mismo juego que la enfermera.

Beatriz se sorprendió de aquel tono, que sin duda podía motivar que aquella mujer dejara de hablar.

La luz de una de las farolas parpadeó amenazando con apagarse. Por lo visto, todo en aquella calle era hostil. No había manera de sentirse bienvenido o acogido en ese lugar.

El silencio de Clara Rojas, que evidentemente estaba pensando a toda velocidad qué información debía compartir o no con aquella inesperada visita, fue el que hizo que Leonardo tuviera claro que la mujer ocultaba algo.

—Sabemos que el hospital donde usted trabajó fue escenario de muchas adopciones ilegales y que el *modus operandi* de estas implicaba a parte del personal. —Entonces suavizó la voz intentando presionarla, con una cara amable, a que les contara más—. Entiéndame, no somos la policía y no venimos por usted con malas intenciones. Tan solo queremos respuestas.

Beatriz, acongojada, levantó la vista del suelo y se encontró con la mirada de la enfermera clavada en los ojos. Un mar de secretos se ocultaba detrás de las expresiones de ambas.

—Esta mujer merece saber la verdad sobre el origen de su hija —exclamó al tiempo que señalaba a Beatriz—. Acaba de descubrir que la niña que lleva años criando no es sangre de su sangre, y...

—Leonardo —lo interrumpió Beatriz—, tal vez no haya sido una buena idea venir hasta aquí.

—Sin embargo, ella recuerda haber parido a su bebé —continuó él haciendo caso omiso a las palabras de su amiga—. ¿Qué pasó, señora Rojas? Usted estaba ahí. ¿Qué pasó con la verdadera hija de Beatriz? ¿Quién es en realidad la niña que ahora duerme en su casa?

—¡Leonardo! —exclamó Beatriz cada vez más alterada.

—Entiendan... —comenzó a hablar la enfermera frotando las manos contra los barrotes de la reja, que no soltaba—. Yo no quería.

El rostro del periodista se crispó ante la inesperada confidencia que acababa de oír. «Yo no quería». Ahí estaba, por fin: el inicio de una confesión.

—Entonces ¿sí se acuerda del caso de Beatriz?

Clara volvió a clavar la mirada en la de la mujer y con ese gesto ambos obtuvieron el asentimiento que necesitaban.

—Cómo olvidarlo... —musitó.

—Y dígame, señora Rojas, ¿la chantajearon a usted de algún modo? ¿Podría contarnos más acerca de cómo funcionaban aquellos intercambios de bebés? —Leonardo comenzó a hablar rápido: sabía que el grifo se había abierto y no quería perder ni un segundo ni gota de información que pudiera sacar de él—. Según mis datos, se trataba de casos exclusivos relacionados con gente de mucho dinero, por lo que entiendo que había algún nombre u organización detrás que gestionaba todo aquello...

La enfermera comenzó a agitar la cabeza de un lado para el otro negando nerviosa.

—Si tan solo tuviera algún tipo de dato o pista con el que nosotros pudiéramos jalar del hilo... —apretó Leonardo.

—No...

—Seguro que más de un médico estaba involucrado en esto. ¿Podría darme un nombre que...?

—¡No! —espetó Clara—. No recuerdo nada, todo eso está en el pasado, que es donde quiero que siga, ¿me entienden?

Beatriz asintió y bajó de nuevo la cabeza en lo que pareció un evidente gesto de derrota. Leonardo, llamando su atención con un codazo disimulado, le rogó con la mirada que lo ayudara.

Molesta y al borde del temblor, a medida que la oscuridad la rodeaba en más de un sentido, Beatriz volvió a buscar la mirada de la enfermera.

—Por favor... —fue lo único capaz de susurrar.

—Usted está aquí —Clara levantó el dedo, amenazante, y señaló a Beatriz—, vino hasta aquí a buscarme. Si consiguió eso, ¿quién me dice que otros no lo harán?

—Pero, señora Rojas...

—Otros con intenciones menos honradas que las que dicen ustedes tener —replicó la enfermera, interrumpiendo de nuevo, con una cierta violencia en el tono de voz.

—Si lo que le preocupa es nuestra discreción, puede estar segura de que soy un investigador de lo más riguroso y de que nosotros somos los primeros interesados en llevar esto de forma discreta —insistió Leonardo sintiendo que aquello no iba por los derroteros que había deseado.

—Con su presencia aquí temo que ya me hayan expuesto.

—¡En absoluto! —intervino Beatriz desesperada. Y luego se giró hacia Leonardo—. ¿Ves? ¡No tendríamos que haber venido!

—Entiéndanme ustedes a mí... —dijo la enfermera llevando las manos hacia la manija de la puerta, con intención de cerrar y concluir el breve encuentro—. Que me hayan buscado, que hayan venido hasta aquí con sus preguntas, removiendo un pozo de agua sucia, solo hace que me sienta extorsionada.

—Pero, señora Rojas...

—¡El agua sucia no puede lavarse, no insista!

—Le ruego que...

—Buenas noches.

La puerta se cerró como una bofetada. Hasta el perro de la casa vecina dejó de ladrar ante el golpetazo que puso punto final a la pesquisa. Beatriz parecía haber envejecido una década. Leonardo, en cambio, estaba dichoso: tenía la certeza de que Renata no era la bebé que Beatriz había parido y de que su adopción ilegal formaba parte de la red de tráfico de menores que llevaba meses investigando y que había terminado por costarle el puesto en el periódico. La gran pregunta que lo rondaba ahora era: ¿quién era la verdadera madre de la niña?

¡¿Quién?!

Tras acabarse su segunda copa de vino, Julieta vio que apenas quedaban posos en el fondo de la botella y se dispuso a abrir una nueva para echarse otra más. Básicamente la necesitaba porque por mucho que hubiera estado jugando con el control de la televisión y viendo el celular, no podía quitarse de la cabeza los quehaceres de su marido, a quien había llamado ya un par de veces sin éxito alguno.

La cocina seguía hecha un asco, pero Julieta decidió ignorar el desorden, al que se habían sumado los platos sucios de su improvisada cena, y mientras llenaba la copa hasta bien arriba volvía a probar el número de Leonardo. Era la tercera llamada en menos de media hora. Ya era tarde y no se le ocurría ninguna razón por la cual su marido no pudiera atender sus llamadas. Se molestó. ¿Y si estuviera intentando contactar con él porque algo les hubiera pasado a los mellizos?

Le dio un generoso trago a la copa, fruto de la frustración y del enojo, y rellenó lo bebido antes de volver a guardar la botella en el refrigerador.

Eran celos, rabia, indignación..., todos ellos fruto de una cosa tan nimia pero importante: tiempo. El tiempo que Leonardo les estaba dedicando a sus cosas propias, escogiendo pasarla lejos, abandonándola a cargo de sus dos hijos. El tiempo que decidía no emplear en devolverle una llamada y tan siquiera hablar con ella.

«¡Te pido solo un minuto! —pensó—. ¡Un maldito minuto que me permita seguir manteniendo unida a tu familia!».

Sin embargo, por lo visto Leonardo había decidido, una vez más, poner otra prioridad por delante de ellos. Julieta empezaba a estar harta de sentirse la segunda opción de su marido.

La segunda siempre.

¿Y la primera? ¿Cuál era la primera elección de Leonardo?

¿*Quién* era la primera?

31

¿Qué hacemos ahora?

Tras el encuentro tan desagradable y perturbador con la enfermera, Leonardo convenció a Beatriz para que buscaran un sitio placentero y tranquilo donde poder cenar, hablar con calma, para que así ella consiguiera quitarse de encima la sensación de angustia que la embargaba. De manera habitual, lo primero que habría hecho el periodista en sus pesquisas en solitario habría sido dirigirse al hotel y anotar en su libreta todos los datos que había podido obtener de su entrevista, además de impresiones y pensamientos por los que continuar su investigación. Pero en esa ocasión no estaba solo. Y su amiga no había vuelto a pronunciar palabra desde que se subieron al coche y dejaron atrás la lóbrega calle donde vivía Clara Rojas.

Y no era para menos. La mujer había confirmado, aunque sin decirlo de manera explícita, lo que anticipaba el documento de adopción que Julieta había encontrado entre los papeles de Marco.

«Nota mental —se dijo para así fijarla en su mente—: averiguar quién es realmente Renata. ¿Qué sucedió con la bebé que Beatriz parió en el hospital de Pinomar?».

A pesar del entusiasmo por la ratificación de sus sospechas que la enfermera les había regalado, no podía pasar por alto que habían abandonado aquella casa sin saber quién se hallaba detrás de todo aquello. Aún no tenía ninguna pista ni el nombre del personal médico implicado.

«Nueva nota mental —repitió en su cabeza—: averiguar quién fue el ginecólogo que atendió a Beatriz durante el embarazo y el parto».

Aquel no era un caso habitual. Para nada. Cualquier descubrimiento estaba directamente relacionado con la vida de su amiga. Con su pasado. Con su maternidad. Con su historia matrimonial. Por lo tanto, debía tener especial cuidado en cómo formular las preguntas y en la manera de exponer sus conclusiones. No podía olvidar que la vida de una niña, la mejor amiga de sus hijos, para complicar aún más las cosas, se encontraba en el centro de su investigación.

El pequeño restaurante de comida casera resultó ser el lugar perfecto donde refugiarse de lo que parecía ser una avalancha de dudas y preguntas que los perseguía inclemente y que solo sabía crecer y crecer. Leonardo pidió para ambos la especialidad de la casa, ya que Beatriz ni siquiera se había animado a revisar la carta. A la hora del postre, seleccionó una tarta de queso e intentó comenzar sin mucho éxito una pequeña guerra de cucharas para ver quién se quedaba con la crujiente base de galleta. Lo único que sí consiguió durante la velada fue cruzar un par de miradas cómplices con Beatriz y propiciar el roce casi accidental de sus manos.

—¿Cómo ha ido todo por aquí, pareja? —preguntó el mesero a la hora de recogerles los últimos utensilios de la mesa—. ¿Se les ofrece algo más o les traigo la cuenta?

—La cuenta, por favor —respondió Leonardo mientras Beatriz bajaba la vista algo turbada por lo de «pareja»—. Creo que se ha hecho tarde y ya es hora de irnos al hotel. ¿Te parece? —preguntó dirigiéndose a su amiga.

Y esa vez ella tampoco respondió.

Cerca de la medianoche, todavía despierta, Julieta se removía en la cama algo borracha por el alcohol con el control de la televisión en la mano, saltando aburrida de un canal a otro. La única luz que iluminaba la habitación era la del televisor, una pantalla que miraba casi con tanta ansiedad como la de su celular. Aprovechó para comprobar una vez más la hora en el teléfono: Leonardo seguía sin contactar con ella.

Una serie de ruidos a lo lejos la alertó. Pensó que podían ser los niños armando una de las suyas. Bajó el volumen del televisor y se incorporó en busca del origen. No, se trataba de un coche en la calle, por lo que aprovechó el gesto y la quietud de la casa para sacar una pequeña botella de licor que tenía en su escondrijo habitual, entre el colchón y la mesita de noche. No temía que Leonardo la encontrara porque no recordaba la última vez que él había ordenado las sábanas o hecho la cama.

Con cierta culpa y recelo, le dio un sorbo. No era la primera vez que hacía uso de ella en noches aburridas en las que se sentía sola. Lo que sí resultaba una novedad era que Leonardo no le hubiera escrito ni siquiera un triste mensaje para tranquilizarla. ¿Habría perdido el teléfono... o directamente la estaba ignorando?

«Desde hoy mismo voy a tener más tiempo para ti».

Mentiroso. Hijo de puta.

El teléfono se quedó cargando dentro del coche durante toda la cena entre Beatriz y Leonardo. Él no se molestó en llevárselo consigo y cuando vio el número de llamadas perdidas de Julieta que brillaban en la pantalla, al arrancar el coche de camino al hotel, pensó que casi había sido la mejor opción.

Mientras guiaba en silencio el vehículo, pensó que lo cierto era que en Beatriz él podía encontrar toda la ternura, la inteligencia, la sensibilidad y el mundo interior de los que carecía Julieta. Había sido apenas un rato, pero en aquella cena se la había pasado mejor que en años de salidas nocturnas por la ciudad con su mujer, incluso a pesar del mutismo de su amiga y del evidente estado de *shock* en el que se encontraba. Un sentimiento de protección se había apoderado de él a medida que los minutos transcurrían. Y ese era un sentimiento que, al menos en su mente, se parecía demasiado a la ternura. A una tibieza que ya casi no recordaba.

Por su parte, Beatriz había decidido callar para poder poner en orden el huracán que le azotaba el corazón. Era consciente de cómo Leonardo había antepuesto su bienestar a la investigación y la había llevado a cenar a un sitio bonito para lograr que tuviera buena noche después del mal trago que había supuesto el encuentro con la enfermera. La había protegido. Había elegido cuidarla. Y eso era mucho más de lo que hizo Marco durante sus últimos días de vida. Sabía que pasar una noche con ella en un hotel, lejos de casa, iba a generarle a él un problema con Julieta. Pero, aun así, no la había dejado sola en un momento tan difícil como ese. ¿Y cuál fue la solución de Marco al verse acorralado por sus conflictos? Pegarse un tiro, aunque su fantasma dijera lo contrario: «Una de estas personas es mi asesina».

¿Y si se daba permiso para dejarse llevar por las atenciones de Leonardo? Después de todo, había acumulado año tras año una niñez solitaria, una juventud llena de inseguridades y mucho enfrentamiento, y, al final, un matrimonio repleto de secretos y máscaras. Tal vez era hora de premiarse. De bajar el escudo. De olvidar a Clara Rojas, la pesadilla del parto, las preguntas sin fin de Leonardo, y permitir que su piel fuera la que tomara las riendas de la noche.

Leonardo y ella, volcados el uno en el bienestar del otro. No necesitaba más esa noche. Y acto seguido se estremeció asustada: por primera vez en mucho tiempo no se reconoció.

A su llegada al hotel, ambos se quedaron frente a frente en el pasillo que daba acceso a las habitaciones.

—¿Y qué hacemos ahora? —preguntó ella en apenas un susurro.

—Pues lo que creo que debemos hacer ahora... —comenzó a decir él con voz seria— es tomarnos un trago de whisky en la habitación y olvidarnos de todo lo demás —acabó de añadir con una sonrisa llena de intención.

—Me refiero a la investigación, Leonardo —aclaró ella—. ¿Qué es lo siguiente?

«Mierda», pensó él. Por lo visto, pese a haber compartido una agradable velada llena de intimidad y conexión, no había sido capaz de borrar el impacto del encuentro con Clara Rojas. Era obvio que Beatriz todavía estaba muy alterada.

—Bueno, la enfermera fue muy clara al confirmar que en el hospital de Pinomar se llevaron a cabo adopciones irregulares. Lo que queda ahora es conseguir el listado de médicos que atendían ahí durante esos años. Y hablar con ellos.

Ella asintió en silencio.

—Pero ya es muy tarde —dijo él—. Lo mejor que podemos hacer ahora es ir a descansar. Mañana decidiremos el siguiente paso con la cabeza más fría.

Se quedó esperando una respuesta por parte de ella que nunca llegó. Con desaliento y frustración, comprendió que había malinterpretado lo que en un momento le habían parecido claras señales de incipiente intimidad entre ellos. Por lo visto, tantos años de matrimonio frío y lánguido le habían pasado factura: ya no sabía reconocer el deseo en una mujer, y mucho menos descubrir si ese deseo lo tenía a él por destino.

—Buenas noches —susurró.

Iba a echarse a andar cuando la mano de Beatriz se aferró a su brazo y le impidió dar el primer paso.

—Acepto ese trago —musitó sin atreverse a mirarlo a los ojos.

Leonardo, sin decir una sola palabra, asintió y enfiló hacia su habitación. Ella lo siguió por el pasillo con un cierto temblor en las extremidades que no acababa de reconocer si pertenecía a las emociones del día, a las copas de vino de la cena o a la figura de Leonardo guiándola por ese oscuro corredor.

Se dejaron caer en un pequeño sillón de terciopelo que se hallaba en un rinconcito de la habitación de estilo rústico, con una copa en las manos.

—Bea —le dijo cuando se hubo inclinado para rellenarse el vaso y acabó sentado aún más cerca de ella—, no te preocupes. Todo va a salir bien.

—¿Cómo lo sabes? —preguntó ella dejando caer la cabeza en el hombro de él, con un suspiro de derrota.

—Porque estoy a tu lado... para lo que necesites. Siempre.

El silencio se hizo en el ambiente. El sonido de sus respiraciones entrecortadas era lo único que llenaba la estancia. Sus pechos subían y bajaban a gran velocidad al tomar aire con los nervios únicos que provoca la anticipación.

Casi de manera natural, sin siquiera dudarlo, Beatriz giró la cabeza hacia la cara de Leonardo y él se inclinó en busca de sus labios, que se encontraron por primera vez.

Dejaron los vasos sobre la mesita de manera atropellada y Leonardo rodeó con ambas palmas las mejillas de Beatriz, y le acarició el cabello con un fervor y necesidad que hacía mucho tiempo que no sentía.

Ella emitió un gemido e introdujo la lengua en la boca de Leonardo. Él bajó las manos hacia la blusa de ella, tanteando a ciegas los botones para quitársela. Por su parte, Beatriz se apoyó en el pantalón de Leonardo y, buscando su cuerpo, notó la erección. Al instante, la temperatura entre ambos se elevó aún más.

Incapaz de respirar, y cuando ya estaba quedándose sin oxígeno a causa del fuego que los consumía a ambos, Beatriz plantó las palmas de las manos en el pecho de Leonardo y lo alejó de golpe.

—¡No! —emitió antes de tomar una gran bocanada de aire—. ¡No!

Avergonzada y cohibida, buscó con torpeza girar el pomo de la puerta para, tras conseguir abrirla, cerrarla de un golpe y salir de allí como un vendaval. Tras ella quedaron las brasas a medio consumir de un incendio que podría haber arrasado con todo a su paso.

32

El secreto de Marco

Beatriz entró a su habitación a tropezones, con el corazón desbocado y martillándole inclemente las sienes. Se lavó la cara con abundante agua fría sin siquiera atreverse a mirarse el rostro en el espejo del baño. No era capaz de enfrentar su reflejo ni tampoco asumir la remota posibilidad de encontrarse con el fantasma de Marco mirándola por encima del hombro. Beatriz se acostó en la cama con la luz apagada, dejando que el único haz que entrara al cuarto fuera el proveniente de la calle. El techo de madera se vio iluminado una y otra vez por la pantalla de su celular: Leonardo le enviaba un mensaje tras otro con temor de que lo que había pasado, o más bien había estado a punto de pasar entre ellos, fuera a torcer las cosas.

—Todo esto es culpa tuya, Marco. ¡Tú eres el único responsable! —gritó a la penumbra de la habitación.

Por más agua fresca que se hubiera echado en el rostro y en el cuello, todavía sentía el calor en el cuerpo, las manos de

Leonardo derritiéndole la piel, las lenguas hirvientes intercambiando besos que en un inicio habían resultado torpes, pero que pronto se habían acompasado al ritmo de ambos.

Por muy retorcido que pudiera resultar, la noche hacía todo por recordarle a Marco, a cómo se tocaban cuando se habían conocido, a la fogosidad de sus encuentros al inicio de su relación. A él le había encantado haber sido, por una vez, la presa de una mujer decidida. La pasión y el ardor que ella había sentido en su búsqueda, caza y captura, yendo detrás de Marco y coqueteando con aquel joven amistoso y extrovertido, hasta que cayó en sus redes, no se habían visto igualados hasta su encuentro con Leonardo esa noche.

Por aquel entonces, a diferencia de aquella situación, Beatriz jugó a capturar en vez de ser capturada. Había supuesto su propio triunfo personal, ya que sabía que a Marco le gustaba llevar la voz cantante y liderar cada gesto y paso allá donde estuviera... Aquellos habían sido los rasgos más definitorios del carácter de su marido: estar al mando de las situaciones, mantenerse en posición de poder, ser rápido en la toma de decisiones.

Como la decisión que tomó *aquella* noche, años atrás. La noche en la que su vida había cambiado para siempre.

Quizá por eso Beatriz sabía que debía alejarse del calor del cuerpo de Leonardo, ya que cuanto más cerca estuviera de él, más se le podía nublar el juicio... y sin Marco presente tenía que ser ella, y solo ella, la que mantuviera el poder de decisión sobre la situación.

Porque cuanto más borroso lo viera todo, más cerca estaría de que Leonardo descubriera qué había pasado aquella noche de tormenta, de truenos y relámpagos. Esa noche en la que Marco había entrado en casa después de comprobar los últimos trabajos que los obreros habían hecho en la alberca.

—¿Todo bien? —preguntó Beatriz cuando él terminaba de quitarse la ropa húmeda.

Marco, con el ceño fruncido, no había respondido. Pero su silencio le había hecho saber que, en efecto, algo ocurría. Beatriz sintió que se trataba de un *algo* que iba más allá de un posible retraso en la construcción de la ansiada alberca o de algún malentendido con el constructor. Pudo ver con una claridad pasmosa que la vida idílica que estaban dibujando y construyendo en el jardín trasero, la idea de su hogar perfecto, se diluía frente a sus ojos.

«Malditas premoniciones», había alcanzado a pensar antes de que el timbre de la puerta principal sonara a sus espaldas. «Será el aparejador», se dijo.

Sin esperar a que su esposo se hiciera cargo, acudió con brío a la entrada con intención de intervenir con su don de gentes en el altercado. Sin embargo, al abrir y batir la madera del portón que dejó entrar un remolino de lluvia en el recibidor, Beatriz pudo ver el estampado de un llamativo vestido rojo. Un vestido salpicado de pequeñas flores amarillas que, mojado, aguardaba bajo la tormenta frente a la puerta de su casa. Un vestido que flameaba impulsado por el viento y que se adhería a las piernas de una muchacha a causa del denso aguacero. A las piernas de una muchacha que gritaba con voz de animal herido que ella era la verdadera madre de Renata.

Esa misma noche, Beatriz se enteró sin desearlo del espeluznante secreto que Marco había conseguido mantener oculto. Y descubrió, por primera vez, a qué sabía la sangre ajena.

QUINTA PARTE

33

Marco, una y otra vez

Por mucho que no quisiera admitirlo, ni para sus adentros ni a la misma Beatriz, Leonardo se había quedado sin nuevas pistas que seguir y con la investigación en un preocupante punto muerto. Había decidido centrarse en la pesquisa de la verdadera historia tras la adopción de Renata, pero sus habilidades como periodista no habían rendido fruto. Además, después del último encuentro que había tenido con Beatriz en la habitación del hotel se sintió fuera de lugar, como si hubiera traspasado una línea invisible que, por alguna razón, hubiera decidido cruzar de todos modos pese a saberla prohibida.

A la frustración de que después de aquel traspiés Beatriz y él hicieran el camino de vuelta a Pinomar en silencio se sumó la del miedo a perder la amistad que los unía y, ahora, a la ausencia de caminos que seguir en su búsqueda de la verdad.

—Gracias —dijo ella cuando se bajó apresurada del vehículo frente al número 9 de Old Shadows Road—. Hablamos luego.

Leonardo quiso responderle que sí, que muy pronto iban a volver a estar en contacto, que la investigación apenas estaba comenzando, pero el brusco portazo puso fin a cualquier intento de suavizar las cosas entre ellos.

Tras su retorno a casa, fue directo hacia su escritorio. Se dejó caer en la silla, encendió la computadora y se entretuvo jalando del hilo de la información que les había proporcionado la enfermera, buscando de nuevo nombres relacionados con el supuesto parto de Renata.

«Adopciones ilegales Pinomar», tecleó una vez más en el buscador de internet.

Nada.

«Listado médicos obstetras hospital Pinomar».

La misma información que ya había revisado mil veces.

«Defunciones recién nacidos hospital Pinomar». Sus ojos leyeron: «Lo sentimos, su búsqueda no arrojó resultados».

«Certificados de nacimientos irregulares».

«Estadísticas de adopciones».

¡Qué búsqueda tan estúpida!

A todas luces se encontraba en un callejón sin salida. El monitor le iluminaba el rostro y se reflejaba en sus pupilas expectantes. Sin embargo, nada sucedía en él.

Nada.

Solo el agobiante latido del cursor. Presionándolo. Urgiéndolo.

«Vamos, Leonardo. ¿Dónde mierda está tu olfato? ¿Tan muerto como tú? —se dijo con hiriente ironía—. Haz al menos un listado de lo que ya sabes...».

Sin darse tiempo a cuestionar las órdenes de su propia mente, comenzó a repasar los hechos concretos de los que disponía: Beatriz había parido un bebé en el hospital de Pinomar. Clara Rojas había asistido el alumbramiento. Beatriz había sufrido una grave hemorragia que la había mantenido en coma dos días. Marco fue el encargado de presentarle a Renata cuando ella recuperó la consciencia.

En un gesto que mezcló agotamiento y fracaso, cerró la computadora, se quitó los lentes y resopló con fuerza al dejar caer el bolígrafo contra su libreta. Hizo un par de garabatos ininteligibles en una de las páginas de su cuaderno. Escribió: «Beatriz... Coma inducido... Marco...».

Entonces, como si de una señal se tratara, vio que el nombre de Marco se repetía una y otra vez en todas sus notas, en cada cuartilla... En el acto, se enderezó en la silla algo desvencijada de su escritorio. Marco. Quizá el marido muerto de Beatriz no era la salida, pero sí una dirección que tomar en vez de quedarse de brazos cruzados. Volvería a la fuente, lo tenía decidido. Marco. ¡Marco! Contactaría de nuevo con sus compañeros de trabajo, aunque le constaba que nadie quería hablar de lo que había sucedido, más allá de lamentarse por la pobre familia que el suicida había dejado atrás.

Las respuestas que había recibido de amigos y colegas de Marco habían sido vagas, y aquello le dio esperanza a Leonardo. Que nadie, ni empleados ni socios, hubiera querido hablar con él solo podía significar que sabían que Marco tenía cosas que esconder y que no es que fuera precisamente una blanca palomita.

Rescató los lentes de nuevo y se lanzó a abrir la computadora con energía renovada. Aunque le llevara toda la noche, iba a listar todos los nombres de contactos de la vida de Marco, tanto profesionales como personales, desde quién le llevaba el café a la oficina hasta quién había sido la empresa proveedora de papel de imprimir. Marco estaba en contacto con mucha gente, él mismo incluido, sin ir más lejos, y en alguno de ellos se debía encontrar la punta del hilo del que jalar.

Apenas había anotado un par de nombres en una nueva página en blanco de su libreta cuando un susurro a sus espaldas, proveniente de la puerta del despacho, llamó su atención.

—Guau... —exclamó apenas se giró.

Julieta, ataviada con una pieza de elegante y reveladora lencería, lo esperaba sugerente en el marco de la puerta.

—Repito —dijo él aclarándose la garganta y cerrando la computadora de manera veloz, con una sonrisa—: GUAU.

—Eso dirás cuando te llegue el estado de cuenta de la tarjeta de crédito... —le respondió ella acercándose coqueta. Acto seguido, giró la silla del escritorio para sentarse a horcajadas sobre él.

Hacía tiempo que Leonardo no veía esa versión de su esposa: juguetona, susurrándole cosas al oído, deseándolo de esa manera. La excitación no tardó en hacer aparición, algo palpable para ambos.

—A ver qué tenemos aquí... —sonrió ella al llevar la mano a la bragueta del pantalón de su esposo.

Sin más preámbulos, comenzó a besarle el cuello y Leonardo no pudo hacer otra cosa que prestar atención al delicado y transparente encaje que apenas recubría los pechos de su mujer. Parecía que, aunque no hubiera sentido entusiasmo por la idea, su mente les mandaba la señal contraria a sus manos y boca, y pronto respondió al beso de su mujer.

Julieta, en un gesto más que obvio, tomó la computadora y la apartó de la mesa para poder sentarse y así arrastrar a su marido hacia ella. Con las piernas rodeando la cintura de Leonardo, comenzó a desvestirlo con premura y excitación.

Por su parte, aunque su esposa estuviera llevando las riendas de la situación, se dejó llevar y empezó a acariciarla tratando de seguirle el ritmo. Sin embargo, cada roce, cada gesto, cada centímetro de piel... le parecía el incorrecto. Como si estuvieran tratando de hacer encajar dos piezas de rompecabezas diferentes a la fuerza. Julieta sentía un frenesí que parecía querer arrasar con todo, escritorio incluido, y él sentía que su mente y su cuerpo debían estar en otro lugar.

De pronto, ella no pudo evitar bajar el ritmo y mirar a su esposo con evidente desconcierto: en su rostro encontró el gesto de un hombre incómodo y agobiado. No fue solo la mueca lo que Julieta tuvo como prueba de que aquello no parecía ir hacia donde ella quería.

—Discúlpame —suspiró él alejándose de ella y frotándose la cabeza—. No sé qué carajos me pasa...

Julieta, todavía medio vestida con la ropa interior y de piernas abiertas sobre la mesa, se cubrió enseguida con la fina bata de seda y trató de esconder su decepción tras una risa nerviosa.

—Tranquilo, no le des más importancia de la que tiene... —dijo minimizando el bochorno y bajándose del escritorio.

Ambos sonrieron por compromiso. Ella intentó abrazarlo, buscando un último consuelo, aunque fuera el de la compañía más que el del sexo que había tenido en mente para esa noche.

Sin embargo, la expresión de los rostros cambió casi de manera instantánea. Sin mirarse el uno al otro, las sonrisas se borraron y les dejaron en la cara un inequívoco gesto de preocupación y de profunda derrota. Una derrota que tenía nombre y apellido.

34

Naufragio

Unos días después de que Beatriz volviera de su viaje relámpago, un viaje que había decidido disfrazar de trabajo para no tener que dar explicaciones a nadie, ni siquiera a sus amigas más cercanas, Anaís, Julieta y ella estacionaron los coches en el centro de Pinomar, tras llevar a los niños a la escuela, y se fueron a una cafetería a ponerse al día.

Sentía que la brecha entre ellas, entre silencios y omisiones, estaba adquiriendo unas dimensiones casi insalvables. De hecho, eso fue lo primero que constató al sentarse a la mesa: la tensión en el ambiente, por mucho que sonrieran haciendo sus pedidos al joven mesero, era palpable. Ninguna parecía animarse a hablar de sus temas reales y las tres, como si fueran un trío de desconocidas, divagaban sobre banalidades, los niños y poco más. Sin embargo, era evidente que todas sabían que las demás callaban secretos...

—¿Y cómo están? ¿Cómo les ha ido? —fue Beatriz, incómoda, la que rompió el silencio.

—Quería proponer una actividad de yoga en la clase de los niños. ¿Creen que tienen ya planeado hacer otra obra en la escuela o...? —preguntó Anaís sin acabar su frase.

Tal vez había metido la pata por cómo se habían desarrollado los acontecimientos en aquel acto; además, ninguna le había preguntado a Beatriz qué había motivado que se levantara gritando el nombre de Marco en plena actuación escolar o cómo se encontraba desde entonces. Gladys había sido el hombro sobre el que Beatriz había decidido llorar, y ninguna iba a dar el brazo a torcer si no era Beatriz la primera en interceder a favor de ellas.

—Nadie mejor que tú para llevar a cabo una clase de yoga con los peques... —añadió veloz Julieta para mitigar la tirantez en el ambiente.

Julieta, sin ir más lejos, estaba acostumbrada a una vida de tensión. Cada día en su casa era un campo minado y cada gesto iba cargado de significado entre Leonardo y ella cuando volvía a casa de dejar a los niños en la escuela y se enfrentaban a algo que jamás habría pensado posible: no podían estar los dos bajo el mismo techo.

La sensación se remontaba al regreso de Leonardo de su viaje de investigación. Aquella frialdad, había sentido Julieta, que lo acompañaba desde entonces, se notaba más gélida a medida que pasaban los días, y ya había comprobado que no había nada en su mano para avivar un fuego que, ahora lo aceptaba, llevaba muerto ya bastante tiempo. Pero ¿compartir aquello en voz alta con ellas, sus supuestas amigas? ¿Admitir la derrota no solo delante de Beatriz, con quien sentía que ya no la unía un vínculo tan fuerte, sino frente a Anaís, la dueña de la vida perfecta? Jamás. Antes prefería hablar del último chisme o serie de televisión, que veía a solas aunque Leonardo durmiera apenas a centímetros de ella, que confesar su sentimiento de derrota.

Una derrota que tenía nombre y apellido.

Lo que no sabía Julieta era que Anaís no vivía en el paraíso, precisamente. Ella misma estaba pasando por una crisis mayor de lo que jamás se atrevería a confesar. Sentía que trabajaba muy duro como para que, en momentos como aquel, en el que era consciente de que sus amigas no estaban en situación de apoyarla, ella no fuera la fuerte del grupo, la valiente, la de la vida de catálogo.

Hacía tiempo que venía sintiendo que las peleas con Gastón habían dado paso a una estela de calma que no le gustaba en absoluto. El silencio se había convertido en señal de que a su marido ya no le importaba cómo estaban las cosas entre ellos. Anaís había hecho como si nada, se levantaba llena de energía cada mañana, les preparaba el desayuno a todos antes de que la niña fuera a la escuela y Gastón a su clínica ginecológica. Cuando se quedaba sola, sin embargo, cuando nadie la veía, notaba una presión en el pecho de la que no conseguía deshacerse por mucho que enlazara con tal propósito clase tras clase de yoga en busca de la extenuación. Y aquel dolor había comenzado unas noches atrás.

Gastón se había metido a su lado, en la cama, donde Anaís revisaba en el celular unos videos de cuentas *lifestyle*. Él se había movido a su lado de la cama y la había besado en el cuello.

Anaís, por instinto, se movió sutilmente alejando la nuca, como si el beso le causara cierta incomodidad. No era extraño; hacía tiempo que las cosas entre ambos eran incómodas en el terreno de lo físico.

Gastón llevaba un tiempo inquieto, áspero con ella, con una distancia inusual para su carácter dicharachero. Ya no bromeaba tanto sobre su manera de ser o sus manías diarias. Quizá las cosas no iban bien en el trabajo. Traer hijos al mundo era un oficio estresante en extremo, algo que él siempre repetía cuando la ansiedad se apoderaba de sus nervios. Ser responsable de la vida de una madre y, aún más, de un recién nacido, por lo visto estaba causando estragos en él. Anaís podía adivinar que su marido había tenido un parto complicado con solo analizar el nudo de su entrecejo cuando llegaba a casa por la noche. Fue ese mismo gesto el que le congeló la sangre cuando, años atrás, Gastón salió hacia la sala de espera y les avisó sombrío que Beatriz había tenido una hemorragia tras haber parido a su hija y su vida corría peligro. Anaís rogó durante días por la pronta recuperación de su amiga, pero, sobre todo, por el futuro de su esposo: si a Beatriz le sucedía algo, el responsable iba a ser su Gastón, el famoso médico especialista en fertilidad.

A eso se sumaba el hecho de que, de un tiempo a esa parte, Anaís sentía que ambos parecían casi dos desconocidos que compartían lecho; un lecho silencioso en el que ella no osaba tocarlo, menos hablar de sus palpitaciones, y en el que él no era capaz de dejar fuera el nerviosismo con el que se iba a la clínica y el cansancio con el que volvía. Anaís no recordaba cuándo había sido la última vez que su marido había tenido

ganas de compartir una copa de vino con ella, algo que extrañaba (y eso que ella solía rehusar la copa y prefería tomarse
un vaso de kombucha orgánica).

Sí. Tanto trabajo estaba abriendo una enorme grieta en su
matrimonio.

Gastón insistió con un nuevo beso en el cuello y conquis-
tó ya la parte de la cama de Anaís, que hizo con otro nuevo
gesto más evidente su incomodidad. Él la miró a los ojos.

—Te echo de menos... —susurró él para, acto seguido,
continuar besándola.

Las caricias y atenciones dieron resultado y al fin, Anaís,
como si estuviera ya mentalizada de llevar a cabo una labor
que, pese a que le diera pereza, era su trabajo, se sacó sin más
rodeos la parte superior de la pijama, se desnudó en un gesto
vago y mecánico, y se entregó a un nuevo beso de Gastón.

Gastón comenzó a acariciarle los pechos, apasionado y
más que excitado, mientras que ella, con los ojos abiertos de
par en par, parecía estar esperando que aquel trámite acabara
más pronto que tarde.

El sexo no duró demasiado, lo justo para que ella emitiera
los gemidos de rigor necesarios para que su marido llegara al
clímax, cayera exhausto sobre ella y le sonriera satisfecho. En
ese momento, Anaís no pudo contener un leve gesto de alivio:
ya se había acabado.

Con un movimiento frío de las manos, empujó con suavidad a Gastón para sacarlo de encima de su pecho desnudo,
obligándolo así a moverse hacia su lado de la cama.

—Ay, que me ahogo... —suspiró en una queja, poniéndose
de nuevo la camiseta como si no hubiera pasado nada.

Gastón rodó de nuevo hacia su lado y se quedó bocarriba, desnudo, con una sonrisa de satisfacción en los labios.

—¿Tú estás bien? —le preguntó a su mujer como muestra de interés por su placer.

Anaís, ya vestida y cubierta de nuevo con la sábana, lo miró de refilón con una sonrisa impostada.

—Estupenda, sí —aseguró mientras se inclinaba hacia la luz de la mesita para apagarla—. Buenas noches.

Sin tiempo a más reacciones, Anaís se acomodó, dándole la espalda a su marido, y cerró los ojos con un suspiro de hastío que Gastón apenas pudo percibir, pues ya se levantaba de camino al baño para darse un regaderazo rápido y así quitarse el sudor de encima.

Había sido en ese momento, durante ese estremecimiento que le recorrió la espalda ante la simple presencia de su esposo, pero no necesitó nada más: había tomado la decisión.

Una decisión que le aprisionaba el pecho, que cargaba como una losa y que no sabía si compartir en voz alta delante de sus amigas. Le pesaba demasiado como para mantener las apariencias. Finalmente, iba a explotar.

—¿Saben qué? —dijo de pronto Julieta, con tono de voz entrecortado y mirada gacha—. Creo que las cosas no están bien en casa.

Se hizo el silencio. Beatriz permaneció callada y apartó la mirada culpable. Un gesto que a Julieta no le pasó inadvertido.

—Cada vez me siento más lejos de Leonardo, de la vida que había pensado que compartiríamos, de luchar por la vida perfecta. Es muy difícil pensar que puede mejorar...

—Con aquellas últimas palabras hizo un gesto de cara a Anaís.

—Ninguna tenemos la vida perfecta —espetó su amiga con un tono lejos del habitual de falsa modestia—. Es más, las cosas en casa tampoco están bien y creo que más pronto que tarde Gastón y yo nos separaremos.

—¿Cómo? ¿Desde cuándo? —preguntó con asombro Beatriz.

—Desde hace tiempo, Beatriz. Desde hace ya tiempo. —El tictac de la bomba en su pecho se aceleraba, estaba a punto de explotar—. Y no parece que te haya importado demasiado...

Ahí estaba: la primera declaración de guerra.

Beatriz quiso responder, pero se quedó callada, incapaz de articular palabra.

—Y entiendo por lo que has pasado, todas hemos estado ahí para ti —siguió Anaís, que parecía estar pagando con ella una rabia interna que llevaba acumulada demasiado tiempo y que iba más allá del propio estado de su matrimonio—, pero ¿cuándo has estado tú ahí para nosotras?

Segunda explosión: la guerra estaba declarada.

Anaís miró a Julieta buscando su aprobación, cómplice. Beatriz levantó la vista y observó cómo Julieta, en silencio, asentía con frialdad.

—Ninguna estamos pasando un buen momento —añadió—, y no parece que estés dispuesta a apoyarnos.

—No tenía ni idea... —susurró Beatriz, afligida.

—¿Por qué no has preguntado? —le espetó Anaís—. Pues por la misma razón por la que ya no llamas ni te paras con nosotras, ni te interesa preguntar por nuestra vida, porque parece que encontraste otro hombro en el que llorar, y nosotras ya no te servimos...

Beatriz tembló por un instante. ¿Se refería a Leonardo? ¿Cómo era posible?

—¡Increíble! —exclamó Anaís levantando la vista justo en el instante en el que Gladys hacía una aparición inesperada y entraba en la cafetería—. Hablando del rey de Roma, por la puerta asoma...

Todas giraron la vista para ver cómo Gladys sonreía y se dirigía hacia el grupo con una sonrisa que desentonaba con su habitual gesto agrio.

—¡Beatriz! ¡Chicas! Qué agradable sorpresa encontrarlas aquí...

—Ya nos íbamos... —dijo Anaís, rotunda, levantándose de la silla y haciéndole un gesto con la mirada a Julieta para que la siguiera.

—Esperen... —musitó Beatriz, triste y angustiada, con un nudo en el estómago e incapaz de decir nada más.

—Que les vaya bien —añadió Anaís antes de abandonar la mesa junto a Julieta, quien, silenciosa, la siguió a la caja para pagar y abandonar el local de mala gana.

El campo de batalla era un cementerio, arrasado por la violencia de una guerra breve pero mortal.

Las mujeres dejaron las sillas vacías, pero la tensión se había apoderado del ambiente. Su grupo de amigas se había hecho trizas, pensó Beatriz, que se quedaba más sola por segundos. Náufraga. Derrotada.

Entonces levantó la vista: Gladys.

Gladys, quien, asombrada y extrañada, tomó asiento a su lado con gesto de preocupación. Ella era su única confidente, su única y verdadera amiga ahora. La isla perfecta para sobrevivir al naufragio.

35

Mentirosa

Sola. No era difícil sentirse así cuando las horas del día pasaban y Beatriz, frente a la computadora, no conseguía sacudirse esa sensación. Por mucho que Renata volviera a ser un poco la niña que había sido antaño, por mucho que Gladys y Octavio estuvieran a apenas unos metros y una llamada de timbre para lo que necesitara...; sin aliados, sin Marco, que había desaparecido dejándola sola, la angustia se apoderaba de ella hasta el punto de que nadar había empezado a perder su efecto calmante.

Beatriz sabía que las aguas estaban agitadas, en muchos sentidos, y que cualquier paso en falso iba a provocar que no siguiera a flote mucho más tiempo.

Se secó el cuerpo después de un nuevo intento por relajarse en la alberca a media mañana y acudió a su teléfono con celeridad esperando encontrar algún mensaje de Anaís y Julieta. Tenía la esperanza de que alguna contactara con ella, aunque en el fondo sabía que no era capaz de dar el primer paso que les reclamaba.

«Ya no llamas ni te paras con nosotras, ni te interesa preguntar por nuestra vida».

Sin embargo, al iluminarse la pantalla del celular frente a ella vio que tenía varias llamadas perdidas. «Número desconocido», leyó. Un pinchazo en la barriga hizo su aparición como un latigazo. Su primer instinto fue pensar en lo peor. No obstante, como la llamada podía tratarse de mil cosas, entre ellas, alguna relacionada con Renata y la escuela, no dudó en apretar el botón para devolverla.

—¿Sí?

—¿Beatriz Colón?

Otro azote le golpeó la boca del estómago: Beatriz enseguida reconoció aquella voz al otro lado de la línea.

—Soy Clara Rojas, la enfermera que...

—Sí, ya sé quién es —la cortó seca—. ¿Qué sucede?

—Mire —la voz al otro lado del teléfono, aunque nerviosa, no titubeaba; más bien le pareció seca y cortante desde el inicio. No se parecía a la voz temblorosa que había negado saber nada en aquella visita que había helado a Beatriz—. No voy a andarme con rodeos. No estuvo bien lo que pasó el otro día, cuando el periodista y usted vinieron a mi casa...

Tragó saliva y buscó asiento; se cubrió con la toalla. De pronto, hacía frío a su alrededor. Mucho, mucho frío.

—Me pusieron en una posición comprometida, removiendo cosas del pasado que estaban bien donde estaban —le dijo la voz de la enfermera—. Y no sé su amigo, pero ambas sabemos la verdad y conocemos el origen de su hija. Sabemos cómo fue arrebatada de los brazos de su verdadera madre. Usted no está libre de culpa...

«El estampado de un llamativo vestido rojo. Un vestido salpicado de pequeñas flores amarillas que, mojado, aguardaba bajo la tormenta frente a la puerta de su casa».

—¿Cómo consiguió usted mi número? —musitó Beatriz tratando de hacer acopio de valentía para sonar serena.

—Eso no es lo importante. Lo importante es que nadie está siendo sincero en este tema, y creo que lo mejor para ambas es que yo siga callada sobre lo que sé...

—Si no recuerdo mal, dijo que no quería hablar, que deseaba olvidar...

—Y también les dije que es imposible olvidar su caso —puntualizó la enfermera con voz amenazante.

Durante un instante se hizo el silencio a ambos lados de la línea. La tensión en la respiración de Beatriz era latente. Tanto que hasta temía que Clara Rojas pudiera oír el sonido de su corazón descontrolado de temor.

—¿Qué es lo que quiere? —acabó por preguntar.

—Usted y su amigo están removiendo un estanque de fango y no quiero que me salpique...

—Ya le dijimos que... —trató de interrumpir.

—Solo pretendo asegurarme de que mi nombre y todo lo que sé no salgan de donde están. Y creo que eso lo puede hacer tanto usted, como bien indica, como yo misma...

Ahí estaba: el inicio de una amenaza. El mayor temor que había tenido Beatriz cuando había accedido a que Leonardo comenzara a mover las aguas en busca de información.

—¿Qué quiere decir con...?

—Si yo también me pongo a averiguar y abrir la puerta del pasado, estoy convencida de que me bastarían un par de llamadas para dar con el paradero de la verdadera familia de su hija.

«Un vestido que flameaba impulsado por el viento y que se adhería a las piernas de una muchacha a causa del denso aguacero. A las piernas de una muchacha que gritaba con voz de animal herido que ella era la verdadera madre de Renata».

—¡¿Qué es lo que quiere de mí?! —gritó Beatriz incapaz de seguir escuchando aquella voz ni un segundo más.

—Ya sabe lo que quiero... Mi silencio puede comprarse si... —dijo la enfermera insinuando el corazón de un chantaje al que Beatriz no estaba dispuesta a que la sometieran.

—No vuelva a llamar a este número —espetó antes de separarse el teléfono de la oreja y colgar la llamada.

«¡Ladrones! ¡¿Dónde está mi hija?! ¡¿Qué hicieron con mi hija?!».

Con el cuerpo en tensión y las manos todavía temblorosas, lo primero que hizo fue deslizar los dedos con torpeza por la pantalla para bloquear cualquier llamada entrante. No quería saber nada de posibles extorsiones ni sobornos. La amenaza de que parte de la información que tenía aquella mujer pudiera salir a la superficie ya era bastante para detener aquello.

Por eso, decidida, Beatriz se levantó, volvió a entrar en la casa, se bañó y se vistió tratando de recuperar la calma. Cuando se hubo tranquilizado, se enfrentó a la pantalla de su celular, en la que tecleó el siguiente mensaje:

Ven a verme lo antes posible.

Apretó el botón de enviar antes de pensárselo dos veces. La respuesta llegó en menos de treinta segundos.

En media hora estoy ahí.

Leonardo no comprendió cuán angustiada se encontraba cuando Beatriz le abrió la puerta y lo hizo pasar a la sala. Ella no sabía qué esperaba de aquella visita, pero al verlo se sintió segura después de la inesperada llamada de Clara Rojas.

—¿Pasó algo, Bea? —preguntó él con preocupación.

Rehuyendo su mirada, Beatriz negó con la cabeza. De momento no tenía pensado compartir con él la extorsión a la que la habían sometido apenas una hora atrás, porque no se veía capaz de hacerlo sin acabar diciéndole más de la cuenta. Y eso podía ser su fin. Su última confesión.

Preocupado, Leonardo se levantó del sillón, en el que había elegido sentarse para mantener la distancia con ella después de cómo habían dejado las cosas la última vez que se vieron, y se acercó para sentarse a su lado.

—Sabes que puedes confiar en mí... —le dijo apoyando la mano en el brazo de Beatriz.

Ella escondió entonces la cabeza en su cuello y comenzó a sollozar.

—Me siento tan sola...

Los brazos de Leonardo no tardaron en rodearla y mecerla mientras colaba una mano entre sus cabellos.

No supo qué decirle. Tampoco hizo falta palabra alguna. En el momento en el que Beatriz se apartó del pecho de Leonardo, el fogonazo de deseo que estalló producto de la escasa distancia que los separaba hizo que él rodeara con las manos el rostro de Beatriz y lo acercara al suyo para besarla. Ella cedió, dejándose llevar como un cuerpo inerte en el agua, corriente abajo.

Quizá era aquello lo que había buscado con la llamada. Tal vez era justo eso lo que tanto ansiaba y necesitaba: la presencia de Leonardo, sus manos rodeándole la mandíbula, sus labios a punto de juntarse y explotar de apetito.

Los besos comenzaron en la misma sala donde Beatriz se dejó acariciar con dulzura para, en muy poco tiempo, notar cómo el fuego entre sus piernas acrecentaba la pasión y la empujaba a llevar la iniciativa. Pronto se sentó a horcajadas sobre Leonardo y ambos perdieron un par de prendas entre besos, mordiscos urgentes y caricias bruscas.

Cuando Leonardo le coló los dedos bajo el sostén en busca de sus pezones con la intención de llevárselos a la boca, ella gimió y se acercó a su oreja.

—Aquí no... —susurró—. Vayamos al cuarto.

Como un adolescente tímido que se cuela a escondidas en casa de los padres de su novia, Leonardo siguió a Beatriz escaleras arriba. No tardaron en despojarse de las prendas que les quedaban al pasar el umbral de la habitación. La cama crujió bajo sus cuerpos, que se frotaban y buscaban con anhelo. Beatriz se dejó recorrer cada rincón mientras buscaba con la lengua la oreja y el cuello de Leonardo. Lo apretaba contra su pecho y le arañaba la espalda con las manos para sentirlo cada vez más dentro de ella. Más y más dentro, entre movimientos suaves y embestidas, en medio de gruñidos que los llevaron a ambos al orgasmo.

Luego, los dos agonizaron entre las sábanas sintiéndose más vivos que nunca.

Habrían cruzado la última frontera: la del engaño y la infidelidad. Ya no había vuelta atrás.

En la misma cama que Beatriz había compartido durante años con Marco, Leonardo descansaba ahora semidesnudo, apenas cubierto con un pedazo de sábana, mientras ella observaba pensativa el techo del cuarto.

Aquella era su doble cara: tener la frialdad de estar allí acostada junto al marido de su amiga, en el lecho donde tantas noches había hecho el amor con su marido, mientras Leonardo se preocupaba por ella y ella... le escondía la verdad. Una verdad que de tan horrible no cabía entre aquellas paredes. Una verdad que se había ocultado a sí misma durante demasiado tiempo.

«¡¿Dónde está mi hija?! ¡¿Qué hicieron con mi hija?!».

¿Cómo había sido capaz de sobrevivir a su propio pasado y al de su marido y, al mismo tiempo, manejarlo de una forma tan errática? La respuesta era fácil: evadiendo la realidad y entregándole al mundo una cara que no representaba lo que estaba sintiendo. Una mentira. Llevaba años mintiendo. Cada cumpleaños de Renata la mentira crecía. Cada vez que su hija aprendía algo nuevo la mentira crecía. Cada vez que la niña la llamaba «mamá» la mentira crecía.

Pero aunque ocultara muchos secretos, pensó abandonando la vista del techo y llevándola al rostro de Leonardo, aquello que estaba sintiendo era verdad. ¿Cómo repercutiría la revelación de su otra cara, esa cara horrible y peligrosa, en su relación con él? ¿Sería capaz Leonardo de dejar su matrimonio aparentemente estable aunque en crisis, y de olvidar durante un rato su alto estándar moral por amor? ¿Por amor a ella... por encima de todo?

Las dudas se le acumulaban en la cabeza mientras contemplaba el pecho de Leonardo respirar apaciblemente. ¿Podría llegar a decirle la verdad? ¿Sería él capaz de comprender que, en el fondo, ella también era una víctima del engaño de Marco? En su defensa, hasta que Renata no cumplió tres años no descubrió que no era su hija biológica. Todo cambió aquella noche en que apareció la verdadera madre, empapada de lluvia y lágrimas, reclamando lo que le pertenecía. Ella. La peor de sus profecías.

«¡Ladrones!».

¿Entendería su amigo los motivos que la habían obligado a callar y a dejar que él siguiera el curso de su investigación? Porque, si aquello que sucedía entre ellos iba a convertirse en el inicio de algo, y no solo había sido una llamada para romper la soledad, Beatriz tenía que plantearse hasta qué punto podía sostener una mentira como aquella. Mientras volvía a abrazarse a ese pecho masculino que tanto la atraía, se preguntó si existían mentiras buenas o todas las mentiras eran, cualquiera que fuera su causa, reprochables.

¿Era de verdad una mentira si con ella solo buscaba protegerse a sí misma y a su hija?

¿Era de verdad una asesina si no había orquestado un crimen?

¿Era de verdad una cómplice si aún conservaba el esqueleto en el fondo del armario?

«¡Basta! A los muertos hay que dejarlos en paz», se dijo justo antes de abandonarse y entregarse de nuevo al placer. Sobre todo a los que exhalaron su último aliento en esa misma casa, bajo ese mismo techo, donde ella intentaba a toda costa empezar una nueva vida a golpe de embustes y falsedades.

36

La pista de Marco

En su obsesión por buscar la certeza de las cosas, como profesional y como ser humano, Leonardo sabía que no iba a ser capaz de pasar una noche más al lado de Julieta sin que nada sucediera entre ellos. Él no era ese tipo de persona, la que engañaba por un supuesto bien mayor, la que buscaba decir una mentira piadosa porque sabía que haría el menor daño posible.

Por esa razón, y no por plantearse nada más en su recién estrenado cúmulo de sentimientos por Beatriz, Leonardo esperó a que Bruno y Santi estuvieran en la cama para sentarse con Julieta y decirle algo que siempre llevaba por bandera: la verdad.

—¿Cómo? —preguntó ella entre sorprendida e incrédula.

—No me hagas repetírtelo, por favor... —sugirió él cubriéndose el rostro con la mano, conocedor ya del gusto por el drama de su esposa.

—No, es que no entendí bien. O quizá lo hice, pero no lo puedo creer... ¿Que me fuiste infiel... con Beatriz? ¿*Mi* Beatriz?

Julieta se oyó decir aquellas palabras en voz alta y se levantó de un salto del sofá; comenzó a caminar de un lado al otro por la sala como un animal enjaulado, dándole vueltas en la cabeza a la inesperada confesión. La realidad siempre había estado ante sus ojos y ella algo había intuido: el interés de Leonardo por el caso de la adopción de Renata, la distancia entre ambos, la coincidencia en fechas. Beatriz había estado fuera de la ciudad la misma noche en que Leonardo había tenido que viajar para la investigación. Hasta cierto punto, no sabía si aquello llevaba tiempo existiendo, enterrado bajo una superficie de falsedad, o era una situación que ella misma había facilitado desde el momento en el que le había entregado el documento de la adopción de Renata a su marido.

—Tenía que contarte las cosas tal cual son —le dijo Leonardo calmado, observando cómo ella seguía el recorrido de sus palabras en la mente—. Sabes que soy incapaz de mentir y...

—Pero me has mentido. ¡Me has mentido una y otra vez! No vengas ahora de hermanita de la caridad que busca siempre toda la verdad y nada más que la verdad.

—No te alteres... —Leonardo le hizo un gesto para que bajara la voz; no quería que despertara a los niños.

—Me mentiste en el instante en el que rechazaste mis besos y saliste por esa puerta para verte con Beatriz, aunque no fuera para cogértela.

—Por favor... —chistó él disgustado.

—Ah, ¿me vas a decir que en realidad lo que haces con ella es «el amor»? ¡Vete al carajo!

—No te dije nada porque no había nada que contar... hasta ahora.

Julieta detuvo los pasos y lo miró amenazante, con los ojos cargados de furia.

—Pues ya puedes hacer la maleta e irte, ¡porque no te quiero ni una noche más bajo este techo! —exclamó señalando la puerta.

La doble traición pronto golpeó a Julieta del mismo modo que la puerta se cerró a espaldas de Leonardo cuando se marchó después de haber agarrado apenas una muda de ropa. Su mejor amiga, su amiga de luto por la muerte de su marido, su amiga que la había cambiado primero por la compañía de una desconocida y que ahora se había metido en la cama con su esposo. Beatriz no solo estaba muerta para Julieta, sino que estaba muerta y enterrada.

«Ojalá hubiera sido yo la causante de su muerte», se atrevió a confesar.

Y, sin el menor el remordimiento, tuvo la certeza de que no habría dudado un segundo en apretar el gatillo de haberla tenido frente a ella.

Menos de una hora más tarde, Leonardo se encontraba en un hotel a las afueras de Pinomar. Era el típico hotel de paso que los lugareños recomendaban a familiares lejanos y amigos que iban de visita. Un sitio barato y confortable donde había conseguido encontrar habitación aquella misma noche y acostarse a pensar.

Cuando hubo respirado, comprobó con cierto alivio que todavía no se había hecho demasiado tarde. Entonces marcó el número de teléfono de Beatriz. Le parecía increíble que aquel mismo mediodía se hubiera pasado horas entre sus brazos, acostado en su cama, dentro de ella, haciéndola gemir de placer. Ahora tenía que decirle que había hecho detonar una bomba, sin siquiera darle preaviso de su existencia, y que las esquirlas de la explosión estaban a punto de salpicarlos.

—¿No duermes todavía? —dijo la voz de Beatriz en cuanto contestó.

—Bea, Julieta ya sabe lo nuestro —le reveló él sin más rodeos, haciendo acopio de toda la serenidad de la que fue capaz.

—¿Perdona? —dudó con voz temblorosa—. ¿A qué te refieres?

—Pues me refiero a que me echó de casa; te llamo desde la habitación de un hotel.

Beatriz tragó saliva y se mantuvo en silencio, incapaz de pronunciar palabra, mientras Leonardo compartía con lujo de detalle la gran pelea que había tenido lugar entre él y Julieta en el momento en el que él había decidido ser sincero con su esposa.

Sin embargo, Beatriz, en cuanto escuchó un par de palabras, no pudo evitar que su cabeza volara lejos, muy lejos, a un pasado que notaba cada vez más distante: el de su vida con Marco. Recordó el día en que tuvieron su primera gran pelea como pareja, ya casados. La relación había sido siempre muy apacible y su discreción había hecho que ambos hubieran formado un gran equipo al respecto.

Pero no en aquella ocasión en la que había salido el tema de los hijos. Beatriz tenía clarísimo que necesitaba ser madre, traer un niño al mundo y darle todo el amor que ella no había recibido. Marco, en cambio, insistía en que no tenía especial interés ni prisa por formar una familia. Juntos se valían y se bastaban de sobra. Él todavía tenía ganas de disfrutar de su matrimonio a solas, y de ascender de manera profesional, así como de recorrer el mundo y vivir sin más responsabilidades que sus propios cuerpos.

Beatriz, para sorpresa de su esposo y por primera vez desde que se conocían, se encolerizó hasta el punto de plantearse si valía la pena continuar con aquel matrimonio si no estaban de acuerdo en un punto tan importante como aquel. Un niño, un hijo tan deseado, por el que había luchado tanto y que tiñó de sangre el cauce de las aguas de su vida mucho más de lo que ella jamás habría llegado a pensar.

Una hija. Su hija.

«¿Cuándo empecé realmente a ser madre? —se preguntó Beatriz—. ¿En el momento en que abracé a Renata por primera vez o durante el arduo camino para llegar a ella?».

Menos de una semana después, Beatriz tomó la decisión de acompañar a Leonardo fuera de la ciudad y dejar a Renata unos días con Gladys.

—¿De verdad que no te importa quedarte con ella? —le preguntó a su vecina mientras le indicaba que había dejado la ropa de la niña ya lista y planchada en su cuarto—. Quizá te sería más fácil llevártela a casa estos días...

—No, en absoluto —insistió su vecina—. Me niego a que Renata extrañe su cama, además de a su mamá. Vendré yo con ella y Octavio pasará las tardes con nosotras en el jardín merendando. ¿Te parece?

—Me parece... No tardaré en volver.

—Descuida. Tómate el tiempo que necesites.

Con toda la confianza del mundo, Beatriz sabía que Gladys no solo era la única puerta que le quedaba para tocar, sino que además al otro lado se encontraba alguien que no iba a dudar de sus razones ni a poner en entredicho sus decisiones, a diferencia de sus «amigas», que, de seguro, le habrían hecho un larguísimo interrogatorio al respecto.

No se veía con las fuerzas necesarias para cruzarse con Julieta, ni mucho menos para enfrentarse a las posibles habladurías que correrían como la pólvora si se destapaba el rumor de que su amiga había echado de casa a su marido, y que este pasaba las noches en un hotel o, peor aún, en casa de su amiga la viuda.

Sí, a ambos les vendría bien alejarse de Pinomar mientras las aguas se calmaban.

Julieta le había pedido a Leonardo unos días para decidir qué hacer respecto de su situación, y él había decidido centrarse de nuevo en la investigación y en estar ahí para Beatriz. Cada vez que sentía que el camino estaba lleno de tumbos, volvían a su mente las imágenes de ambos desnudos y todo le parecía correcto.

—¿Y adónde vamos? —le preguntó ella viendo cómo dejaban Pinomar a sus espaldas y se alejaban por la carretera—. ¿A algún hotel rural? ¿A la costa?

—Creo que sería ideal aprovechar este pequeño viaje para hacer unas visitas. He indagado un poco más y me parece que seguir la pista del hospital no va a llevarnos a ningún lado. Nadie va a hablar...

Beatriz respiró tranquila. Llevaba un buen rato tapando el celular y evitando que Leonardo viera cómo varias llamadas desconocidas trataban de contactar con ella. Por lo visto, Clara Rojas no se había amedrentado al descubrir que su número había sido bloqueado, y siguió intentando contactar con ella cada día. Ella, por su parte, simplemente colgaba. Así, a sangre fría. Esa era su simple pero efectiva manera de enfrentarse al acoso de la enfermera. Y, por eso, le calmaba la noticia de Leonardo de abandonar la vía de información del hospital. Era lo mejor que le podía pasar para conseguir enterrar, de una vez para siempre, el tema de la enfermera o, al menos, no removerlo más hasta que decidiera qué hacer al respecto.

—Por eso creo —dijo entonces Leonardo, alterando la calma que había poseído a Beatriz— que lo mejor es retomar la pista de Marco. Creo que él podía tener más información de lo que damos por sentado, y hay algunos de sus asuntos que no acaban de cuadrarme.

¿Asuntos? ¿Qué asuntos?

«Una de estas personas es mi asesina».

¿A eso se referiría Leonardo? ¿A que sospechaba que alguien de su círculo cercano era el responsable de la muerte de su esposo?

¿La pista de Marco? ¿Qué pista?

«¿Qué otros secretos me ocultaste durante nuestra vida matrimonial, Marco? ¿De qué otra cosa tengo que enterarme ahora, hijo de puta?».

Beatriz tragó saliva y el periodista fue testigo de cómo de súbito le cambió el semblante al oír sus palabras. Tal vez había sido muy directo en sus intenciones y todo aquello —la aventura, la adopción de Renata, el escándalo— era demasiado para ella.

—No haremos nada que no quieras —sugirió mirándola de refilón mientras seguía al volante—, pero creo que no tiene sentido dejar las cosas a medias.

El silencio se apoderó del coche dejando entre ambos apenas el sonido de las ruedas contra la gravilla del pavimento.

—Porque todavía quieres saber la verdad sobre el origen de Renata, ¿cierto? —le preguntó Leonardo.

«Esa no es la pregunta», pensó Beatriz. La pregunta en realidad era si él estaría dispuesto a saberlo todo, absolutamente todo, pero no sobre Renata... sino sobre ella misma: una farsante ladrona de hijos ajenos.

37

Jugar con fuego

La lista de contactos de Marco que Leonardo al final consiguió reunir no era nada desdeñable y hasta impresionó a Beatriz, quien pudo reconocer ciertos nombres como algún familiar lejano que recordaba de la boda. Otros, en cambio, eran antiguos conocidos o excompañeros de trabajo, entre los que se encontraba un viejo socio con el que Marco había hecho negocios en la ciudad más o menos en la misma época en la que había conocido a Beatriz.

Como criterio de selección, Leonardo solo incluyó en su inventario a gente que perteneciera a una vida pasada de Marco, lejos de Pinomar y de su matrimonio junto a Beatriz. Pensó que, si conseguía alejarse un par de pasos y echar la vista atrás, quizá tendría una imagen más completa del centro total de su investigación: el marido muerto de la que se había convertido en su amante. Porque Beatriz y Leonardo no habían dejado de acariciarse las manos, de dedicarse miradas cómplices y de besarse desde que habían abandonado el pueblo en coche. Lejos de Pinomar podían entregarse a aquel fuego recién encendido, que no parecía ser llama de una sola noche para ninguno de los dos.

—¿Querrás acompañarme? —le preguntó Leonardo a Beatriz una vez que ambos se instalaron en la habitación de un confortable hotel e hicieron el amor en la que iba a ser su cama compartida—. A entrevistarme con la gente de la lista, quiero decir...

Beatriz se mordió el labio dudosa. Algunos de aquellos encuentros podían resultarle muy duros, era algo innegable.

—Lo pregunto porque no quiero causarte incomodidad o malestar...

—Como con Clara Rojas, quieres decir —afirmó Beatriz—. Lo cierto es que tras ver la reacción de esa mujer, creo que tendrás más suerte si no estoy presente. ¿Entiendes? De ese modo pensarán que hablan con un periodista y es posible que te cuenten más cosas...

—La gente no suele confiar mucho en la prensa, no te voy a mentir —dijo él con una mueca—, pero coincido en que, si no perciben que estoy implicado personalmente en el caso, quizá tenga más suerte.

—Decidido, pues —suspiró Beatriz recostándose de nuevo a su lado—. Además, aprovechando que estamos en la zona, pienso que quizá podía sacar partido del viaje y visitar a mi familia... A mi madre.

La nariz de Beatriz se arrugó al pronunciar aquella palabra.

—Nunca me has hablado de ella —le indicó Leonardo—. Vamos, no tengo recuerdo de mención alguna, ni siquiera como abuela de Renata...

—Nunca hemos tenido una buena relación y he hecho mi vida apartada de ella. Tal vez este sea el momento de valorar ese vínculo más que nunca... —suspiró reflexiva.

—Me parece muy buena idea —le respondió él besándola en la sien—. ¿Vive por la zona?

—En un pueblo a las afueras... Quizá podría llevarme el coche, si no te supone mucha molestia.

—Adelante, te servirá más a ti, sin duda... —indicó él levantándose y yendo desnudo hacia el lavabo del cuarto.

En ese instante Beatriz fue testigo de cómo su teléfono celular comenzaba a vibrar sobre la mesita de noche. Al examinarlo, vio que un número desconocido la llamaba por tercera vez.

Clara Rojas.

Lo que no se esperaba era que, apenas unos segundos después de que su teléfono dejara de vibrar, el celular de Leonardo, apoyado también sobre la mesita, se iluminara mostrando en pantalla el mismo número que acababa de intentar contactar con ella.

Sintió que el miedo se le convertía en odio y que la boca se le llenaba de saliva amarga.

Y, de paso, supo que se encontraba sumida en un enorme problema.

Leonardo pudo valerse de sus piernas y de un par de taxis para acudir a todas las direcciones de su lista. Todos los contactos que visitó en el transcurso del día siguiente estaban en el centro, por lo que tuvo tiempo de sobra de indagar, pasear y entrevistar sin Beatriz. A él solo le fue más fácil ir tejiendo la información que iba recogiendo de varias voces; muchas tenían un recuerdo vago de Marco. Pero lo que más se repitió era que Marco era una persona ambiciosa que no dudaba en poner todos los medios a su alcance para conseguir sus objetivos.

Leonardo acabó la jornada en el vestíbulo del hotel degustando un buen gin-tonic mientras esperaba el regreso de Beatriz haciendo cábalas. La información recabada se resumía en que Marco siempre había tenido negocios más allá del bufete de abogados en el que trabajaba cuando vivía en Pinomar. También logró averiguar que contaba con un par de cuentas bancarias en distintas sucursales de la ciudad, vinculadas a sus actividades extraprofesionales.

Beatriz apareció de pronto a su lado, con el rostro sombrío y la tez pálida.

—¿Estás bien? —le preguntó pidiendo otra copa para ella mientras le frotaba la espalda de manera cómplice—. ¿Quieres hablarlo?

—No hay mucho que decir —espetó zanjando el tema y propinándole un gran sorbo a la copa de Leonardo sin esperar a la llegada de la suya propia. Él notó que le temblaban las manos.

Leonardo, dando por hecho que la familia de Beatriz no la había recibido con la misma actitud con la que ella había decidido emprender el reencuentro, permaneció en silencio unos instantes.

—Ni siquiera me abrió la puerta —musitó con una mezcla de vergüenza y molestia—. No existo para mi madre.

El periodista la rodeó con los brazos y la apretó con fuerza contra su pecho. Descubrió que no solo las manos de Beatriz temblaban, sino también todo su cuerpo.

—Pues vamos a olvidarnos del mal rato —dijo él con forzado entusiasmo para intentar cambiar de tema—. Deja que te cuente mis novedades.

Sin esperar respuesta, le hizo un pequeño resumen de la información averiguada. Le enumeró los negocios en paralelo al bufete de abogados; las cuentas bancarias; la opinión de la gran mayoría de sus entrevistados.

—Te diría que me sorprende, pero la verdad es que no. Marco siempre fue muy reservado con sus asuntos y lo guardaba todo bajo llave. Por eso no tuve conocimiento del papel de adopción de Renata hasta su muerte, imagínate... —suspiró ella con una mueca.

Otra mentira. Una más en la lista para Leonardo, a quien había seguido hasta ese hotel no solo con intención de sentirse acompañada y querida, sino para permitir que continuara con la investigación sobre el pasado de su difunto marido, pese a que aquello pudiera ser algo que acabara salpicándola a ella.

«Estás jugando con fuego —pensó—. Y nadie sale ileso de un juego así».

Pero Beatriz se sabía entregada a su aventura, con ganas de sentirse atendida y querida por alguien como Leonardo, y por eso no era capaz de pisar el freno: lo necesitaba a su lado. Era, casi, la única persona que le quedaba. Además, pensaba que, llegado el momento, si Leonardo era tan buen investigador como alardeaba y averiguaba la verdad de lo sucedido, la amaría igual y compartirían el secreto. La verdad sobre el origen de Renata que ella llevaba guardada en los rincones inhóspitos de su mente; la verdad, en definitiva, sobre ella misma.

—¿Por qué no nos acabamos estas copas y subimos a la habitación? —sugirió él con una sonrisa cargada de intención.

Beatriz asintió. Y siguió jugando a que todo estaba bien, aunque ya podía ver las llamas acechándola en la distancia.

38

Una puerta cerrada

Gladys tuvo que encargarse esa misma tarde, la segunda de ausencia de Beatriz, de algunos asuntos inesperados en la biblioteca de la escuela, y dejó a Renata en casa con Octavio. Por mucho que le hubiera insistido a Beatriz en que trataría de no alterar la rutina de su pequeña en lo más mínimo, no hubo manera de librarse de aquella reunión fuera del horario escolar.

—No te preocupes —la tranquilizó él—, la pequeña Renata y yo haremos un pastel y antes de que acabe de hornearse ya estarás de regreso.

—No me agrada en absoluto... —respondió ella autoritaria.

—La pasaremos bien...

Pese a las reticencias, Renata no pareció alterarse en absoluto cuando Gladys la dejó con Octavio y se marchó apurada con intención de volver lo antes posible.

—¿Podemos hacer un pastel de colores? —le preguntó la niña a Octavio mientras pasaba las páginas de un libro de recetas de dulces y postres que encontró en la cocina al tiempo que daba buena cuenta de un vaso de leche.

Octavio, que abría y cerraba los armarios en busca de ingredientes y utensilios, sonrió y se acercó a ella. La niña le señaló un pastel de cinco pisos, cada uno de un color diferente, separados por nata y cubiertos por masa de azúcar y pequeñas mariposas de galleta.

—No será nada fácil... —suspiró Octavio algo abatido.

Pero ella insistió, implorando con una exagerada mueca, ante lo que Octavio no pudo resistirse y acabó por sonreír.

—Está bien, pero tendrás que ayudarme.

—¡Claro!

—Deja que vaya a la alacena de la sala, a ver si Gladys tiene ahí guardado el colorante... No recuerdo la última vez que hicimos uno así. Si no, tendremos que ir a comprarlo...

Mientras Octavio seguía concentrado en su tarea, hurgando en muebles y cajas, muchas de ellas aún sin abrir desde la mudanza, Renata se entretuvo en investigar la cocina de sus vecinos. Jamás había entrado a ese sector de la casa. Por lo general, nunca cruzaba más allá del recibidor. La estancia tenía olor a humedad. El paso del tiempo había despintado los muebles que cubrían los muros, así como también el tono de los azulejos. Del grifo caía una insistente gota que provocaba un leve pero monótono tintineo en el fregadero. A un costado del quemador de gas había una puerta. Se acercó a ella y pegó la oreja. No consiguió oír nada. ¿Sería un armario que hiciera las veces de despensa? ¿O quizá la llevaría a otro sector de la residencia?

La curiosidad pudo más que el temor.

Trató de hacer el mínimo ruido al girar el pomo de la puerta. Al asomar la cabeza hacia el negro espacio que se abrió ante ella, se dio cuenta de que se encontraba en la parte más alta de una escalinata. Los peldaños, a medida que descendían, se sumergían en una oscuridad cada vez más densa.

Respiró hondo. Y pisó el primer escalón.

Con toda precisión volvió a cerrar la puerta tras de sí para que Octavio no se percatara de su ubicación. De seguro el anciano todavía buscaba el colorante entre el desorden de cajas que se reproducían en los diferentes rincones de la casa.

Renata contuvo la respiración y comenzó a descender.

Un peldaño. Luego otro. Y otro más.

Soltó una exhalación de aire contenido y volvió a llenarse de oxígeno los pulmones.

Allá abajo hacía frío y estaba aún más oscuro.

Su instinto le aconsejó no encender la luz que encontró junto al último escalón.

Por un brevísimo instante extrañó el calor de la cocina de Gladys y Octavio, y quiso estar allá arriba, comenzando a mezclar harina y leche. Pero un impulso que no supo cómo combatir la obligó a adentrarse aún más en el lúgubre pasillo que se abría frente a ella.

Temblorosa, apoyó la mano sobre la rugosa y gélida pared para así guiarse a través del estrecho pasillo.

Un paso. Luego otro. Y otro más.

Sobre el negro que la rodeaba se dibujó el contorno de lo que le pareció una puerta.

Sintió el latido de su propio corazón palpitándole en la garganta. Un temblor, mezcla de pavor y emoción, se apoderó de sus extremidades.

Avanzó un breve trecho. Deseó con toda su alma oír el grito de Octavio desde la planta alta conminándola a subir en ese instante para iniciar las labores culinarias. Pero no había grito de Octavio ni su cuerpo reaccionaba ante sus cinco sentidos, que le decían que era una mala idea haber llegado hasta allá abajo.

La curiosidad seguía imponiéndose al miedo.

Una vez que alcanzó la puerta, descubrió que estaba cerrada con llave.

Soltó un suspiro de alivio: eso representaba el fin de su aventura. Ahora no tenía más remedio que deshacer sus pasos para dejar atrás ese sótano maloliente y tétrico.

De pronto, un ligero ruido le congeló la respiración.

Algo se había movido al otro lado de la puerta.

Entonces comprendió que aquello era lo que había ido a buscar. Ahora tenía que descubrir el origen de ese sonido. Y lo antes posible, aunque Octavio se diera cuenta de que había desaparecido de la cocina y se encontraba en las tripas de su casa, hurgando donde no debería haberse metido.

Ahí estaba otra vez: un ligero murmullo, más parecido al roce de un cuerpo contra el suelo de cemento que a una voz humana.

Se sobrepuso al susto y se acercó a la puerta.

—¿Hola? —susurró con voz desafinada de miedo.

Un silencio que pareció forzado fue la respuesta.

—¿Hola...? —repitió subiendo un poco más el tono.

Una respiración agitada hizo que se le congelara la sangre: había alguien más ahí. Otro cuerpo, que no era el de ella, también se ocultaba en la oscuridad de ese sótano. Otro ser humano, tan alerta como Renata, se agazapaba al otro lado de la puerta al final del pasillo.

—¡Renata! —oyó de repente en la cocina—. ¡¿Dónde estás?!

Justo antes de decidir salir corriendo para regresar a la planta superior, un murmullo casi imperceptible interrumpió su impulso:

—Huye...

No se trataba de una voz amenazante, pensó la niña, sino más bien del balbuceo de alguien triste. De alguien que solo quiere morirse pronto.

Fue entonces cuando una mano al otro lado de la puerta golpeó fuerte y la asustó.

—Vete... ¡ya! —El eco multiplicó la violenta orden—. Corre... ¡Corre por tu vida!

39

Hora de morir

Un intenso aroma a menta flotó durante unos instantes sobre la taza, y desde ahí se extendió hacia las cuatro esquinas de la estancia. Clara Rojas inhaló satisfecha y luego revolvió la infusión con energía. Para terminar, la endulzó con un par de gotas de miel de abeja.

Sobre la mesa de la cocina yacía su celular. En él, un listado infinito de llamadas perdidas daba cuenta de lo inútil que estaba resultando su improvisado chantaje.

Para tranquilizarse, aspiró el fragante aroma que perfumaba el ambiente.

Junto con el primer sorbo, volvió a concluir que el único camino que tenía por delante era seguir hostigando a Beatriz. Recordaba con todo lujo de detalles el parto y eso jugaba a su favor. Todavía tenía fresca en la retina la inquietud del médico a cargo, que había perdido el control al ver el agua teñirse de rojo. Los gritos del marido exigiendo que salvaran la vida de su hija y de su esposa. La expresión agónica de la madre, a quien la vida se le escapaba entre las piernas. El cuerpo inerte del bebé que se llevaron de inmediato y que hicieron desaparecer sin mayores aspavientos.

Estaba segura de que ese era un día que todos los involucrados querían olvidar.

Pero ella tenía buena memoria.

La enfermera volvió a humedecerse los labios en la infusión de menta. El calor del líquido cayéndole por la garganta reconfortó por unos segundos el tambor desbocado en el que se había convertido su corazón.

¿De qué tenía miedo? Eran otros los que debían temer. La verdad estaba de su lado.

Depositó la taza vacía dentro del fregadero.

Era hora de hacer una nueva llamada.

Cuando tomó asiento en el sofá, con el celular entre las manos, un inesperado ruido le llamó la atención. Clara aguzó el oído y percibió con toda claridad un crujido al otro lado de la ventana. Seguro que era el insufrible gato de la vecina, que, por alguna razón que aún no comprendía, insistía con meterse cada noche en su casa.

Asintió conforme con su explicación. Sin embargo, los latidos frenéticos de su corazón no encontraron consuelo en ese razonamiento.

Tal vez había desafiado demasiado al destino. La cuerda siempre se rompe por la parte más delgada. Y ella era la más débil de todos los presentes en aquella sala de parto.

Una inesperada bocanada de aire frío le erizó los cabellos de la nuca. El corazón se le congeló en mitad del pecho. El temblor de sus manos aumentó hasta tal punto que fue incapaz de seguir sosteniendo el teléfono celular. Quiso gritar, pero sus mandíbulas estaban demasiado rígidas como para obedecerla.

Ya no le quedaron dudas: no estaba sola en casa.

Alguien había abierto la puerta.

Decidió ser valiente y recorrer la estancia hasta encontrar al inesperado intruso.

«Padre nuestro que estás en el cielo, santificado sea tu nombre», recitó en un susurro que de repente quedó inconcluso: las palabras se le desvanecieron en la boca cuando vio la silueta recortada contra la luz del pasillo.

—¡¿Quién es?! —gritó.

Lo último que Clara Rojas alcanzó a pensar antes de morir fue que no debería haber hecho esas llamadas telefónicas. Después de eso, el cadáver de la mujer cayó desplomado al suelo, casi sin hacer ruido.

Beatriz se despertó con el sonido del agua de la regadera corriendo en el baño de la habitación del hotel. Por lo visto, Leonardo había decidido madrugar y ella, relajada y complaciente, se había entregado sin remordimientos a la distensión de aquella escapada, por lo que no tenía reparos en retozar entre las sábanas más rato de lo habitual.

Casi por instinto, agarró el celular para comprobar que todo estuviera bien. No tenía ninguna llamada perdida nueva de ningún número desconocido. Además, Gladys le había respondido a su mensaje de la noche anterior asegurándole que Renata había dormido como un ángel y que ya iban juntas camino a la escuela.

«Todo en orden...», se tranquilizó.

Pero la calma duró solo unos instantes. Leonardo salió del baño con una toalla enroscada en la cintura, el celular en la mano y el semblante lívido.

Se sentó en la cama y enfrentó al periodista, que avanzó hacia ella en apenas un par de zancadas. Pudo percibir el calor de su cuerpo, mezcla del vapor del baño y la excitación del momento.

—Clara Rojas está muerta.

Le leyó la noticia en voz alta: el cadáver de la enfermera había sido encontrado escasas horas atrás en su propia casa. La noticia había alcanzado difusión nacional en la prensa debido a la brutalidad de la escena del crimen. La policía local sospechaba que se hallaban frente a un robo con violencia, ya que el domicilio de la víctima estaba desordenado y suponía que faltaban algunos objetos de valor.

Beatriz se llevó una mano a la boca para ahogar un gemido de espanto.

—Mira, también está en las noticias —le indicó Leonardo señalando el televisor, que, hasta hacía un instante, había permanecido apagado frente a la cama.

Leonardo se sentó en una esquina del colchón, la vista fija en la pantalla donde una reportera hablaba frente a un micrófono. Reconoció tras ella la calle donde apenas unos días atrás él y Beatriz habían acudido a interrogar a la enfermera. ¿Y si tenían parte de culpa en su muerte? ¿Y si, tal y como les había indicado la misma víctima, sus pesquisas habían removido las aguas y estas habían conducido a las personas erróneas hasta el paradero de Clara Rojas?

Beatriz, temblando, comenzó a sollozar hecha un ovillo en la cama.

—Tranquila —trató de consolarla Leonardo rodeándola con los brazos.

—Tengo que contarte algo...

Leonardo detuvo sus caricias y se enfrentó a sus ojos enrojecidos.

—¿Qué sucede?

—No te lo dije antes porque no quería darle importancia —Beatriz comenzó a hiperventilar y a hablar con voz entrecortada—, pero Clara Rojas llevaba días llamándome.

Leonardo, de inmediato, se puso de pie. Su expresión cambió en un instante: ya no se encontraba junto a su amigo y confidente, sino frente al periodista ávido de noticias.

—Me dijo que sabía cosas sobre Marco, sobre el caso de Renata, y que iba a contarlo todo si no accedía a sus peticiones.

—Pero, Bea..., ¿por qué demonios no me...?

—Le colgué una y otra vez —lo interrumpió Beatriz—. No pensé que fuera a ser real.

—Tenemos que ir a la policía.

—¡No! —gritó ella con el rostro cubierto de lágrimas—. Pensarán que soy sospechosa, que tuve algo que ver con su muerte. ¡Clara Rojas me estaba chantajeando! ¿De quién crees que van a desconfiar?

Se produjo un silencio tan espeso en la habitación del hotel que se oyó con toda claridad cuando Beatriz hizo crujir los nudillos de pura ansiedad.

—¿Y si esa mujer tenía información que pone en peligro a Renata...? Solo de pensarlo me pongo enferma.

—No va a pasarle nada a tu hija... —le dijo él consolándola.

—¡Ayúdame! —le imploró Beatriz—. Jamás pensé que podía suceder algo así...

—Yo tampoco, Bea. Yo tampoco lo imaginé.

En la pantalla del televisor, el cordón policial seguía mostrando la calle donde Clara Rojas había sido asesinada.

—Este es el momento de que me cuentes toda la verdad —sentenció Leonardo más serio de lo habitual—. No puedo protegerte si me ocultas información.

Beatriz sintió que los pulmones se le quedaban sin oxígeno y que las sábanas de la cama hervían como lava ardiente.

—¿Hay algo más que no me hayas dicho?

—No —mintió—. Puedes confiar en mí.

Y se abrazó a Leonardo para escapar del incendio que ya la había alcanzado.

«A ver cómo salgo yo de esta».

40

Cuando nadie ve a Gladys

Sin noticias de Beatriz aquella mañana —pese a que la madre de la niña le había insistido en que le enviara una foto de Renata al despertar—, Gladys decidió preparar la mochila, limpiar los trastes del desayuno y acompañar a la niña en sus actividades previas a la escuela. Otra vez había pasado la noche dormida a su lado, esperando a que la pequeña cayera presa del sueño para acariciarle los cabellos y abrazarla. Pero no tenía el cuerpo para aquel tipo de trotes y su espalda estaba pagando un precio, no obstante, razonable.

Casi había olvidado lo que era acunar a una niña entre sus brazos. Proteger un cuerpo ajeno. La tibieza de una piel aún inocente.

Gladys esquivó como pudo el zarpazo del dolor y la nostalgia: no podía permitirse el lujo de la melancolía o lo echaría todo a perder. No había nadado tanto como para ir a ahogarse en la orilla. Respiró hondo y apuró sus pasos, tanto que se adelantó a la hora a la que solían salir de casa con el coche, Renata hizo la observación, y se detuvo en el estacionamiento de la escuela, siendo casi la primera en llegar.

—¿Seguro que hay escuela hoy? ¡No hay nadie! —exclamó la niña.

—La hay, pequeña. No pienses que vas a librarte. —Le sonrió desde el asiento del conductor—. Quizá tenías razón y llegamos temprano. Esperaremos aquí dentro a los demás, ¿te parece?

Sin embargo, aquel supuesto despiste fortuito tuvo como fruto que Gladys urgió a Renata a que saliera del coche para acompañarla a la puerta justo en el instante en el que los coches de Julieta y Anaís llegaban, casi a la vez, para dejar en la escuela a sus respectivos hijos.

No aguardó a verlas salir de los vehículos. Tan solo aceleró el paso, sintiéndose observada desde los espejos retrovisores, para dejar a Renata en la fila y vigilarla hasta que entrara despidiéndola con la mano. Hasta que no se giró no percibió la inquisidora presencia de Julieta y Anaís, que, a una distancia no muy lejana pero prudencial, la observaban.

—¿No entras con los niños? —le preguntó Anaís manteniendo aquel margen de separación entre ellas.

—¿Disculpa?

Anaís y Julieta recortaron la distancia esperando como hacían siempre a que los demás padres y madres volvieran a los coches para ahorrarse el atasco, y se acercaron a ella, casi escoltándola con sus pasos de vuelta al estacionamiento.

—Decía —espetó Anaís con un tono serio, señalando con un gesto de la cabeza hacia el interior de la escuela— que si no hay biblioteca hoy...

—No me toca turno hasta la tarde —explicó Gladys con una media sonrisa—. Esta mañana vine hasta aquí para acompañar a la pequeña Renata.

—Ya vimos, ya... —indicó Julieta.

—¿Y dónde está su mamá, entonces? —preguntó Anaís con una mueca incapaz de ocultar su sed de curiosidad.

Gladys se hizo la inocente, pero no dudó en compartir la información con ellas. Sabía de primera mano que Beatriz y sus amigas estaban enemistadas y que su presencia allí, de mano de la hija de su amiga, revelaba un posible dato: que Beatriz no quería verlas después de su último encuentro y que por eso encomendaba a su nueva mejor amiga, la vecina recién llegada, que llevara a la escuela a la niña y la recogiera.

Sin embargo, la propia Gladys intentó aclarar el posible malentendido.

—Beatriz tuvo que salir unos días de la ciudad.

El rostro de Julieta se crispó ante aquella información: su marido también había abandonado Pinomar. Por lo visto, lo primero que Leonardo había hecho en cuanto ella lo había echado de casa había sido aprovechar las circunstancias para hacer una escapada romántica con su amante.

—Desvergonzada... —musitó entre dientes.

—A decir verdad —añadió Gladys con un tono de confidencia que llamó la atención de las dos mujeres—, yo tampoco veo con buenos ojos que esté dejando a su hija sola tan a menudo.

«Y menos contigo», pensaron Anaís y Julieta.

—Y menos con alguien prácticamente desconocido para la niña como podemos ser dos viejos como Octavio y yo —añadió Gladys, para sorpresa de ambas, ya que parecía que les hubiera leído la mente.

El rostro sorprendido de Anaís y Julieta hizo que Gladys se animara.

—No me malinterpreten... Cada una es libre de hacer lo que considere oportuno, y tanto Octavio y como yo estamos muy encariñados de la niña —las mujeres asintieron—, pero no creo que este sea el momento idóneo para dejarla sola, y menos por razones... digamos... egoístas. Renata está pasando por un trauma y necesita a su mamá.

—Está con Leonardo, ¿verdad? —espetó Julieta incapaz de ocultar su enojo durante más tiempo.

—No sabría decirte con quién está o si se marchó sola... —añadió Gladys haciendo un pequeño corrillo con Anaís y Julieta entre un par de coches.

—Julieta... ¿qué insinúas? —preguntó Anaís preocupada.

—Pues lo que oyes... Que no ha tenido suficiente con ignorarnos y dejarnos de lado, cambiarnos por otra, sin ofender... —indicó señalando a Gladys.

—En absoluto... —asintió la mujer.

—... como para, encima, intentar quitarme el marido.

—No doy crédito —reaccionó Anaís boquiabierta.

Se hizo un silencio en el que la tensión y la furia de Julieta se apoderaron del ambiente.

—Ahora que lo dices —comenzó a decir Gladys ganándose la atención de ambas—, sí recuerdo que ayer por la mañana la fue a buscar un coche azul, grande... ¿Cómo es el automóvil de tu marido?

—Un SUV azul metalizado... —rechinó Julieta entre dientes.

—Qué feo —soltó Anaís tapándose la boca—. Impresionante. ¿Estás bien?

—No sabía nada —añadió Gladys comprensiva—. Beatriz no ha compartido nada de esto conmigo. No quiero que piensen que soy cómplice...

—No te preocupes, Gladys. Tú no tienes la culpa de nada —señaló Julieta.

—¡La culpa es de Beatriz...! —añadió Anaís, aún indignada—. Valiente traidora...

—¿Qué les parece si hablamos de esto en un sitio más cómodo..., con una taza de té delante, tal vez?

La sugerencia de Gladys, en son de paz, pareció ser la mejor manera de que Julieta y Anaís bajaran la guardia y se animaran a compartir con ella algo que todas compartían: las tres tenían algo en contra de Beatriz.

«Misión cumplida —se alegró Gladys—. Es el principio del fin. De tu fin, Beatriz...».

Aquella misma noche, después de la cena, Gladys despidió a Octavio, quien volvió a su hogar en la casa vecina, y se dirigió hacia el cuarto de Renata. La brusca manera en la que tocó a la puerta y la urgencia con la cual giró el pomo asustaron a la pequeña, que se estaba poniendo la pijama.

—¿Necesitas ayuda? —le preguntó.

—No —negó algo extrañada—. Sé hacerlo sola...

—Sé que sabes hacerlo sola. —Gladys rio de manera exagerada, un gesto perturbador que alteró a la niña—. Ven, siéntate, déjame que te cepille el cabello...

Sin tiempo a rechistar, Gladys la condujo por los hombros hasta el borde de la cama y comenzó a peinarla contando cada movimiento del cepillo con suma adoración y suspirando de vez en cuando.

—¿Sabes una cosa? Tienes el pelo igual que tu madre... El mismo tono... El mismo volumen...

Renata frunció el ceño confundida: mientras que ella tenía el cabello oscuro, largo y lacio, su mamá poseía una media melena ligeramente ondulada y de color castaño.

Incómoda, la niña quiso apartarse. El movimiento de la mano de Gladys comenzaba a ser cada vez más fuerte y agresivo, y le hacía daño en la cabeza.

Sin embargo, la mujer aumentó su fiereza.

—Shhh... —le dijo mientras seguía cepillando—. Shhh...

De pronto, un inesperado sollozo de Gladys rompió el silencio de la estancia.

La mano que le sujetaba el hombro a la niña apretó con más fuerza. Sus uñas se le clavaron en la piel. Renata se asustó y trató de contener las lágrimas. Por un instante quiso encarar a la mujer, gritarle que conocía su secreto, que sabía que había una persona encerrada en el sótano de su casa, pero tuvo miedo. Miedo de esa mano incrustada en su cuerpo. Miedo de ese par de ojos desequilibrados e inundados de lágrimas. Miedo de esa respiración descontrolada que le soplaba en la oreja. Miedo de aquella vecina que le había mostrado por fin su verdadero rostro.

«Vete... ¡Corre por tu vida!».

—Todo va a salir bien —susurró la mujer con voz siniestra, incapaz de controlar el llanto—. Confía en mí. Ya verás... Puedo llegar a ser una muy buena madre.

41

Agua sucia

Leonardo se pasó todo el día preocupado por el estado de salud de Beatriz. La ansiedad y los nervios se habían apoderado de ella, que no conseguía quitarse de la cabeza ni por un solo segundo lo acontecido con Clara Rojas. Por mucho que él había tratado de consolarla, restándoles importancia a las incontables llamadas de teléfono que había recibido de la enfermera —llamadas que, por otro lado, podría explicarle con facilidad a la policía—, Beatriz no podía dejar de pensar que ambos corrían peligro.

—Debemos parar esto... —le dijo ella en el coche cuando ya habían abandonado el hotel y se dirigían hacia las afueras de la ciudad, donde Leonardo había localizado a un viejo conocido de Marco.

—¿A qué te refieres? —preguntó él asustado. Por un instante dudó de si Beatriz se refería a su aventura sentimental.

—A la maldita investigación, Leo. ¿Y si somos los siguientes? ¿Y si estamos removiendo las aguas equivocadas y hacemos enojar a alguien? ¡No quiero acabar como Clara Rojas!

«O como Marco», pensó.

—Pues esa es una razón muy poderosa para no desistir, llamar a la policía y colaborar con ellos. Si hay alguien ahí afuera que sabe la verdad y está dispuesto a matar por ello, creo que es nuestro deber no mirar hacia otra parte.

—¿A costa de qué? —le espetó ella alterada—. ¿De nuestras vidas? ¿De las de nuestros hijos?

Leonardo detuvo el coche en la cuneta para atajar aquel ataque de nervios.

—Bea... Ya te dije que no te va a pasar nada... que no nos va a pasar nada. Ahora con más motivo tenemos que seguir investigando tu caso. Hay alguien que no quiere que se sepa la verdad sobre el origen de tu hija...

—Hasta el punto de estar dispuesto a matar por ello —dijo ella rotunda—. Que investiguen otros, no tú. No yo. Yo solo quiero volver a casa con Renata.

A Leonardo aquella afirmación le hizo un daño inesperado: le afectó no estar dentro de la ecuación de la preocupación de Beatriz.

—Vamos a hacer una cosa —le indicó él tomándola de la mano—. Vamos a ir al hotel rural que teníamos reservado, te vas a quedar allí descansando. Puedes meterte en la alberca, que tanto te gusta. Así desconectas y te relajas.

«Por eso te gusta lanzarte a la alberca cuando tienes miedo, o cuando las dudas te asaltan, o cuando crees que has llegado a un callejón sin salida. Escudada tras el agua con olor a cloro te sientes intocable. Impune».

Beatriz le apretó la mano rehuyendo su mirada.

—Mientras —continuó él—, yo voy a visitar al último contacto. Te prometo que, si veo que estamos en un callejón, sin nueva información ni destino, volvemos a Pinomar y enterramos todo esto.

«Como Marco, a tres metros bajo tierra», pensó Beatriz.

—¿Qué me dices?

Beatriz aceptó el trato y Leonardo no tardó mucho en echarse de nuevo a la carretera armado con su infaltable termo de café.

Las distancias eran largas y quería aprovechar el tiempo, se negaba a tener que dar por finalizada su investigación; además, ansiaba estar con Beatriz. Estaba preocupado de verdad.

Miguel, el contacto y viejo amigo de Marco, había sido muy amable y cercano durante el encuentro. Lo había recibido en su casa y había estado de lo más cooperativo ante todas las preguntas del periodista.

—Jamás perdimos el contacto. Él siempre me consultaba muchos de sus movimientos, inversiones, dudas. Éramos una especie de confidentes. —El hombre hizo una pausa buscando cómo plantear su siguiente idea—. Bueno, hasta que todo cambió.

—¿Qué pasó? —preguntó Leonardo intrigado.

—*Ella* —dijo—. Ella fue lo que pasó.

Leonardo juntó las cejas en un gesto de intriga.

—Beatriz nunca me dio buena espina. Marco se volvió más receloso, dejó de pasar tiempo a solas conmigo o con sus amigos. Beatriz estaba siempre a su lado, todo el día, como una pobre huérfana a la que no podía dejar sola en ningún momento.

—¿Qué quieres decir con esto?

—Pues que es normal que dos recién casados estén enamorados y no se separen... Pero siempre hubo algo en la actitud de Beatriz que me hizo sospechar, que me dejaba intranquilo. Ella apareció y Marco dejó de confiar en mí y en mi criterio.

—Entiendo... —asintió.

—Nunca me he fiado de ella, no sé por qué —dijo el hombre—. Hay *algo* que no me acaba de encajar. Es como si fuera dos personas en una. Pero bueno, supongo que ya no importa mucho —continuó—. Volviendo a la pregunta de si estaba informado de los negocios paralelos de Marco, siempre supe que le gustaba emprender e invertir en nuevas empresas...

—¿Emprender?

—Arriesgar, más bien. Llevar las cosas al límite de lo legal y de lo ético. Por eso Marco era tan amigo de ese médico, porque eran iguales.

«¿Médico?», se extrañó Leonardo, y revisó con un ojo los apuntes de su libreta. No tenía conocimiento de que Marco fuera amigo de un doctor.

El hombre pareció leer la duda en el rostro del periodista. Asintió.

—Sí, es una eminencia en fertilidad. Un genio. Uno de esos que juegan a ser Dios y ayudan a las mujeres a quedarse embarazadas. Beatriz sabe quién es ese sujeto. Creo que es el marido de su mejor amiga.

Leonardo le dio vueltas una y otra vez a la confesión del amigo de Marco en el trayecto de regreso hacia el hotel, donde Beatriz lo esperaba para cenar en el pequeño restaurante del vestíbulo. Siempre había dado por hecho, tomando como referencia la información que Beatriz le había proporcionado y las circunstancias en las que habían encontrado el documento de adopción de Renata, que había sido Marco quien había orquestado todos sus negocios paralelos y demás secretismos a espaldas de su esposa. Pero ¿qué pasaba si ella sabía más de lo que le estaba diciendo? ¿Estaba dispuesto a abrirse a la posibilidad, o incluso dar por hecho, que Beatriz estuviera al tanto sobre las operaciones de Marco y las razones que lo empujaron hasta el suicidio?

Como siempre, armado de valor y con la verdad por delante, Leonardo sacó el tema durante la cena.

—¿A qué te refieres? —le preguntó ella a la defensiva—. Te fuiste de aquí pensando que el caso había llegado a un punto muerto y ahora dudas de mi palabra. ¿Qué carajo te contó ese hombre?

—No es eso, Beatriz... —Leonardo trató de excusarse.

—Sí, es eso. Es exactamente lo que dijiste: ¿seguro que no sé nada más? Ya te dije que te había contado toda la verdad... —afirmó ella con cierta violencia en la voz.

—Okey, tómatelo como quieras... Pero lo cierto es que no me has respondido.

—¿Disculpa? —lanzó con indignación.

—Yo solo te hice una pregunta para descartar información. Se llama contraste de fuentes...

—¡Como si se llama contraste de colores! —Recogiendo la servilleta de su regazo, Beatriz la lanzó sobre la mesa, echó la silla hacia atrás con un sonoro chirrido y se levantó.

—No hagas esto, por favor... —susurró él tratando de no llamar la atención de los demás comensales.

—Si no confías en mí, aquí no hay nada más que hablar. —Beatriz lo miró a los ojos—. Nada, ¿me entiendes? De ningún tipo...

Leonardo se quedó sentado, con el plato de la cena a medias, mirando cómo Beatriz se dirigía hacia el vestíbulo para subir a la habitación y huir de él.

«Beatriz sabe quién es ese sujeto. Creo que es el marido de su mejor amiga».

Después de cerrar la puerta del cuarto y echar la llave para que Leonardo no pudiera entrar, Beatriz se dejó caer sobre la alfombra y comenzó a llorar. Se sentía más sola que nunca: había perdido a su marido, había perdido a sus mejores amigas y parecía que hasta había perdido la confianza del que era su amante. Ya ni siquiera tenía a Leonardo, que era la razón de muchas de las cosas que había hecho recientemente.

Sabía que Leonardo y ella habían decidido compartir habitación, pero no le importó. No estaba preparada para dormir a su lado como si no hubiera ocurrido nada. Hasta aquella mañana parecía el nidito de amor de una pareja recién estrenada en el fulgor del amor. Pero después de la cena, para Beatriz todo se había convertido en un terreno minado de desconfianza.

Tuvo miedo. ¿A quién había entrevistado Leonardo?

Encendió la computadora para huir de allí: abrió el documento de su último cuento y se trasladó al mundo de sus letras. En sus cuentos se sentía a resguardo, protegida del mundo exterior.

El sol estaba sentado / en su columpio de brillos / con los zapatos dorados / y un overol amarillo. / Entonces un nubarrón / llegó llorando de frío / y

Con la vista clavada en la pantalla de la computadora, releyó las últimas líneas del cuento que estaba escribiendo y que había quedado inconcluso hacía ya demasiados días.

«Piensa, Beatriz, piensa. ¿Qué rima con nubarrón?».

Pero no, no hubo respuesta. El miedo ya le había alcanzado el cerebro y solo conseguía pensar en la posibilidad real de que Leonardo atara todos los cabos que tenía en las manos. Un escalofrío le recorrió la columna vertebral. La misma tiritera de pánico que la había estremecido la noche en que aquella mujer del vestido rojo había aparecido en su casa. La noche en la que su vida se había quedado enterrada bajo un enorme bloque de cemento.

El pánico que experimentó cuando aquella mujer se plantó en la puerta de su casa afirmando que era la madre biológica de Renata, y cómo Marco no la contradijo, sino que la hizo pasar con premura, habían sido pruebas más que suficientes de que en muchas ocasiones su marido y ella eran perfectos desconocidos. Lo que había sucedido después lo recordaba con la misma precisión con que se recuerda un mal sueño: imágenes sueltas y desordenadas cosidas las unas a las otras por una sensación de angustia de la que aún no había logrado desprenderse. Los gritos de Marco. El llanto histérico de la joven. La amenaza de que la pequeña Renata, de apenas tres años, despertara y presenciara la escena. Los empujones. El tropezón. El sonido, como de nueces al partirse, que puso punto final a la pelea. La mancha de sangre. Inmensa. Cada vez más grande. El fragor de los truenos y la lluvia golpeando con furia el tejado de la casa. La urgencia de Marco. «¿Qué hacemos ahora? ¡¿Qué mierda hacemos ahora?!».

Y entonces a través de la ventana vieron la futura alberca, cuya construcción estaba teniendo lugar en el jardín en aquel momento.

Por más que lo intentó, Beatriz apenas pudo evocar el final de la noche. Pero, haciendo un esfuerzo, logró volver a ver a Marco, empapado de lluvia y sudor, arrastrando el cadáver por el césped. Ella no salió. Se quedó dentro de la casa limpiando el charco rojo que amenazaba con dañar el carísimo suelo de madera. Un relámpago partió el cielo en dos justo en el momento en que su marido lanzaba el cuerpo al enorme hoyo que irían a rellenar de cemento al día siguiente. «Era la única solución —creía que Marco le había dicho cuando volvió a entrar a la casa después de haber enterrado a la joven—. Era eso... o perder a nuestra hija».

A partir de esa noche, la alberca fue un carísimo sepulcro.

La alberca de sus sueños.

La alberca que habían mandado construir para terminar de ser la familia perfecta.

La alberca cuya agua nunca llegaría a estar limpia del todo por lo que yacía al fondo: el mayor secreto de Beatriz y Marco.

42

Una casa vacía

El viaje de regreso a Pinomar se llevó a cabo en un silencio sepulcral. Ni Beatriz se molestó en preguntar ni Leonardo estaba de humor para compartir con ella que, tras haberlo dejado fuera del cuarto, había tenido que ingeniárselas para reservar una nueva habitación a última hora con tal de no pasar la noche tirado en el pasillo esperando a que ella por fin le abriera la puerta. El enojo, el dolor de espalda, pero sobre todo la incomprensión habían hecho que no amaneciera de buenas.

Por su parte, ella lo esperó bañada y con su bolsa de viaje lista en un sofá de la recepción. Al verlo aparecer, no le dirigió ni una palabra. En silencio, y habiendo pagado la cuenta, se levantó y se dirigió en la más absoluta mudez hacia el exterior del hotel. Aguardó junto al coche a que él lo abriera. Luego, se sentó en el asiento del copiloto y lo ignoró durante todo el camino por carretera hasta volver a casa.

Porque allí era donde Beatriz quería estar: en su hogar. No le había parecido inteligente pasar tantos días alejada de Renata, de su alberca llena de secretos, de su casa habitada por recuerdos, de las paredes que usaba de refugio...

Leonardo intentó apaciguar los ánimos con música relajante, pero cuando Beatriz sentía que él la miraba de reojo mientras buscaba rozarle la mano, ella apagaba la radio del coche y volvía al silencio como castigo.

No tenía miedo a quedarse sola, aunque eso significara enterrar para siempre su aventura con el periodista. Además, por más que intentara negárselo, sabía que era culpa suya: sus secretos eran los responsables de que hubiera terminado en aquella posición. Si no podía confiar en Leonardo, o, más bien, si Leonardo no podía confiar en ella, no había nada que hacer entre ambos. Era mejor asumir lo de «mejor sola que mal acompañada» y proteger lo que de verdad le importaba en la vida: su hija.

Al llegar al pueblo, ya ensombrecido por la incipiente noche, Leonardo bajó la velocidad del vehículo. Quería ganar tiempo hasta alcanzar el número 9 de Old Shadows Road, donde intuía que estaba a punto de decirle adiós a Beatriz para siempre.

—Sé que no quieres hablarme...

—No tengo nada que decirte —interrumpió ella.

—Pero, si me escuchas un instante, luego te dejaré en paz. Lo prometo. Solo quiero hacerte una última pregunta y juro que no tendrás que dirigirte a mí en lo que me queda de vida.

Beatriz frunció el ceño y arrugó la nariz dubitativa. Durante unos segundos evitó llevar la mirada al encuentro de los ojos de Leonardo, pero al final cedió: parecían sinceros.

—Si vas a volver a dudar de mí...

—No es eso —la cortó él—. Es una tontería, ¿okey?

Esperó a que ella asintiera con el coche ya estacionado frente a la casa de Beatriz y el motor en marcha. El gesto afirmativo, aunque sutil y de mala gana, no se hizo esperar.

—Tal vez te parezca que es un tema más digno de patio de escuela, pero... no sé. Siempre pensé que Julieta era tu mejor amiga. —El rostro de Beatriz se crispó por la sorpresa. ¿Iba Leonardo a emplear sus últimas palabras con ella para hablar sobre la traición que ambos habían cometido hacia su esposa?—. Pero algo ayer me hizo pensar que no y...

—¿Algo o *alguien*? ¿Qué te dijo el hombre al que fuiste a entrevistar? Porque se trata de él, ¿verdad?

—Me gustaría que me hablaras de tus amigas.

—No entiendo nada —musitó ella confusa y algo enojada—. ¿A qué viene todo esto...?

—¿Qué amiga íntima tienes que esté casada con un doctor? —la interrumpió él manteniendo la mirada fija en ella.

—¿Me estás tomando el pelo, Leo? —bufó ella llevando la mano hacia la puerta con intención de abrirla y salir del coche.

—¡No!

—¿Qué pregunta tan absurda es esa? ¡Tú conoces a mis amigas! ¡Has estado con ellas en más de una ocasión!

—¿Anaís es la única casada con un médico?

—¿A qué estás jugando, Leonardo? ¿A hacerte el tonto?

—Solo quiero estar seguro.

—¡Sí! ¡Anaís es mi única amiga casada con un médico!

«Una eminencia en fertilidad. Un genio. Uno de esos que juegan a ser Dios y ayudan a las mujeres a quedarse embarazadas».

—¿Gastón fue el doctor que trajo a Renata al mundo?

Beatriz bajó del coche sin esperarlo, agarró su bolsa de la parte trasera y dio un portazo.

—¡Beatriz! —exclamó desde el interior del vehículo.

Ella desanduvo unos pasos muy alterada.

—¡Sí! ¿Y qué quieres probar con eso? ¿Que Gastón ahora es uno de tus sospechosos? Si no fuera por Gastón, yo estaría muerta. ¡Él fue capaz de controlar la hemorragia! ¡Él nos salvó la vida a mí y a mi hija!

Beatriz giró sobre sí misma y se metió en su casa con el ímpetu de un huracán. Leonardo, por su parte, se quedó perplejo ante su incapacidad de ver lo más obvio, lo que tenía más de cerca. Gastón. Marco. Los amigos que habían «emprendido» en un negocio de riesgo. Los amigos que vivían al límite. El médico experto en mujeres embarazadas y el abogado feroz que, en su necesidad de crear negocios, había acabado con una pistola en la boca.

¡Tanto viaje fuera de Pinomar buscando pistas y la más cercana la tenía a un tiro de piedra!

Por fin las piezas del rompecabezas comenzaban a encajar.

Ahora solo tenía que hacer un par de llamadas y buscar unos datos en internet. ¡Lo antes posible!

Iba a meter la primera velocidad para sacar al coche de la inmovilidad cuando un grito de horror interrumpió sus movimientos. Un grito femenino. Un grito que le hizo saber que alguien se encontraba al borde del abismo.

—¡NO! ¡NO PUEDE SER!

Oyó de nuevo la voz de Beatriz, que procedía del interior de la casa.

Se dirigió hacia la puerta, pero, antes de alcanzarla, la mujer apareció en el umbral alarmada e histérica, incapaz de contener el llanto.

—¡Renata! —aulló.

—¿Qué pasa? —preguntó él sujetándola por los hombros.

—Renata... ¡No está!

—Cálmate, seguro que Gladys la llevó al parque o...

Leonardo dejó sin acabar su frase porque se dio cuenta de lo absurdo de su consuelo: nadie en su sano juicio llevaría a una niña a un parque a esa hora, con medio mundo a punto de irse a dormir. Vio a Beatriz dirigirse con determinación hacia la casa de sus vecinos, que tenía todas las luces apagadas. Una vez allí, ella comenzó a golpear el portón con violencia.

—¡¡¡Gladys!!! ¡¡¡Octavio!!!

Leonardo dio una vuelta alrededor de la casa y volvió junto a Beatriz. Su olfato le advertía que algo no estaba bien y que debía confiar en la intuición de una madre.

—Dame tu celular.

Cuando apretó el nombre de Gladys en la pantalla y se llevó el aparato a la oreja, pudo oír que la señal se cortaba al otro lado de la línea. Habían bloqueado el número de Beatriz.

—Se la llevaron —gimió cayendo al suelo desconsolada—. ¡Se llevaron a mi hija!

Leonardo la levantó con determinación y volvió a llevarla a casa. Mientras Beatriz sollozaba paralizada en el sofá, Leonardo llamó a todos sus contactos, a los teléfonos de Gladys y Octavio, a la escuela... Pero nada funcionó. Subió de dos en dos los peldaños dispuesto a investigar la planta superior de la vivienda. Al entrar al cuarto de Renata, se encontró con el golpe de las puertas del armario abiertas de par en par. El ropero se encontraba casi vacío y algunos ganchos yacían huérfanos en el suelo.

Leonardo supo que ya no había manera de eludir la realidad: era hora de asumir y temer lo peor.

SEXTA PARTE

43

El miedo y la culpa

La presencia policial en Old Shadows Road aumentaba a cada minuto. Grupos de agentes peinaban el lugar, tanto la casa de Beatriz como el número 11, donde hasta el momento habían vivido Octavio y Gladys, en busca de cualquier indicio que pudiera llevarlos a descubrir el paradero de la niña. Hasta entonces nadie había querido comunicarle a la madre qué teorías se barajaban o cuáles iban a ser las siguientes pesquisas. Pero ella no necesitaba que nadie le explicara lo que ya tenía muy claro: Gladys y Octavio habían aprovechado su ausencia y se habían marchado con la pequeña. ¿Por qué? Esa era hasta ahora una pregunta sin respuesta.

«Pero no, es imposible...», se repetía a sí misma sin saber cómo salir de ese atolladero. Había visto a la pareja en infinidad de ocasiones con su hija. El cariño con el que le hablaban. Su dedicación. Las risas. No serían capaces de hacerle nada malo. ¿O sí? ¿Acaso había sido todo una mentira? ¿Una pantomima?

Beatriz se sentía paralizada por el dolor, incapaz de hablar o moverse. Notaba las extremidades dormidas y que todo a su alrededor se desarrollaba a cámara lenta. Era incapaz de articular pensamiento alguno porque no podía huir de la realidad: su hija no estaba allí.

«Es la ley del karma. La vida siempre te golpea en donde más te duele», pensó.

Se inclinó un poco más hacia delante hasta que consiguió ver el reflejo de su rostro en la superficie del agua de la alberca. Extrañó la calma que la aguardaba allá abajo. Sería tan fácil acabar con el dolor y la angustia... Le bastaría con dejarse caer y permanecer en el fondo hasta que sus pulmones se llenaran de líquido y su cuerpo pesara tanto que ya no fuera capaz de regresar a la superficie. Además, no estaría sola en su tránsito hacia el más allá. Los brazos de aquella muchacha la acunarían para hacerle el momento menos traumático. Porque seguro que la joven tenía claro que ella también era una víctima. Nunca se había enterado de lo que había hecho Marco. Jamás lo había sabido. De hecho, seguía sin saber en realidad lo que había pasado con su verdadera hija y en qué momento había aparecido Renata entre sus brazos. Estaba en coma. No había tomado ninguna decisión. Había vivido engañada hasta la noche de la tormenta, cuando abrió la puerta de su casa y un vestido rojo salpicado de flores amarillas le abrió los ojos para siempre. Serían dos las almas sepultadas en el fondo de la alberca. Los cadáveres ya no sufren. No sienten.

«Qué ganas de no sufrir y no sentir».

—¿Dónde se encontraba usted cuando su hija desapareció? —El agente hizo la pregunta con el mismo desafectado tono de voz que podría haber usado al comentar el tiempo o un aburrido programa de variedades.

Beatriz, con la mirada perdida, balbuceó algo que nadie consiguió entender. Entonces, Leonardo se sentó junto a ella, le apretó la mano en señal de solidaridad y tomó las riendas del interrogatorio.

—Nos fuimos de viaje juntos. —Leonardo se adelantó a una posible contrapregunta y continuó—. Soy periodista profesional y amigo cercano tanto de Beatriz como de su difunto marido. Quería ayudar a Beatriz a contactar con los familiares de Marco para que pudiera encontrar algún tipo de respuesta sobre su inesperado suicidio.

—Marco Antonio Salazar —leyó el agente en su libreta—. Sí, ahora les preguntaré por ello.

El policía pasó un par de páginas y volvió a dirigirse a ambos:

—En su ausencia, usted dejó a su hija con —de nuevo, leyó— sus vecinos Gladys y Octavio. Una pareja que no hacía mucho que se habían mudado a la casa contigua, ¿no es así?

La mujer ni siquiera hizo el intento por responder.

«Sí, es el karma. Donde las dan, las toman».

—En efecto —respondió de nuevo Leonardo—. En ocasiones es Julieta, mi mujer, la que se queda con la niña cuando Beatriz tiene que viajar. Pero tenemos mellizos y le resultaba muy complicado estando sola. Además, la idea de Beatriz era que Gladys pudiera venir aquí, a su casa, para que Renata durmiera en su cama...

Leonardo miró a Beatriz como consultándole con la mirada si estaba en lo cierto. Con disimulo, acarició de nuevo la mano temblorosa que sostenía entre los dedos. El agente no perdió detalle del gesto.

En ese momento, la puerta principal se abrió con estrépito y Anaís y Julieta irrumpieron en la sala.

—¡Bea! —gritó Anaís lanzándose sobre ella sin reparar en el agente.

—Bueno, de momento creo que vamos a dejarlo aquí... —dijo el oficial levantándose de la silla.

Julieta pasó por el lado de Leonardo y, con una mirada de displicencia, lo empujó de donde se encontraba para tomar asiento junto a su amiga.

El periodista aprovechó el pequeño revuelo producto de la interrupción de las dos mujeres y apartó a un lado de la estancia al policía.

—¿Ustedes creen que los dos hechos están conectados? —preguntó Leonardo expectante ante una posible pista.

—¿Qué hechos?

—El suicidio de Marco Salazar y la desaparición de la pequeña.

—No se me permite compartir información, y menos con la prensa —precisó el agente—. Por lo pronto, una ambulancia está en camino para asistir a la señora Colón. Y eso es lo único que tiene que importarle.

Leonardo asintió con la certeza de que seguir presionando al policía era tiempo perdido. Decidió que lo mejor que podía hacer era retirarse hacia la esquina opuesta de la estancia y dejar que Anaís y Julieta le brindaran todo el apoyo y consuelo a una Beatriz que casi no reaccionaba.

—No puedo creer lo que está pasando... —susurró Julieta.

A pesar de su recelo inicial de acudir a la casa por la situación que sabía que estaba teniendo lugar entre su marido y ella, Julieta se puso en la piel de Beatriz como madre y declaró para sí misma un alto en las hostilidades. Aunque tenía la intención férrea de no dirigirle la palabra a Leonardo, no pudo evitar llevar la vista a cómo se dirigía hacia los policías, inquisitivo, siendo testigo de su dedicación en la búsqueda de Renata. Ese era el hombre apasionado y preocupado que conocía.

—Nunca nos fiamos de esa mujer... —confesó Anaís.

—¡Anaís! —le recriminó Julieta.

—Sabes que es verdad...

Julieta, entonces, frunció el ceño. Hizo un gesto que nadie supo bien cómo interpretar.

—Bueno, sí. Lo de estos días fue... fue raro.

—¿A qué te refieres? —Leonardo, que escuchaba desde la esquina opuesta, se acercó al sofá donde estaban las tres mujeres. En su camino le hizo un gesto al agente para que lo siguiera: podía intuir el indicio de nueva información que tal vez llegara a ser una pista.

—Fue como si... —comenzó a decir Julieta.

Aunque todavía desconfiada, se puso en el lugar de Beatriz como madre y decidió dejar de lado cualquier resentimiento que pudiera tener hacia ella. Suspiró derrotada por su propia solidaridad.

—Fue como si de repente quisiera acercarse a nosotras para hablar mal de ti, Bea. Como si quisiera usar la distancia que estábamos teniendo como amigas para sacar provecho de eso...

—Exacto —confirmó Anaís—. Dijo que no veía con buenos ojos que dejaras sola a tu hija tan a menudo.

—¿Recuerda cuáles fueron sus palabras exactas? —quiso saber el oficial.

Mientras Julieta y Anaís compartían su encuentro con el policía y se ponían de acuerdo para intentar reproducir con total precisión los comentarios de Gladys, Leonardo no pudo apartar la mirada de Beatriz. Ella, presintiendo ese par de pupilas, alzó la vista y descubrió a su amigo.

—¿Qué vamos a hacer si no encontramos a Renata? —preguntó en un susurro.

—La vamos a encontrar —le aseguró él con una sonrisa que trataba de albergar esperanza, pero que casi se dibujó como una mueca de tristeza—. Te lo prometo.

Ella asintió y volvió a bajar la vista. Pero el periodista no desvió la mirada. Por el contrario, mantuvo los ojos sobre ella, analizando cada gesto, cada suspiro, cada ausencia en la que se sumía. De pronto, y solo por un instante, le pareció que no la reconocía: la mirada opaca, los hombros curvados en señal de derrota, el cuerpo en total abandono le parecieron ajenos, como si pertenecieran a una desconocida. No, no era solo tristeza lo que había hecho envejecer un siglo a su amiga. Era algo más. Algo más dañino. Más destructivo incluso que el dolor.

«Culpa —pensó Leonardo con un estremecimiento en el cuerpo—. Lo que tiene a Beatriz así es la culpa».

44

Descontrol

Se hallaba en una pequeña y oscura sala con un insoportable olor a húmedo que la hacía estornudar a menudo, ya que, además, una gruesa capa de polvo cubría las telas de los estampados desgastados que ocultaban los sofás. Había perdido la cuenta del tiempo que llevaba allí. Desde que Gladys la había encerrado en ese sitio, no había vuelto a experimentar la diferencia entre día y noche. Las horas transcurrían eternas en una penumbra artificial, ya que habían cegado con un par de tablas la única ventana que comunicaba con el mundo exterior.

No quería asumirlo, pero ya había perdido toda esperanza de salir de allí. La única puerta siempre estaba cerrada con llave. Era inútil seguir llorando a escondidas. No iba a volver a ver a su mamá. Ni a sus amigas. Tembló de frío, pero también de miedo. No era capaz de entender qué había hecho para terminar prisionera de una persona que había demostrado ser su amiga. Pero después recordó que Gladys mantenía a alguien oculto en el sótano de su propia casa y terminó de asumir que estaba en manos de alguien muy peligroso. Alguien que sabía mentir y engañar a la perfección.

«Vete... ¡Corre por tu vida!».

Si le hubiera hecho caso a tiempo al desconocido atrapado al otro lado de la puerta...

Gladys volvió de la cocina con un vaso de leche caliente en una taza vieja y con los bordes sucios.

—Así entrarás en calor... —le indicó.

La niña se negó a tomarla. Gladys, de mala gana, le agarró las manos y la forzó a que la sujetara.

—Bebe.

En silencio, y recelosa, Renata pegó un sorbo, pero enseguida hizo una mueca y lo escupió.

—Sabe raro.

—Eres igualita que tu madre. —Aunque Gladys había comenzado la frase con un reproche, acabó riendo, como si hubiera recordado algo con nostalgia—. Tremendas las dos...

La oscuridad apenas le permitía ver el rostro de Gladys. Pero no necesitaba mucha imaginación para suponer que sus ojos continuaban demasiado abiertos, que su rictus aún deformaba la boca en una mueca inquietante y que sus manos todavía se crispaban como garras cuando gesticulaban. Por mucho que le preguntara dónde estaban, la mujer no parecía responderle más que con un «en casa» que solo asustaba a la pequeña.

En efecto, Gladys había regresado a su hogar, en un pueblo alejado, donde había vivido con Octavio y su familia. Algunos años atrás había cerrado la casa, como quien deja el lugar de vacaciones esperando regresar al año siguiente, para irse a cumplir su misión. Una misión que aún no había terminado, pero que pretendía extender hasta las últimas consecuencias. No fue fácil para Gladys abrir de nuevo aquella puerta tanto tiempo después. Le había dolido como un disparo verse entre esas viejas paredes, circulando entre los muebles donde había sido tan feliz. Pero esa felicidad había durado tan poco tiempo, el destino había sido tan injusto... Ella solo quería ser una buena madre, envejecer tranquila junto a los suyos, soñar con nietos, con reuniones familiares ruidosas y concurridas, con navidades compartidas en torno a un árbol decorado. La vida le negó todo eso por un simple descuido. Por un error que los condenó a todos. Por eso ahora, años después, debía regresar y abrir de nuevo esa puerta que ella misma había clausurado casi una década atrás. Su presente no le ofrecía otra alternativa. Necesitaba esconder a Renata y no pudo pensar en un lugar mejor que aquel.

—¿Cuándo volveré a casa? —preguntó una vez más la niña.

—Este es tu verdadero hogar —afirmó la mujer mientras abría los cajones de la alacena en busca de alguna vela o linterna—. Aunque tu madre no quiere que lo sepas.

El veneno en las palabras de Gladys confundió y asustó a la niña.

—¡Quiero ver a mi mamá! —suplicó—. Vamos a llamarla. Seguro que ella también nos echa de menos...

—¿No lo ves? —Gladys cerró el cajón de golpe y se dirigió hacia ella—. Estar aquí es lo mejor para ti. En este lugar vas a aprender que todo santo tiene un pasado y que todo pecador tiene un futuro.

—¡Pero ¿dónde estamos?!

—¡En casa!

Otra vez el sonido de la puerta al cerrarse de golpe hizo eco en el negro de la noche. Renata sabía que no conseguiría nada con llorar, pero aun así no fue capaz de controlar las lágrimas.

¿Quién era en realidad Gladys?

¿Y qué quería de ella?

La desaparición de Renata se había convertido en noticia y el operativo para buscarla se había extendido a todo el país. Su rostro sonriendo a todo color junto a un cartel que rezaba «niña perdida» se apoderó de las pantallas de los televisores. Junto a la hija de Beatriz intercalaban imágenes de Gladys y Octavio, señalados por todos los medios como personas peligrosas, algo que la policía pensaba que podía ayudarlos a dar con el paradero de la pequeña, ya que esperaban contar con la colaboración ciudadana.

A escondidas, en los pocos momentos en que tanto Leonardo como Julieta, Anaís o sus amigos no estaban a su lado, Beatriz se colaba en el cuarto de Renata, acariciaba sus cosas y metía la cabeza entre sus prendas para recuperar su olor. Ese olor que temía no poder volver a sentir nunca más en un abrazo. Ese olor que la había acompañado desde el día en que la había traído al mundo.

«No, eso no es cierto —reflexionó—. Tú no la trajiste al mundo. Renata no es sangre de tu sangre ni piel de tu piel. Es hija de la pobre infeliz que yace bajo la alberca, que tuvo el atrevimiento de reclamar lo suyo y enfrentarse a un Marco descontrolado».

Pero Beatriz siempre había creído que madre es quien cría, es quien regaña, es quien acude a bajar la fiebre durante una noche de enfermedad. Una madre se hace en el tiempo, se forma día a día. Ella era madre. Una madre hecha y derecha. Y Renata era su hija aunque no la hubiera parido. Y estaba dispuesta a demostrárselo a quien dudara de ella, sobre todo si la verdad salía a flote y Leonardo conseguía llegar hasta su origen. Ver la cama vacía de Renata la llenó de una furia que hacía mucho que no sentía. Una violencia que le nublaba la vista y le secaba la boca. Una cólera que creía ya olvidada, aunque apenas unos días atrás se había enfrentado de nuevo a ella. Pero en aquella ocasión había sido en defensa propia. Lo había hecho para protegerse y defender a su hija del chantaje de la enfermera. Por eso mintió y le dijo a Leonardo que iba a ir a visitar a su madre. Se subió al coche y aferró las manos al volante, los nudillos tensos y la vista fija en la carretera frente a ella. Enfiló directo hacia esa calle humilde y tan poco atractiva. Una calle en blanco y negro. Una calle tan miserable como la mujer que vivía en ella. Cuando se asomó furtivamente por la ventana, la vio de pie frente a la cocina, esperando a que hirviera el agua de una tetera. Rodeó la casa y encontró, en la parte trasera, una ventana que le fue fácil abrir. De un solo salto se introdujo en la vivienda. Con un rápido vistazo comprobó que todo en ella era tan ordinario y vulgar como su dueña. Desechable. Sin valor alguno. Que nadie iba a extrañar su ausencia. Desde el extremo del pasillo, oculta por las sombras, vio a Clara Rojas salir de la cocina y sentarse en un sofá. Seguro que se sentía una princesa bebiendo una delicada infusión en una vajilla de porcelana milenaria. Pero era una simple enfermera retirada sorbiendo un té de menta corriente en una horrible taza despintada. A propósito, para llamar su atención, hizo un ruido con el pie. Funcionó. Clara levantó la vista y, evidentemente nerviosa, se puso de pie. Volvió a golpear el suelo hasta conseguir que la enfermera encontrara el origen del sonido. Cuando descubrió sus ojos, Clara palideció. Literalmente el color de su piel se esfumó hasta dejar su piel convertida en una hoja mustia. Beatriz sintió renacer dentro de ella ese enfurecimiento que se apoderaba de sus cinco sentidos y que la convertía en una esclava de su propia saña. Esa otra Beatriz que solo daba rienda suelta a sus instintos cuando nadie la veía. Lo siguiente que recordaba era el cuerpo de Clara Rojas en el suelo, ensangrentado; el pelo revuelto, los ojos y la boca abiertos en un grito mudo de horror, un grito que no alcanzó siquiera a dar porque Beatriz se le echó encima como un animal salvaje y rabioso. Creía haber gritado «con mi familia no te metas» mientras la golpeaba con ímpetu y usaba trozos de la taza rota como navajas para cortarle la piel. Cuando el arrebato acabó, Beatriz se descubrió en medio de una escena sangrienta e imposible de ocultar. Pero no le importó. Esa mujer, que se había atrevido a desafiarla, ya no iba a volver a llamar a su celular. No iba a insinuarle una y otra vez que podía hablar y hacerle saber al mundo que Renata no le pertenecía. Ese triunfo, ese pequeño triunfo de madre protectora, le permitió volver junto a Leonardo y simular sorpresa cuando en las noticias anunciaron el crimen de Clara Rojas. Una vez más, la Beatriz buena, la que todos conocían, recuperaba los hilos de su vida. La otra, la siniestra, quedaba oculta bajo siete llaves, ojalá para siempre.

No, eso no era cierto. Esa *otra* Beatriz iba a regresar muy pronto, cuando nadie la viera. Tan pronto como encontrara a Gladys, iba a dejar que ella se hiciera cargo de la situación. Y tan poderosa resultó la imagen de sus manos rasgando la piel de la mujer en un desenfreno de violencia y sangre que la mirada se le volvió a nublar y la boca se le secó de puro placer anticipado.

45

Villanos en vidas ajenas

Después de que la situación en casa de Beatriz se hubiera establecido un poco, con el dispositivo policial haciendo su trabajo y Anaís y Julieta a su lado noche y día, Leonardo pudo retomar la tarea que llevaba entre manos antes de la desaparición de Renata: Gastón.

«Una eminencia en fertilidad. Un genio. Uno de esos que juegan a ser Dios y ayudan a las mujeres a quedarse embarazadas».

«Si no fuera por Gastón, yo estaría muerta. ¡Él fue capaz de controlar la hemorragia! ¡Él nos salvó la vida a mi hija y a mí!».

«Llevar las cosas al límite de lo legal y de lo ético. Por eso Marco era tan amigo de ese médico, porque eran iguales».

Gastón era, sin duda, la pieza del rompecabezas que le faltaba por investigar de cerca, y no tenía sentido correr a cerciorarse con llamadas y datos en una fría página web. Tenía que enfrentarse a él lo antes posible... Renata estaba desaparecida y la cordura de Beatriz pendía de un hilo.

No dejaba de ser irónico que su última pista fuera la más cercana, la que vivía a un par de calles de él y con quien había compartido innumerables cenas de pareja.

«Todos somos el villano en la vida de alguien», pensó. Y se preguntó para qué persona sería Gastón el traidor. ¿Para Beatriz? ¿Para la verdadera madre de Renata? ¿Para Marco, su socio?

Asegurándose de que Beatriz no iba a notar su ausencia aquella tarde, Leonardo salió a la calle. El sol comenzaba a despedirse de Pinomar regalándole al pueblo un arrebol que parecía incendiar el cielo de destellos dorados. El periodista caminó las pocas manzanas que lo separaban de la casa de Anaís y Gastón, y se plantó en la puerta principal. No quería anunciar su visita por el celular porque sabía que el preaviso, en especial cuando alguien tenía algo que esconder, era mal consejero.

Respiró hondo y oprimió el timbre.

«La felicidad no ocurre por casualidad, sino por elección», leyó en un cartel que se mecía por el viento junto a la entrada. No pudo evitar que la boca se le torciera en un gesto de profunda ironía. Su experiencia le había enseñado que los que andan por la vida soltando frases de autoayuda o de sabiduría rimbombante son los peores. «En casa del herrero, cuchillo de palo», se dijo. Y estaba dispuesto a poner las manos en el fuego para probar que dentro de esa casa, la elegante y carísima morada del genio de la fertilidad, había cualquier cosa menos felicidad.

Gastón tardó en abrirle. Leonardo estuvo a punto de volver a buscar su coche y probar en la consulta médica, pese a que no fuera ya hora de jornada laboral, hasta que unos ruidos al otro lado detuvieron su impulso: había alguien en casa.

La estampa que se encontró Leonardo cuando se abrió la puerta fue lamentable: Gastón se veía muy desmejorado, con una barba descuidada que jamás le había visto, desarreglado a diferencia de su aspecto siempre impecable e intoxicado de alcohol.

—¡Leo, amigo! —exclamó con la mirada perdida y arrastrando las palabras—; pasa, pasa.

«En efecto», pensó Leonardo. Gastón iba borracho.

—¿Qué puedo hacer por ti? ¿Te sirvo un trago?

—No, gracias —respondió él con el ceño fruncido.

Siguió al dueño de la casa hacia la sala, donde se tambaleó hasta dejarse caer rendido sobre el sofá.

—Estás de guardia, ¿eh? —rio Gastón—. Los periodistas jamás dejan de trabajar. Ni siquiera cuando visitan a los conocidos...

—No, nunca. Y hablando de eso —Leonardo no esperó los minutos de rigor y se encaró a él directamente—, vengo a preguntarte un par de cuestiones importantes...

—¿Seguro que no quieres una copa? —preguntó Gastón haciéndose con el vaso de whisky que esperaba por él sobre una mesita lateral. Sin quitarle la mirada de encima al recién llegado, le propinó un trago generoso.

Leonardo lo ignoró y decidió ir directo al grano. Se le había acabado la paciencia, en especial después de haber tardado tanto en averiguar que durante todo aquel tiempo, bajo sus propias narices, habían sido sus propios amigos los que habían estado implicados de una manera u otra, todavía no sabía cuál, en el caso que llevaba investigando tanto tiempo.

—Sé que Marco y tú compartían negocios turbios.

La complacencia etílica y cómoda de Gastón mutó en un rictus serio. Aquella no había sido una visita fortuita.

—Deja ya de remover la mierda, ¿quieres? —le espetó enojado.

—Sé que Renata no es hija biológica de Beatriz.

Gastón no emitió palabra. Durante un par de segundos, lo único que se oyó en la sala fue el tintineo de los hielos flotando en el whisky.

—Y también sé que tú trajiste al mundo a la hija de Marco y Beatriz. Pero algo pasó. La madre sufrió una hemorragia. ¿Y la niña? ¿Qué pasó con la verdadera hija de Beatriz...?

Nada. Silencio absoluto. Leonardo decidió arremeter con más información.

—Gracias a una de las enfermeras del hospital de Pinomar, sé que ahí se llevaron a cabo adopciones irregulares. Ese fue el caso de Renata, ¿cierto? ¿Marco gestionó los papeles?

—¿Una de las enfermeras? —musitó Gastón, como si eso fuera lo más importante de todo lo que el periodista había dicho.

—Clara Rojas. ¿La recuerdas?

«Sí, claro que la recuerdas —reflexionó Leonardo—. Si pudieras verte la cara en este momento... Gritas culpabilidad por cada uno de tus poros».

—Según la información que tengo, sé que no se trató de un hecho aislado y que...

—La información que tengo —repitió Gastón mofándose—. ¡Qué carajo sabrás tú!

Enfurecido, se levantó de golpe. Gastón era un hombre grande y corpulento, y Leonardo, sintiéndose en una posición de desventaja, también abandonó el sofá y lo siguió con la intención de ametrallarlo a preguntas. La presa podía estar incómoda y enojada, pero no tenía otro lugar al que ir, solo podía dar vueltas en su propia jaula.

—Y por eso estás así, borracho y hecho un desastre... ¡Porque sabes que estoy en lo cierto!

—¡Yo no sé nada! —bufó.

—¿Qué pasó con la verdadera hija de Beatriz? ¿Murió a causa de alguna negligencia médica? ¿De quién fue la idea de reemplazarla por Renata? ¿Tuya o de Marco?

Desesperado, Gastón resopló, como tratando de escapar, y se tropezó con el aparador de la sala. Lanzó un gruñido de coraje.

—Debe de ser muy duro para ti ver en televisión la imagen de Renata. Debe de recordarte lo que hiciste hace ya diez años...

—Y esos dos viejos... ¡juraron silencio! ¡Carajo!

Leonardo se detuvo un brevísimo instante. ¿Viejos? ¿Qué viejos?

«¡Gladys y Octavio! Ahí está... sigue jalando del hilo», pensó.

—Juraron silencio... ¿en el caso de Renata? ¿Es eso? ¿Están involucrados?

—Pensé que les estaba echando una mano arreglando su problema y el de Marco a la vez —musitó derrotado—. Pensé que jamás se enteraría nadie...

—¿Y Beatriz?

—¡Beatriz no sabía nada! —gritó Gastón acercándose a Leonardo, que se puso en alerta hasta comprobar que Gastón solo volvía por su copa—. Al despertar Beatriz abrazó a un bebé. A «su bebé» —Gastón entrecomilló como pudo con un gesto de las manos—, y punto. Marco estaba contento y yo había ayudado a evitar una tragedia...

Leonardo tragó saliva. Ahí estaba: la confesión. Y al instante recordó un párrafo de su propio reportaje, aquel que le había costado el despido: «En la mayoría de los casos investigados, son los mismos padres de la joven embarazada los que toman la decisión, y dan carta blanca a los médicos para que actúen a espaldas de la ley».

—O sea, que ustedes dos orquestaron todo esto, Marco y tú. Y esos señores, Gladys y Octavio, ¿qué...?

—¡Hijos de la gran puta, los dos juraron discreción! —lo interrumpió con violencia—. Solo querían que los ayudara con el «problema» de su nenita. «Mi pobre hija», imploraba ella...

Y otro párrafo más de su investigación se le vino a la mente: «En la actualidad, nadie sabe cuántos niños "murieron" en el parto para "resucitar" en el seno de otra familia...».

Gastón hizo una pausa para acabarse el contenido de la copa de un largo trago.

—¡Pero no cumplieron su palabra! —dijo entonces señalando al televisor que, de fondo y en silencio, emitía las noticias—. Míralos, ahí están, su jodida cara en mi pantalla. ¡Y yo que pensé que el tiempo todo lo curaba!

«Ya entiendo —reflexionó el periodista—. Gladys y Octavio son los villanos en la vida de Gastón. Y Marco es el villano en la vida de Gladys y Octavio».

—Deberían haberse quedado en su pueblo de mala muerte con su nena y no haber salido de él jamás; no sé qué demonios... —prosiguió el médico.

«¿Pueblo de mala muerte?».

—¿No son de Pinomar?

—¿Esos pueblerinos? —Gastón rio como solo un hombre de buena casta como él, en una casa adosada como la suya y con su posición, podía hacer ante semejante frase cargada de desprecio y clasismo—. ¡Claro que no! Vinieron con su hija embarazada desde Lomas de Segura o como se llame ese pueblucho de mierda...

A Leonardo se le prendió el foco de golpe.

—Por eso decidí ayudarlos. Porque no eran de Pinomar. ¡Porque imaginé que nunca más iba a volver a verles la cara!

Y un tercer párrafo del reportaje ocupó el recuerdo de Leonardo: «Para que ese plan tenga éxito requiere de un elemento clave: el pacto de riguroso silencio de todos los que están al tanto de la verdad».

El exceso de alcohol había terminado por alcanzarle la lengua y ya balbuceaba con dificultad.

—¿Sabes cómo me puse cuando vi a esa mujer llegar a la escuela de mi hija? —Alzó los brazos en un gesto dramático que casi lo lanzó al suelo por la falta de equilibrio—. Fue como si me dieran un puñetazo en pleno estómago. ¿Y sabes cómo se puso Marco cuando vio a ese par, ¡precisamente a ese par!, instalarse en la casa de al lado?

—¿Y por eso se quitó la vida? ¿Por miedo a sus nuevos vecinos? —preguntó Leonardo.

—Marco no apretó ese gatillo —masculló, los ojos inyectados en sangre—. Lo mataron.

Leonardo, con el corazón latiéndole de expectación en las sienes, se preparó para aturdirlo con una nueva ronda de preguntas. Pero esa vez Gastón se adelantó revuelto:

—Habla con ese par, a lo mejor te llevas una sorpresa. ¡Ellos lo estaban amenazando! Querían saber dónde estaba su hija. ¡¿Qué vamos a saber nosotros de esa muchachita que no supo cerrar las piernas y se quedó embarazada tan joven?! ¡A mí solo me pagaron para que me hiciera cargo de su bebé! ¡Yo qué sé lo que pasó!

Leonardo sabía que sacarle a Gastón toda la información era más que preciso, y aquel momento podía ser único, pues por su estado parecía no tener filtro; sin embargo, otra cosa apremiaba: encontrar a Renata. Y creía que tenía la clave en sus manos.

Sin despedirse siquiera, se dirigió hacia la puerta principal, por donde salió para llegar lo más rápido posible hasta casa de Beatriz. Una vez allí entró sin llamar, alterado, con la respiración entrecortada, y fue directo hasta la sala. Se arrodilló frente a ella, ignorando a sus amigas, y exclamó con urgencia:

—Bea... Creo que ya sé dónde está tu hija.

46

Once años atrás

La casa de Lomas de Segura era, como el resto del pequeño poblado, un lugar tranquilo aunque desangelado. No había muchas viviendas y ninguna destacaba por encima de la siguiente. La humildad de las familias que compartían calles también destacaba en comparación con el resto de los pueblos, en especial aquellos que se acercaban más a la capital.

Gladys había conseguido convertir las paredes de aquella fría y húmeda casa en un hogar a base de esfuerzo y dedicación. Y lo había hecho desde el primer segundo en el que Octavio y ella decidieron casarse, emprender una vida juntos y formar una familia. Con una entrega casi obsesiva, se dedicó a seleccionar desde las telas de los estampados para cubrir los sofás hasta las cortinas y la vajilla de gusto exquisito, regalo de bodas que ella solo pretendía sacar para las visitas más exclusivas. Cada detalle hizo que aquellos descascarados y modestos muros se fueran transformando a lo largo de los años, primero cuando todavía estaban solos y luego con la llegada de sus dos hijos.

Gladys no tenía pensado conformarse con menos.

Y si su corazón era un universo enorme que podía abarcar sueños y realidad, la casa también se convirtió en un espejo de sus desmedidas aspiraciones: en ella había cabida para su afición a coser tapetes y a arreglar la ropa de los niños, hasta el amor por las aves de Octavio, que había comenzado a llenar la sala de jaulas y más jaulas que contenían los pájaros más exóticos que se podían encontrar en la zona.

Al cabo de un tiempo, Gladys bajó la velocidad de sus pasos y de sus planes. Ya no había necesidad de correr: lo había logrado. A golpe de empeño y tesón fue capaz de construir una familia. Liliana y ella iban de compras a la gran ciudad, compartían prendas y hasta se hacían con el mismo modelo de vestido, como si fueran gemelas. Mientras, Miguel, el pequeño, se quedaba con Octavio dando de comer a las aves o aprovechaban la ausencia de las mujeres de la casa para escaparse al bosque y pasarse la tarde entera escuchando el sonido de los pájaros ocultos en el follaje.

Sin embargo, Gladys pronto empezó a notar que la vida de ensueño que creía haber alcanzado comenzaba a verse nublada por las carencias. Ya no hacía los arreglos en la ropa por pasatiempo, sino por necesidad, y las prendas de su hija mayor pasaban a ser, tras mucho esfuerzo por parte de sus manos ya cansadas, piezas recicladas y adaptadas para el pequeño. La vajilla para invitados dejó de ser tal y se convirtió, a la fuerza, en la de uso diario perdiendo así el resplandor de sus mejores días.

Pero la mala racha que llegó a dominar sus vidas no fue culpa de la falta de dinero. La responsable fue Liliana: la primogénita de Octavio y Gladys que creció demasiado rápido, mucho más de lo que sus años establecían. De un día para otro dejó de ser una pequeña niña y comenzó a rechistar por todo: desde por el estricto horario que Gladys imponía en casa hasta por el hecho de verse forzada a vestir la ropa de su madre con arreglos, en vez de llevar prendas nuevas, como sus amigas.

—¡Quiero estar sola! —fue el grito de protesta que se oyó durante meses en aquel hogar, seguido por un violento portazo.

—Es la adolescencia —le decía Octavio—. No le des más vueltas...

Pero era imposible no sufrir en silencio. Gladys comenzó a sentir que algo dentro de ella se rompía sin que pudiera hacer nada por evitarlo. El cordón umbilical invisible que pensó que siempre la iba a unir a su niñita terminó por desgarrarse y las dejó a cada una en una esquina opuesta del mundo. El tiro de gracia llegó cuando Liliana se negó a volver a usar un vestido rojo salpicado de pequeñas flores amarillas, idéntico a uno que Gladys también tenía, ya que no estaba dispuesta a pasar por la devastadora vergüenza de ir por la calle vestida igual que su madre.

Octavio tenía razón: Liliana ya no era una niña. Pero tampoco era una adulta. Y esa tierra imprecisa que estaba habitando, donde ya no era lo que era y aún no se había convertido en lo que iba a ser, le estaba agriando el carácter y el temperamento. No había cómo controlarla. No existían las reglas para ella. No estaba dispuesta a ceder ni un centímetro de su libertad de muchacha a punto de cumplir los diecisiete años. Entraba y salía cuando le placía, sin avisar de su partida o anunciar su llegada. Por mucho que Gladys intentaba mantener el orden y una serie de normas para que su casa siguiera siendo lo más parecida posible a la que había construido desde que se mudaron a Lomas de Segura, nada conseguía retener a Liliana entre sus muros.

—¡No soy uno de los pájaros de papá! —vociferaba la joven cuando presentía que iban a frustrar una de sus escapadas nocturnas—. ¡A mí no puedes encerrarme en una jaula!

«Por desgracia, esa es una buena imagen —reflexionaba Gladys con melancolía—. Mi hija solo sueña con salir volando de mi lado. Y es muy probable que un día ya no regrese».

La verdad era que, aunque fuera su hogar, Liliana ya no lo sentía como propio. Aquel lugar en el que su madre llevaba casi dos décadas intentando criar y conservar a una familia, de repente ya no era bastante para ella.

—¿No te das cuenta, mamá? Todo es viejo aquí dentro, huele a húmedo, es frío... Las fundas de los cojines están desgastadas...

—Esas fundas las cosí yo...

—Sí —la interrumpió su hija—, las cosiste tú, lo sé. Pero ¿hace cuánto? Las tazas están viejas y rotas...

—Tenemos lo que tu padre y yo hemos podido dar a esta familia...

—¡Pero es que no me entiendes! —gritó—. No me refiero a eso. ¡Mírate! ¡Pareces mucho mayor de la edad que tienes! Estás chapada a la antigua, vives en otra época. Hasta tus manos parecen garras cuando gesticulas. Todo aquí está agarrotado, hasta tú misma...

Gladys no iba a permitir que una mocosa insolente se atreviera a desafiar el hogar donde ella había conseguido ser feliz. Primero, contuvo apenas la rabia que le incendió el corazón y le desordenó la respiración. Luego, articuló en su mente una serie de razones para demostrarle a su hija que estaba equivocada. Pero cuando quiso enfrentarse a ella, solo alcanzó a escuchar el grito que precedió al portazo:

—¡Odio este pueblo de mierda!

La tragedia llegó una noche en la que Liliana esperó a que Miguel se hubiera ido a la cama para sentarse con sus padres y darles la noticia.

—Estoy embarazada.

El semblante serio de Gladys y de Octavio se agrió durante unos segundos y de la incomodidad, como si estuvieran tratando de procesar la información, pasaron rápido al enojo. Un enojo que Gladys dirigió hacia Liliana, pero que en realidad profesaba por el mundo entero.

—No, no lo estás... —replicó de manera muy seca, como si por el simple hecho de negarlo aquella devastadora noticia fuera a desaparecer por arte de magia.

—Sí, estoy embarazada, mamá. Y quiero este bebé.

Gladys soltó una carcajada escalofriante que le heló la sangre hasta a su marido.

—No, no lo estás. ¿Me oyes? —le espetó señalándola con el dedo, esa garra amenazante que su hija tanto despreciaba—. No voy a permitir un escándalo de esa naturaleza en esta familia.

—¿Escándalo para quién? ¿Para la gente de este pueblo? ¡Si no hablamos con nadie!

—No sabes nada de la vida, Liliana —le reprochó, levantándose del sofá, como dando por concluida la conversación—. ¿Qué te he dicho en más de una ocasión? Que todo santo tiene un pasado y que todo pecador tiene un futuro.

Liliana buscó a su padre con la mirada, a quien el rostro se le había inundado de tristeza. Octavio apartó la vista avergonzado.

—No soy una pecadora... ¡Y voy a hacer lo que yo quiera para tener un futuro! —respondió su hija igual de rotunda.

Gladys, en un arrebato de furia, comenzó a lanzar las jaulas de los pájaros de Octavio al suelo, arrojándolas contra las paredes y hacia su hija. En una maraña de plumas, golpes y gritos, Gladys despertó a Miguel, que, asustado, se asomó al pasillo. Liliana le indicó con una mirada que volviera a su cuarto mientras Octavio trataba de evitar la masacre de sus aves.

—¿Ves? —gritó la adolescente fuera de control—. Destruyes todo lo que tocas...

Cuando Gladys no hubo dejado jaula en pie, se acercó a ella y, con una frialdad inaudita en el rostro, tomó aire y sentenció:

—Tú no estás embarazada —lanzó a modo de advertencia—. No voy a permitir que un simple descuido, un error, tu error, me eche a perder todos los planes...

Y salió, sin más, a asegurarse de que Miguel hubiera vuelto a su cama.

Octavio, que había envejecido diez años durante los últimos diez minutos, permaneció en silencio viendo la tragedia de jaulas rotas, plumas ensangrentadas y pájaros agónicos que yacían en el suelo entre aleteos cada vez más débiles. Enmudecido por la tristeza, se agachó para intentar poner orden tras la masacre. Liliana, entre sollozos, se inclinó también a ayudar a su padre, que sufría tanto como ella.

Ninguno podía saber que esa noche se había sellado el destino de toda la familia. Liliana solo era capaz de desear: «Que arda Troya».

Pero la que iba a terminar convertida en cenizas era ella.

47

Lomas de Segura

Octavio se encontró de pronto en una casa inesperadamente vacía. Casi al mismo tiempo, se enteró con horror de la noticia de la desaparición de Renata y de la ausencia de Gladys por la falta de ropa en su armario. Por lo visto, su mujer, sin más aviso que el de su desaparición inminente, había agarrado a la niña y se había marchado sin decir una sola palabra. Octavio no tuvo tiempo de lamentar la terrible decisión que no compartía en absoluto. Tan pronto descubrió lo acontecido, supo con toda certeza qué debía hacer.

Entró precipitado a la cocina. Tomó el juego de llaves que colgaba de un gancho en el muro y, con él en las manos, se acercó a la puerta que llevaba al sótano. Tras haber corrido el pasador, bajó de dos en dos los peldaños con toda la prisa que sus años y el equilibrio le permitían, y recorrió el oscuro pasillo hasta que llegó a su destino. Insertó una llave en la nueva cerradura que tenía enfrente, la hizo girar con un chasquido y el sonido de los goznes al ponerse en movimiento llenó de reverberaciones el ambiente opresivo.

—Miguel —musitó.

Había dirigido la voz hacia la oscura boca que se había abierto al otro lado de la puerta, incapaz de encontrar la silueta de su hijo en aquel espacio negro y sofocante. Pero sabía que estaba ahí, donde había estado los últimos meses por orden de Gladys y contra su voluntad. Ahí lo había enterrado en vida, ajeno al mundo exterior, como una manera de prevenir un mal mayor. Enjaulado como un miserable pájaro herido, incapaz de extender las alas y volar.

«No tengo perdón —se dijo Octavio—. No merezco el perdón de nadie».

—Miguel —repitió.

Entonces, con el corazón arrugado de culpa y flaqueza, presenció el momento exacto en que una figura humana se desprendió, a cámara lenta, de las sombras de la pared. La silueta poco a poco fue cobrando definición: primero surgió un tronco algo curvado; luego se extendieron hacia el frente dos brazos temblorosos, en evidente búsqueda de una caricia largamente negada; un par de piernas hicieron el esfuerzo por levantar ese cuerpo atrofiado que a duras penas consiguió dar un par de pasos; y, por último, se alzó una cabeza coronada por una larga cabellera, tan negra como las tinieblas que los rodeaban, que se orientó unos instantes hasta que por fin consiguió fijar los ojos en el rostro de su padre.

—Miguel... —dijo Octavio por tercera ocasión, esa vez con la voz empapada de lágrimas de remordimiento.

Presuroso, alcanzó a sostener a su hijo antes de que este se desplomara de regreso al suelo. Hacía meses que no le veía la cara y que no tenía la posibilidad de abrazarlo. El contacto con ese cuerpo tan esmirriado y frágil lo llenó aún más de culpa.

—Vamos —le dijo—. Tenemos que evitar que tu madre cometa una locura.

Con infinito cuidado sacó a Miguel del sótano, cargó con él hasta el coche, que Gladys no se había llevado para que no la localizaran, y encendió el motor.

—¿Adónde vamos? —preguntó con cierta dificultad el muchacho, que luchaba intensamente contra la brillantez del sol que le dañaba las pupilas.

—Creo que conozco bien a Gladys —dijo Octavio casi para sí—; estoy seguro de que ha regresado al único lugar donde fue feliz.

Y pisó con fuerza el pedal del acelerador.

El automóvil avanzó a brincos un largo tramo por el irregular camino de piedras hasta desembocar en una vasta extensión de terreno agreste. Ahí se alzaba una vieja y precaria construcción de dos plantas, de techo inclinado y paredes cubiertas por una indómita enredadera algo reseca. El ruido del motor debió de alertar a los habitantes de la casa, porque Octavio no había terminado de estacionarse cuando la puerta de la vivienda se abrió y una alterada Gladys salió a su encuentro.

—¿Qué haces aquí? —gritó.

Iba a seguir enfrentándolo, llena de reproche, cuando Miguel se bajó también del coche. Consternada, Gladys enmudeció de golpe. La imagen del joven, a plena luz del día, la estremeció: la palidez de la piel, el pelo crecido y sin forma, las extremidades delgadas, las pupilas opacas, los labios resecos y partidos. *Aquello* no podía ser su hijo. No al menos el que ella recordaba. El que había estado a punto de poner en peligro todo el plan y al que debería haberle dado una lección por traicionero.

—¿Qué le hiciste, Octavio? —balbuceó.

—Nada... Precisamente no le he hecho nada... —El hombre, intentando no dejarse llevar por el enojo y la furia de la mirada de su esposa, se le acercó—. ¿Qué hiciste? La policía nos está buscando.

—Que busquen... —espetó Gladys desafiante—. Solo traje a casa lo que es nuestro. No me vengas con sermones...

—¿Dónde está la niña?

—Dentro. En el lugar al que pertenece.

De nuevo, ante la respuesta de su esposa, Octavio volvió a tomar aire.

—Esto no es lo que habíamos hablado...

—¡Tú y yo no habíamos hablado nada! —Y agregó, bajando considerablemente la voz—: ¿Qué hace él aquí?

—¿Qué querías que hiciera con nuestro propio hijo? ¿Que lo abandonara en ese agujero maloliente donde lo encerraste?

—¡Nos delató! —bramó la mujer incapaz de olvidar el pasado—. ¡Si no hubiera tomado cartas en el asunto, tú y yo habríamos terminado presos! ¡Sé sensato, Octavio, por Dios!

—¿Y a ti te parece sensato salir corriendo, secuestrando a una pobre niña, y dejarnos a nosotros atrás?

—Esa mujer no se la merece... —insistió Gladys.

—Pero si ya lo teníamos todo —replicó Octavio tratando de mantener la conversación lo más civilizada posible, aunque sentía que la tensión en el ambiente podía cortarse con un cuchillo—. Era lo más cerca de su vida que íbamos a estar...

—¿Con esa gente alrededor? ¿La misma gente que le robó el bebé a Liliana e hizo que huyera?

—Liliana no huyó. Nuestra hija debe de estar muerta, y cuanto antes lo aceptes...

—¡Basta! ¡Basta! —Gladys emitió un profundo grito de frustración y, sobrepasada por la conversación, se metió en la casa.

Octavio apuró el paso para alcanzarla. La encontró en mitad de la sala, frotándose la cara como si quisiera arrancarse la primera capa de piel. Tenía los ojos enrojecidos y brillantes de lágrimas retenidas. Enseguida entró Miguel, avanzando de manera algo inestable, claramente turbado por encontrarse ahí: en el lugar donde todo había comenzado.

Y donde todo iba a volver a empezar.

48

Miguel

Renata, que había oído voces, abrió la puerta del cuarto, que Gladys había dejado sin cerrar por la prisa al oír el motor del coche, y se asomó al pasillo. Desde esa posición fue capaz de ver discutir al matrimonio y a una misteriosa tercera persona que no hablaba ni participaba de la pelea, pero que paseaba la vista con evidente congoja por cada uno de los muebles y los objetos de la estancia.

—¿Sigues sin entender la tesitura en la que nos has puesto? —preguntó Octavio como si fuera la voz del sentido común—. La razón de mudarnos a Pinomar no era secuestrar a la niña...

—No, era encontrar a la nuestra —afirmó Gladys renunciando por primera vez a su agresividad—. Estábamos tan ilusionados, ¿o ya se te olvidó? Cuando el detective nos confirmó que el último sitio conocido en el que habían visto a Liliana era Pinomar..., en la casa de esas personas..., ¡fue como volver a nacer, Octavio!

El hombre bajó la vista. Su esposa tenía razón. Todavía podía sentir el golpe de adrenalina que lo había sacudido en el preciso instante en que el investigador dejó una carpeta sobre la mesa. Luego, extrajo un papel en particular. Uno que contenía una dirección: número 9 de Old Shadows Road.

—Aquí viven las personas que se quedaron con la hija de Liliana —había dicho el hombre muy seguro de sus palabras.

—Tienen que ser los que conocimos en el hospital el día del parto —exclamó Gladys—. El abogado que tenía a su esposa en coma.

En un par de horas, el plan se puso en marcha: iban a mudarse a Pinomar, a una casa próxima a la que el detective les había señalado, para desde ahí investigar y seguirles la pista a los nuevos padres de Renata. Seguro que a través de ellos podrían conseguir alguna nueva pista sobre el paradero de Liliana.

—Sí, tienes razón. Fuimos a Pinomar para encontrar a nuestra hija —dijo Octavio regresando al presente—. Pero terminamos encontrando a una nieta, Gladys. A una nieta que nos adora, con quien pasamos todo el tiempo y que es sangre de nuestra sangre. ¿Qué más querías?

Desde su escondite, Renata emitió un gemido de sorpresa y se tapó la boca para no llamar la atención. Sin embargo, Miguel se percató de su presencia y comenzó a mirar hacia el pasillo intentando identificar de quién se trataba.

La niña retrocedió un par de pasos para que no la descubriera y comenzó a respirar rápido, a punto de hiperventilar. Octavio y Gladys eran sus abuelos. Sus abuelos de verdad. ¿Qué significaba eso?

«Este es tu verdadero hogar. Aunque tu madre no quiere que lo sepas».

«En este lugar vas a aprender que todo santo tiene un pasado y que todo pecador tiene un futuro».

¡Las palabras de Gladys habían cobrado todo el sentido del mundo!

Ante la presencia de su propia sobrina, ¡la hija de Liliana que nunca había llegado a conocer!, y sin saber cómo reaccionar, Miguel se puso nervioso. Quiso saludarla y explicarle quién era, pero no se atrevió a hacerlo en presencia de su madre. Deseó también advertirle, tal como había hecho en el sótano cuando la niña había llegado hasta la puerta de su prisión, que, si no escapaba pronto, nada le aseguraba que no acabara como él. Aunque fuera su nieta, Gladys era capaz de las mayores atrocidades con tal de tener bajo control a los suyos. La prueba era él: su propio hijo.

—¿Y qué sentido ha tenido todo? —preguntó Octavio—. ¿Ha valido la pena la tortura en la que hemos vivido estos diez años? ¿De qué nos sirvió perder a una hija y tener maniatado al otro?

—No lo saques a él a colación —gritó Gladys señalando a Miguel—. Sabes que no tuve otra opción.

La mujer volvió a sentir el mismo arrebato de furia que se había apoderado de ella cuando se enteró de que su hijo, su propio y adorado hijo menor, la había traicionado. Gladys jamás pensó que Miguel fuera a tomar partido por Liliana y no por ellos, que le habían dado todo lo que estaba a su alcance. Pero el joven había sido testigo de cómo sus padres habían encerrado a su hermana durante todo el embarazo hasta que, llegado el momento, se la llevaron a otro pueblo para regresar sin un bebé entre los brazos.

—Tu sobrina murió —fue todo lo que le dijeron.

Lo que Gladys nunca supo fue que algunos años después Miguel los oyó discutir mientras pensaban que estaban solos en casa. Su padre le reclamaba a Gladys que hubiera entregado a la hija de Liliana a otra familia. «¡No vuelvas a repetir eso nunca más! Juramos discreción, Octavio. ¡Y vamos a cumplir nuestra promesa!».

Consternado, Miguel fue corriendo a contárselo a su hermana.

Liliana huyó aquella misma noche de la casa de Lomas de Segura con apenas una mochila al hombro. En cuanto cruzó el umbral de la puerta, se zambulló en picada en las fauces de lo desconocido.

Gladys no tardó en percatarse de la huida de su hija e interrogó a Miguel. Este no negó nada.

—Sí, le dije la verdad, ¡que son unos monstruos! —gritó enfurecido—. ¿Cómo pudieron hacerle algo así a su propia hija? ¿A su nieta?

Octavio, que siempre había tenido una relación más cercana con su hijo, se aproximó a él para calmar los ánimos.

—No es lo que parece, Miguel...

—Es así, exactamente. ¡Y voy a contarle toda la verdad a la policía!

La verdad, sin embargo, quedó sepultada en el momento en el que Gladys se acercó a su hijo con una botella de vino que había tomado discretamente de la alacena y se la partió en la cabeza. Miguel cayó al suelo, desmadejado e inconsciente, y con una gruesa herida. Octavio, sin salir de su asombro, no pudo ni moverse del impacto que le había causado la escena que acababa de vivir.

—¿Qué haces ahí? —le increpó ella—. Ayúdame a llevarlo al cuarto...

—¿Qué estás haciendo...? —preguntó él al ver que su mujer seleccionaba un bote de pastillas entre los medicamentos del botiquín.

—Enterrar la verdad.

—Es nuestro hijo... No... No puedes...

—Sí que podemos —le dijo ella con una mirada amenazante—. Nada ni nadie va a arruinar los planes que he soñado para esta familia.

Gladys cerró los ojos un instante para escapar del lacerante dolor de sus recuerdos. Regresó en un latigazo al presente, donde Octavio continuaba enfrentándose a ella con sus recriminaciones y Miguel se mantenía mudo y ajeno a todo, próximo al inicio del pasillo que llevaba hacia las habitaciones. Desde ahí, el muchacho pudo ver que la niña seguía oculta, aferrada al marco de la puerta, temblando por todo lo que acababa de descubrir. Miguel le hizo un gesto cariñoso que ella no supo interpretar. Él insistió. Pero Renata negó despacio con la cabeza, dejándole saber que no entendía lo que quería decirle.

Miguel supo que no tenía otra alternativa. Había decidido ser valiente hacía ya muchos años; por lo visto la vida lo acorralaba de nuevo para obligarlo a tomar la misma decisión. Respiró hondo y con gran dificultad enderezó la columna vertebral. Tensó cada uno de sus músculos y se preparó para cumplir lo que tenía en mente. Le guiñó un ojo cómplice a

Renata, para hacerle saber que era su aliado, y avanzó hacia el centro de la sala. Aprovechó que sus padres seguían enfrascados en su brutal discusión para preparar el siguiente paso. De un brusco jalón recogió el mantel de la mesa y todo lo que tenía encima cayó al suelo quebrándose con estrépito. Gladys y Octavio giraron espantados hacia él sin terminar de entender qué había sucedido. Entonces Miguel se lanzó al suelo pateando y sacudiendo las extremidades, provocando así una desconcertante imagen que paralizó a la pareja.

—¿Qué te pasa? —le preguntó Octavio.

—¿Qué le va a pasar? —lo increpó Gladys—. ¡No está bien de la cabeza! ¡Sus medicinas! ¿Dónde dejaste sus medicinas?

El muchacho continuó arrastrándose por la sala levantando los brazos en dirección al pasillo para indicarle a Renata que saliera por la puerta principal.

—¿Qué haces? —Gladys avanzó hacia él con intención de detenerlo—. ¡Haz el favor de parar!

La niña tomó aire y se envalentonó: si no aprovechaba la ocasión, tal vez nunca volviera a ver a su madre. Con energía, pero sigilosa, dejó atrás su escondite, recorrió el breve trecho del pasillo y salió hacia la estancia donde Miguel continuaba gritando y llamando la atención de sus padres. Mientras corría hacia la puerta le agradeció en silencio su sacrificio a ese tío que acababa de conocer, y abrió con toda la rapidez de la que fue capaz. Al emerger hacia el exterior, la luz del sol le abofeteó el rostro y la obligó a entrecerrar los ojos para seguir avanzando.

Y eso fue lo que hizo: dejar que sus pies volaran sobre la tierra. Lejos, cada vez más lejos de un pasado que no iba a permitir que se convirtiera en su futuro.

49

Diez años atrás

Las contracciones llegaron junto con los primeros rayos del sol. Beatriz supo de inmediato que el trabajo de parto había comenzado porque, esa vez, el malestar fue distinto: su pronunciado vientre de nueve meses se endureció como una roca y un intenso dolor le inmovilizó el abdomen, las ingles y la espalda.

—¡Marco! —alcanzó a gritar hacia la cocina, donde su marido se colaba un café.

Llevaban semanas preparándose para el evento. La maleta con ropa para la recién nacida y para la futura madre esperaba impaciente junto a la puerta de entrada. El coche también aguardaba con el depósito repleto de gasolina. Marco identificó la alarma en la voz de su mujer y soltó la taza en el fregadero. La encontró apoyada contra el muro de la sala, respirando de manera entrecortada, incapaz de enderezarse o volver a dar un paso. Reconoció en los ojos de Beatriz el pánico por lo que estaba a punto de ocurrir. Entonces, intentando mantener la calma y la entereza, la tomó por un brazo para ayudarla a caminar hacia la salida, pero ella lanzó un nuevo grito desgarrador. Por lo visto, hasta el más mínimo movimiento se convertía en una verdadera tortura para la futura madre.

Marco tragó saliva: ninguna de las clases a las que habían asistido juntos lo habían preparado para enfrentarse a un escenario como ese. Siempre se había imaginado que su partida al hospital de Pinomar iba a producirse entre sonrisas nerviosas y jugueteos cómplices para aplacar la ansiedad propia del momento. Cuando hizo un segundo intento por conducirla hacia la puerta, sintió el golpetazo del líquido amniótico al chocar contra el suelo de madera: se le había roto la fuente. Y tampoco nadie le había dicho qué hacer en esa circunstancia.

Dejó a su esposa apoyada contra el muro y corrió a llamar a Gastón. Su amigo le dijo que lo mejor que podía hacer era pedir una ambulancia.

—Nos vemos en el hospital —le indicó el médico—. Todo va a salir bien. He hecho esto más de un millón de veces.

Unos minutos más tarde, y tras un breve trayecto por las calles de Pinomar a toda velocidad, Beatriz se vio en una silla de ruedas empujada por un enfermero que la condujo, dolorida y casi a punto de dar a luz, hasta la sala de partos. Marco corría tras ellos ansioso, siempre comunicado por el celular con Gastón, que ya los esperaba dispuesto a ponerse manos a la obra.

El equipo médico apenas tuvo tiempo de acostar a la futura madre en la cama, ya que Beatriz entró completamente dilatada y con violentas contracciones cada tres minutos. Una enfermera se le acercó para ayudarle a quitarse la ropa.

—Mi nombre es Clara —se presentó la mujer—. Y voy a estar a su lado todo el tiempo. Confíe en mí.

Beatriz se lo agradeció con un leve movimiento de cabeza y se aferró a su mano, porque una nueva ronda de dolor le recorrió sin clemencia todo el cuerpo. En ese momento apareció Gastón, impecable y atractivo como siempre. Palmeó en el hombro a Marco y le puso una mano a Beatriz sobre el vientre.

—No hay plazo que no se cumpla, Bea —señaló. Y luego se giró hacia la enfermera—. Vamos a llevarla a la tina.

Entre varios la condujeron a la pequeña alberca, diseñada en especial para un parto de aquel tipo. Beatriz lanzó un aullido ronco y desgarrador al entrar al agua. Su respiración cada vez se entrecortaba más y su cuerpo, desnudo, resbalaba mientras intentaba asirse de las agarraderas laterales. Marco, a su espalda, la tomaba por los hombros conteniéndola y dándole ánimos a la par que Gastón y la enfermera supervisaban el proceso con las manos hundidas hasta los codos.

—No puedo —susurró Beatriz tras un nuevo alarido de dolor—. No puedo...

Marco se acercó al rostro empapado de su mujer y comprobó que Beatriz estaba sobrepasada por completo por la agonía y el esfuerzo. Jamás la había visto así.

—Sí que puedes, mi amor —la animó acariciándola—. Vas muy bien.

Pero algo le dijo que sus palabras no eran del todo ciertas. *Algo*. Una sensación que no supo identificar flotaba en el ambiente y se materializaba en las constantes miradas que el médico y la enfermera cruzaban telegrafiándose informaciones secretas que Marco no era capaz de descifrar.

—¿Algún problema? —se atrevió a preguntar.

Pero nadie le respondió.

Beatriz, ajena a las inquietudes de su esposo, puso todo el esfuerzo del que fue capaz en un nuevo empujón, el último resto de energía que le quedaba, y emitió un rugido que hizo vibrar el agua que la cubría.

—Aquí está —oyeron todos que decía la enfermera.

Las palabras lograron que Beatriz, mezcla de emoción y alivio, comenzara a sollozar. A su lado, Marco asomó la cabeza hacia el centro de la tina con visible alegría, buscando entre las aguas el diminuto cuerpo de su hija. Por lo visto, *aquello* que lo tenía inquieto ya se había esfumado. El aire se renovó con una sensación de alegría colectiva, de triunfo general.

—Puedes tomarla —le indicó Gastón a la nueva mamá.

Con las emociones a flor de piel, Beatriz sumergió las manos temblorosas mientras por su rostro resbalaban gotas de sudor que se entremezclaban con las lágrimas de felicidad. Localizó al tacto la cabeza de su hija y se dispuso a sostenerla bajo los brazos cuando el agua comenzó a teñirse de rojo. El color se extendió con rapidez, partiendo del centro, donde se situaba ella, hasta alcanzar los bordes de la tina, antes siquiera de que Beatriz llegara a elevar a su bebé y de que el rostro de la niña quebrara la superficie del agua para salir al mundo.

Un agitado grito de auxilio de la enfermera hizo añicos el instante.

Sin comprender qué sucedía a su alrededor y sin haber logrado alzar a Renata en brazos, Beatriz se vio rodeada de más rostros que circulaban desesperados en torno a ella mientras el agua se oscurecía.

—Gastón, ¿qué pasa? —exclamó Marco paralizado de horror.

Unas manos sacaron a la niña del interior del agua. Beatriz trató de hablar, pero fue incapaz de emitir un solo gemido. El mundo entero comenzó a licuarse a su alrededor como una acuarela mal secada. Ella misma sintió que se derretía, que se iba, que su cuerpo también se hacía agua roja, que su alma empezaba a abandonar su piel. Antes de perder el sentido, alcanzó a oír los gritos de Marco exigiendo que salvaran la vida de su hija y de su esposa. Aguzó el oído a ver si conseguía percibir el llanto de la bebé. No lo logró. Ni rastro de la criatura que se habían llevado de inmediato quién sabía adónde y que habían hecho desaparecer de sus ojos.

«Renata», quiso gritar. Pero ya se había hecho de noche para ella.

—La niña está muerta.

Las palabras de Gastón quedaron haciendo eco durante varios segundos, rebotando las unas contra las otras en los muros verdosos de la oficina médica.

—Fue una malformación cardiaca. No consiguió respirar ni llenar de oxígeno los pulmones. No sufrió, Marco; te lo aseguro.

Otra pausa. Esa vez no hubo sonidos multiplicándose en las paredes. Solo una espesa, dolorosa e incómoda pausa que permitió a ambos hombres repasar mentalmente, con todo lujo de detalles, la pesadilla que estaban comenzando a vivir: uno, por las implicaciones laborales que podía acarrearle; el otro, por el abismo insondable de haber presenciado el zarpazo de la muerte.

—¿Y Beatriz?

—La hemorragia nos tomó por sorpresa. Por desgracia, el útero no se contrajo con la fuerza suficiente y los vasos sanguíneos...

—¿También se va a morir? —lo interrumpió alzando la voz.

—¡No! Beatriz es una mujer fuerte, joven. Enseguida despertará del coma y podrás llevártela de aquí.

—¿Adónde, carajo? ¿A una casa donde la espera una cuna vacía y un armario lleno de ropa y juguetes que nadie va a usar? —balbuceó—. Si no la mata la hemorragia, la va a matar el dolor, ¿no lo entiendes? ¡Beatriz no va a sobrevivir a esto!

Sobrepasado por la congoja y la ira, Marco pateó con todas sus fuerzas el escritorio que tenía frente a él. Gastón lo dejó hacer. A decir verdad, él tampoco sabía cómo salir del pantano de culpa que se lo estaba tragando.

De pronto, un inesperado golpe en la puerta cortó la conversación. Clara Rojas se asomó al umbral.

—Doctor, perdón —dijo en un tono de voz más bajo de lo normal—. Están aquí de nuevo.

Gastón frunció el ceño desconcertado.

—Las personas de Lomas de Segura —aclaró ella.

El médico asintió con un gesto de evidente hastío. Por lo visto, saber que dichas visitas esperaban por él no era una buena noticia o, al menos, el futuro encuentro no le producía el menor interés.

Iba a salir de la oficina cuando detuvo los pasos de manera abrupta. Se giró serio hacia la enfermera.

—Dígales que ya voy. Antes tengo algo que resolver.

Clara cerró la puerta. Echando el cerrojo, Gastón se aseguró de que no volvieran a interrumpirlo.

—¿Qué estarías dispuesto a hacer por la felicidad de Beatriz? —preguntó intrigante.

Esa vez fue Marco el que arrugó el ceño.

—Te propongo que hagamos algo que los demás solo se atreverían a imaginar.

—Habla claro.

—Para que nazca un bebé, otro debe morir. Es ley de vida —explicó con inescrutable ademán—. Tenemos todo a nuestro favor. ¿Confías en mí?

—¡Habla claro, no estoy entendiendo un carajo! —exclamó Marco perdiendo la paciencia.

—Puedo hacer que cuando Beatriz despierte tenga en sus brazos a Renata. Eso es lo que te estoy ofreciendo —sentenció—. Pero necesito tu ayuda. Y tu silencio.

Marco ni siquiera fue capaz de responder. Lo inesperado de las palabras de su amigo, sumado al enigmático tono de voz con el que las había pronunciado, hicieron que no supiera si estaba frente a un hombre desquiciado que no sabía lo que decía o a un delincuente calculador dispuesto a todo. Gastón, por su parte, interpretó el silencio de su interlocutor como una respuesta afirmativa. «La ausencia de respuesta es, en definitiva, una respuesta», pensó.

Y abrió la puerta.

—Hágalos pasar —ordenó a la enfermera que esperaba al otro lado.

Casi al instante entraron Gladys y Octavio. Desde una esquina de la oficina, Marco observaba la situación como si se tratara de una película en la que él no tenía ningún tipo de participación. Lo que más le llamó la atención de los recién llegados era que parecían mucho mayores de lo que en realidad eran. En especial la mujer, vestida con un traje pasado de moda, seguro que con mil remiendos, con el que intentaba rescatar un inútil atisbo de clase y dignidad.

—¡Por favor, doctor! —rogó ella—. Necesito que nos ayude con el problema de nuestra nena. ¡Mi pobre hija! —se lamentó—. ¡No puede echarse a perder la vida de esta manera!

—Su primogénita está a punto de parir —explicó Gastón a Marco, que seguía mudo unos pasos más atrás—. Y ellos no quieren que...

—¡Es una niña! —lo cortó Gladys encarando a Marco—. ¡Todavía no es mayor de edad!

—La única solución a sus problemas es dar ese bebé en adopción. Pero sin agencias ni intermediarios —agregó bajando el tono de voz.

—Nosotros haremos lo que usted diga, doctor. ¡Confíe en nuestra discreción!

Marco seguía hipnotizado por esa mujer que había tomado el control de la situación y que había dejado a su esposo relegado a un segundo plano, convertido en un accesorio inútil y sin derecho a réplica. El hombre seguía la conversación entre el médico y su esposa brincando con la mirada del uno al otro. Y viceversa.

—Les presento a mi amigo y socio Marco Antonio Salazar —anunció Gastón mientras lo señalaba con la mano—. Él es abogado y se hará cargo de todos los papeles.

—¡Gracias, muchas gracias! —clamó Gladys alzando las manos hacia el techo.

—Necesito que presten atención porque esto es lo que vamos a hacer —anunció el doctor—. La bebé de su hija va a morir a las pocas horas de nacer. En ese breve tiempo, Marco va a legalizar un certificado de defunción. A la vez, él y yo nos encargaremos de emitir un acta de nacimiento a nombre de él mismo y de su esposa. Ellos se van a quedar con su nieta.

—¡Esa criatura no es mi nieta! —exclamó Gladys con dureza.

—Me alegro de que lo vea así. Cuando demos de alta a su hija, volverán a Lomas de Segura e intentarán seguir con sus vidas. Y aquí no ha pasado nada —agregó firme.

—Nada —confirmó la mujer.

Gastón se giró hacia Marco y le clavó la mirada.

—De esta manera soluciono su problema y el tuyo. Es un plan perfecto.

No fue capaz de hablar. En su mente sonaban todas las alarmas y se superponían las palabras «ilegal» y «delito» en una suerte de danza donde una luchaba por imponerse sobre la otra. Pero, en medio de todo, rodeada de una poderosa luz dorada, se encontraba Beatriz con una niña en los brazos y una expresión de serenidad que nunca antes le había visto.

Entonces, en ese preciso momento, supo que estaba dispuesto a hacer todo lo necesario para que su esposa pudiera conservar ese semblante hasta el último día de su existencia.

—Bueno, es hora de ponerse manos a la obra —proclamó Marco—. Hay mucho que hacer.

Y ya no hubo marcha atrás.

Beatriz salió del coma inducido con la misma expresión de angustia con que un pez agoniza fuera del agua. En un primer momento no supo dónde se encontraba. No reconoció el color de pintura de los muros ni el olor a desinfectante que impregnaba el ambiente. La visión del monitor que registraba sus signos vitales, instalado en un lateral de la cama, fue la primera pista que le indicó que aún seguía en un hospital. La segunda, la aguja del suero enterrada en una vena del brazo. Por más que intentó recordar, el día de su parto se encontraba vetado en algún rincón de su cerebro, oculto tras una imprecisa neblina que le impedía rememorarlo con claridad. Sin embargo, a pesar de la vista algo borrosa, pudo localizar sentado a su lado a Marco, cuya expresión de profundo cansancio solo se veía iluminada por la presencia de una pequeña bebé que sostenía en brazos.

—Beatriz, ¡por fin! —exclamó con enorme dicha cuando la vio abrir los ojos.

—Mi... mi niña... —susurró ella en un hilo de voz.

—Te la presento, mi amor —indicó él posando sobre los brazos de Beatriz la delicada criatura—. Mira, Renata. Ella es tu mamá. La mujer más valiente del mundo.

Beatriz apartó la vista de Renata para ser testigo de cómo su marido, entre lágrimas, se quebraba.

—Has estado dos días en coma, mi amor. Sufriste una fuerte hemorragia después del parto y... —Marco hizo una pausa para recuperar el aliento—. Han sido horas muy difíciles, pero ya estamos por fin los tres juntos, Beatriz. Para siempre.

«O hasta que alguien rompa el pacto de silencio», pensó.

Y para demostrarse que había tomado la mejor decisión, se entregó en cuerpo y alma a vivir su mentira. Esa que lo iba a acompañar, cada vez que lo llamaran «papá», durante el resto de sus días.

Salvo que antes una mano ajena apretara el gatillo.

50

Rumbo a la salida

El dispositivo policial no tardó en ponerse en marcha y dirigirse a Lomas de Segura. Ya tenían claro de dónde provenían Gladys y Octavio, y eso los obligaba a seguir aquella pista.

«El asesino siempre regresa a la escena del crimen», pensó Leonardo. Y si en ese pueblo había comenzado todo, entonces había muchas probabilidades de que la pareja de secuestradores hubiera ido a esconderse allí.

Beatriz y él se subieron rápidamente a uno de los coches patrulla para acompañar a los agentes: no había manera posible de que Beatriz se quedara en casa, esperando, mientras su hija corría peligro en manos de aquella mujer.

—Lo que no entiendo es cómo no fueron antes a buscarlos a ese pueblo —se quejó Beatriz, la vista fija en la carretera que se extendía frente a ella.

—No tenían cómo saberlo —explicó Leonardo—. La casa no está a nombre de ellos. No había manera de relacionar ese lugar con tus vecinos.

—Pero... ¿Y entonces cómo lo descubrieron? ¿Fuiste tú quien les dio esa información?

La pregunta se quedó sin respuesta. La pista que le había proporcionado Gastón había resultado ser muy valiosa; sin embargo, el periodista decidió no dar más datos que el origen de la pareja como posible indicio para encontrar a Renata. Lo relativo a las maquinaciones de Marco y Gastón se lo quedaría para sí mismo... de momento. No era relevante en aquel instante en que la prioridad era recuperar sana y salva a la niña, y tampoco pensaba que sacar el tema con Beatriz durante el trayecto de coche fuera a hacerle bien alguno. Ya llegaría el momento de poner todas las cartas sobre la mesa respecto al proceso de la supuesta adopción.

«Ya me dirá la intuición lo que tengo que hacer para no equivocarme y perder a Beatriz», se dijo Leonardo con cierta angustia mientras las sirenas avanzaban a máxima velocidad hacia su destino.

Gladys se abalanzó sobre Miguel para intentar levantarlo del suelo con violencia.

—¡Basta ya! ¡Basta! —gritó enajenada.

Alzó la vista para buscar la mirada de Octavio con la intención de pedirle que le acercara algunas pastillas o algo con lo que maniatarlo, y así recuperar el control de la situación. Sin embargo, en aquel gesto Gladys se percató de que la puerta principal de la casa estaba abierta.

Dejó caer a su hijo de nuevo y se adentró por el pasillo como un animal desatado en busca de una presa que acababa de oler. Al alcanzar el cuarto donde Renata había estado encerrada, vio que la niña ya no estaba.

«¡Estúpida!», pensó llena de rabia. Había dejado la puerta sin cerrojo al salir a recibir a Octavio y la sorpresa de la presencia de Miguel le había hecho bajar la guardia.

—¡Miren lo que hicieron! —les gritó a su marido y a su hijo.

Y esas fueron las últimas palabras que los dos oyeron de Gladys, ya que, desquiciada por completo, se lanzó hacia el exterior para perseguir a la niña.

Corrió por las calles, avanzando a zancadas muy ágiles para una persona que siempre había parecido mucho mayor de lo que en realidad era. La furia que sentía le daba una energía digna de un animal de caza.

No iba a permitir que la historia se repitiera.

Aunque se le fuera la vida en ello.

Renata sabía que, si no movía las piernas aún más rápido, estaría perdida. La luz del sol seguía cegándola a cada paso que daba, pero no le importaba. Tenía que seguir avanzando. Con el corazón latiéndole en la garganta. Con el horror de sentir esa garra aferrársele de pronto al hombro. Con el pánico de que la arrastraran de nuevo a ese cuarto lleno de polvo y oscuridad.

Correr.

Correr por su vida.

No sabía hacia dónde se dirigía ni qué debía hacer.

¿Ir a la policía, tal vez?

Lo único que tenía claro era dejar que sus pies volaran cada vez más rápido y cada vez más lejos de esa casa de pesadillas.

«Este es tu verdadero hogar».

¿Qué significaba que Octavio y Gladys fueran sus abuelos?

¿Entonces Gladys era la verdadera mamá de su mamá?

Jadeó y continuó avanzando a gran velocidad por las calles que pronto se convirtieron en terrenos agrestes plagados de matorrales resecos y laderas algo inclinadas.

Debía escapar de esa mujer.

La cabeza le daba mil vueltas. Su cerebro había recibido demasiada información en muy poco tiempo y no sabía cómo procesarla.

¡¿Gladys era la madre de Beatriz?!

El sudor se le pegó a las pestañas. Se lo limpió de un manotazo.

El calor era un ancla de plomo que convertía el suelo en una plasta pegajosa.

Correr.

Seguir corriendo.

«Eres igualita que tu madre. Tremendas las dos...».

Tropezó y se precipitó al suelo. Sus rodillas heridas y llenas de sangre no fueron impedimento para que se levantara en el acto. Aunque en la caída había dejado atrás uno de sus zapatos, no se detuvo a recuperarlo.

Huir era más importante.

Escapar por su vida.

Por más que hizo el intento, Gastón no consiguió detener el llanto. La visita de Leonardo había sido el tiro de gracia. El punto final a una época oscura. La pared que bloquea la salida de un callejón angosto y claustrofóbico.

¿Y Anaís? ¿Dónde estaban su mujer y su hija? Quiso llamarlas, pero el exceso de alcohol le impidió coordinar la lengua con los pensamientos.

Había cruzado el punto de no retorno, esa frontera imprecisa que separa a los ganadores de los condenados al fracaso. Y no tenía a nadie más a quien culpar de su derrota. Solo a él. A su ambición. Al deseo de sentirse Dios: un enorme titiritero capaz de mover destinos ajenos para su conveniencia.

Ya no tenía salida.

Y pensar que todo había empezado con el caso aislado de Renata... Lo había asumido como un simple favor para su amigo y un problema menos para una pareja desesperada. No le había parecido que estuviera haciendo nada mal. Pero pronto Marco vio en aquello una oportunidad de negocio y entre los dos se las ingeniaron para proporcionar soluciones a aquel tipo de gente. Aparecían en la clínica llenos de urgencia y conflicto. Gastón cerraba el trato y la maquinaria se ponía en marcha: él entregaba los bebés a los nuevos padres y se encargaba de la parte médica. Marco, por su parte, llevaba el papeleo para que todo pareciera legal.

En el camino, sus cuentas bancarias se hinchaban de ceros y más ceros.

Todo había ido viento en popa gracias al talento de Marco para organizar el negocio, a la habilidad de Gastón para conseguir la clientela y al silencio de unos cuantos que se habían dejado seducir por la solución fácil.

Y así transcurrieron los años.

«La vida es lo que pasa cuando estás ocupado haciendo otros planes». ¿Dónde había escuchado esa frase? ¿Formaba parte de la letra de una canción? ¿Era un mantra que repetía su esposa durante sus sesiones de yoga? Quizá para otros era una reflexión optimista que los ayudaba a disfrutar del presente. A él, sin embargo, le recordaba el final. La caída del telón.

Pero aún tenía tantos planes... Y tanta vida...

¿O no?

No. Los malditos pueblerinos habían vuelto a aparecer. Y ahora todo el país sabía de ellos. Y muy pronto el pasado iba a salir a la superficie.

«La felicidad no ocurre por casualidad, sino por elección». Recordó el cartel que recibía a los recién llegados en la puerta de su hogar. Hacía tanto que no experimentaba nada parecido a la felicidad... Ese sentimiento se había esfumado de su vida el mismo día en que Octavio y Gladys habían regresado a Pinomar.

Era el fin.

Gastón se vio a sí mismo como si fuera un cuerpo ajeno, uno de esos que él manipulaba a su antojo en una sala de partos. Se encontró solo, tirado en el suelo de su casa, abandonado por su esposa, borracho y sin capacidad para ver una salida. Marco ya no estaba y el silencio que había mantenido sus ganancias gracias a sus prósperas operaciones durante años se había roto.

¿Y si él era el siguiente? ¿Quién le aseguraba que no le esperaba el mismo destino que a Marco o a Clara Rojas...?

Pero si había algo que a Gastón le parecía peor que la muerte era la idea de acabar entre rejas.

Y eso no era una opción.

Al avanzar un poco más, Gladys descubrió el zapato de la pequeña abandonado en la tierra, junto a unos arbustos, y supo que su presa no andaba lejos.

—¡Renata! —gritó—. ¡¡Renata!!

Lejos de parecer un lamento ante la pérdida, su voz retumbó en el paisaje desolado de Lomas de Segura como el aullido de un lobo enfurecido. No iba a permitir que se escapara. No iba a volver a perder a un ser querido. Esa niña era sangre de su sangre. Y eso la autorizaba a cometer cualquier atrocidad con tal de mantener unida a su familia.

«Los únicos que permanecen siempre en el mismo lugar son los muertos —reflexionó—. Ellos no abandonan a sus seres queridos».

Y gracias a ese pensamiento que hizo nido en su mente Gladys comprendió qué era lo próximo que tenía que hacer.

51

Al borde del abismo

Renata decidió, como última alternativa, adentrarse en un bosque de castaños y robles que corría paralelo al sendero empedrado por el que avanzaba a tropezones. Le pareció una buena idea esconderse en la penumbra del follaje. Seguro que eso dificultaba que Gladys la encontrara y la llevara de regreso a esa casa vieja y húmeda que no pretendía volver a pisar. Además, refugiarse bajo la sombra del follaje era la única manera que se le ocurría de capear el intenso calor y no deshidratarse a causa de todo lo que había corrido.

Echó a andar por un angosto sendero de tierra que comenzó a llevarla hacia el centro de la espesura. Casi sin darse cuenta, el paisaje fue cambiando frente a sus ojos: lo que antes eran extensas laderas de montañas cubiertas de arbustos y pasto seco se tornó de pronto en un apretado laberinto de gruesos troncos centenarios. Las enormes copas de los árboles hacían de techo y bloqueaban la luz del sol, que apenas conseguía filtrarse por entre el follaje y llegar hasta el suelo convertida en delgadísimos hilos amarillos.

Era el lugar perfecto para ocultarse de su abuela.

A medida que se fue internando, aumentó el aliento húmedo y algo dulzón que brotaba de las hojas descompuestas a ras de tierra. El aroma a barro y a madera podrida la obligó a respirar por la boca.

Se detuvo unos instantes algo mareada.

Un constante zumbido de alas en movimiento, acompañado por un frenesí de diferentes cantos y sonidos animales que parecían rodearla, se sumó al incesante galope de su corazón.

Giró en redondo: ya no sabía dónde estaba.

El mundo que la rodeaba se había reducido a un brochazo verde que se multiplicaba en mil tonalidades distintas. Ya no tenía la capacidad de identificar los cuatro puntos cardinales, desordenados y confusos en un nudo de hojas, ramas y raíces que la acorralaban.

«Sigue avanzando —se aconsejó—. No te detengas».

Y eso hizo. Retomó con más ímpetu la marcha sabiendo que lo mejor que podía hacer era mantenerse en movimiento. A lo lejos oyó el inconfundible sonido del motor de una avioneta cruzando el cielo. Eso le dio ánimos: imaginó que podía estar cerca de algún aeródromo local y que ahí le resultaría fácil pedir ayuda. Aceleró el paso. Sin embargo, tras un breve trecho, se vio obligada a caminar con los brazos extendidos hacia delante, ya que la estrecha huella por la que transitaba había desaparecido bajo sus pies y todo se había vuelto un infranqueable muro vegetal.

De pronto, el leve crujir de una rama la sacó de golpe de sus pensamientos y le hizo saber que no estaba sola.

Advirtió que llevaba varios segundos sin respirar.

Sacudió la cabeza para evitar que las ganas de llorar le alcanzaran los ojos y siguió abriéndose paso a manotazos. Rogó a quien quisiera escucharla que aquel ruido hubiera sido provocado por un animal del monte y no por Gladys, que ya iba pisándole los talones.

«Mamá, ayúdame», suplicó sin voz.

Otro chasquido más, esa vez más cerca.

Sintió el dolor de sus propias uñas enterradas en las palmas de las manos, pero aun así no relajó la postura.

Estaba dispuesta a pelear.

No alcanzó a darse cuenta de si fue una mano o la garra de una fiera, pero algo la atenazó con fuerza por el brazo y de un brusco zarpazo la lanzó de bruces hacia el lecho de hojas secas y podridas. Quiso moverse, pero no lo consiguió. Por culpa del miedo y el golpe ni siquiera fue capaz de sentir su propio cuerpo. Una extraña sensación de no estar en ninguna parte y, al mismo tiempo, de pertenecer a un todo se apoderó de su conciencia.

—¡Te tengo! —oyó que gritaban a su lado.

Al abrir los ojos, vio las piernas de Gladys junto a ella.

Una vez más sintió aquellos cinco dedos clavársele en la piel en un intento por levantarla del suelo. Pero se resistió, forcejeando con el vigor que sus músculos aún conservaban, gritando al mismo tiempo a pleno pulmón. Gladys trató de agarrarla por la espalda para llevársela consigo de regreso a su casa, pero las patadas de Renata hicieron que perdiera el paso.

—¡Tranquilízate, Liliana! —aulló la mujer.

Las dos quedaron un segundo paralizadas de desconcierto.

—Renata —corrigió Gladys casi al instante—. ¡Tú te vienes conmigo!

Pero la niña no estaba dispuesta a obedecer a esa mujer que a cada segundo se veía más enloquecida. Buscó con la boca la mano que la atenazaba y mordió con todas sus fuerzas esa piel sudada. El grito de Gladys desordenó el vuelo de los pájaros y sacudió las ramas con su estruendo. Renata aprovechó el escándalo y echó a correr en línea recta, cruzando con habilidad entre troncos cubiertos de moho. Esa vez ni siquiera cuestionó lo que hacía. Siguió adelante, jadeando, con las extremidades doloridas por el esfuerzo y la tensión. Sin pausa. Sin mirar atrás. Las pupilas fijas en el túnel de selva que se iba desplegando frente a ella.

—¡Cuidado!

Un nuevo grito de Gladys la sacó de golpe de su trance y la obligó a frenar en seco: con horror descubrió que apenas unos centímetros la separaban del borde de un terraplén que se abría al vacío. Había llegado hasta el borde mismo de un acantilado, que de seguro era uno de los límites de Lomas de Segura. La pendiente era muy pronunciada. Si no conseguía mantener el equilibrio, su única posibilidad era caer hacia el fondo del precipicio.

Gladys apareció tras ella. Al instante, su rostro se crispó de pánico al descubrir lo cerca que su nieta se hallaba del abismo.

—¡No te muevas! —ordenó—. ¡Voy por ti!

—¡No te acerques! —bramó Renata.

En un gesto temerario, la niña se acercó aún más al borde del despeñadero.

—¡No! —aulló Gladys—. ¡Liliana, por favor, no lo hagas!

Ahí estaba de nuevo ese nombre que no era de ella, pero que por alguna razón presentía muy muy cercano. Un nombre que podía sentir en las venas, en cada una de las células.

—¡Me llamo Renata! —aclaró—. ¡Renata!

Pero Gladys ya no la estaba escuchando. Frente a ella solo podía ver la silueta de su hija, esa hija que tanto había querido, que ondeaba al viento como una bandera roja con flores amarillas. Liliana por fin estaba al alcance de su mano. Después de tantos años, de tantas falsas pistas, de tantos caminos sin salida, de tantos llantos y tantas noches en vela, había conseguido encontrarla. Y no la iba a dejar ir. No iba a cometer el mismo error. No de nuevo. No otra vez.

—¡Hija mía, por favor, perdóname! —suplicó.

Y saltó al encuentro de su primogénita.

52

Siete años atrás

Aquella noche, los truenos restallaban en el suelo y rodeaban la casa como si fueran la comparsa que anticipa la aparición de una pesadilla aún más tenebrosa. La lluvia repiqueteaba en los cristales y afuera, en el jardín trasero, Marco veía que el diluvio no se detenía mientras discutía con el aparejador encargado de la construcción de la alberca.

Beatriz terminaba de lavar algunos platos. Al mismo tiempo, con un oído se aseguraba de que Renata, de apenas tres años recién cumplidos, no despertara en su habitación a causa de la tormenta.

El timbre sonó en mitad de la noche tomándolos por sorpresa.

Pese a pensar que podía ser el aparejador, que volvía a poner los puntos sobre las íes a su marido, algo en las entrañas de Beatriz, como una suerte de premonición, dio un vuelco apenas oyó el sonido retumbar en las paredes del recibidor.

Sintió un nudo en la boca del estómago instantes antes de abrir la puerta.

El remolino de lluvia que se abrió paso en el recibidor cuando la puerta de madera se abrió solo fue la antesala de una imagen que Beatriz jamás olvidaría: aquel estampado de pequeñas flores amarillas sobre un llamativo fondo rojo. La imagen de ese simple trozo de tela mojado la perseguiría en sus pesadillas, y solo conseguiría apartarla ahogando la mente en brazadas eternas a lo largo y ancho de la alberca.

Frente a ella, aguardando bajo el aguacero en la puerta de su casa, estaba Liliana. La madre biológica de Renata.

Beatriz, sin saber quién era o qué quería, la hizo pasar. Le dio lástima su figura de adolescente empapada e indefensa. Había algo en ella que le recordaba a Renata. Tal vez eran las pecas de las mejillas, o el color de los ojos, o la postura del cuerpo. Un arrebato de familiaridad le permitió franquearle el paso a una desconocida que respiraba fuerte, como si acabara de correr una exigente carrera.

Todo cambió cuando Marco hizo su aparición en la sala y su mirada se cruzó con la de la chica. Se reconocieron al instante pese a no haberse visto jamás.

—¡Ladrones! ¡¿Dónde está mi hija?!

Liliana comenzó a gritar y Beatriz no supo de qué hablaba aquella joven.

—¡¿Qué hicieron con mi hija?!

«Seguro que está drogada —pensó con espanto la dueña de la casa—. Ahora Marco me va a regañar por haber dejado entrar a una yonqui».

—No fuimos nosotros. Fueron tus padres los que tomaron la decisión.

¿Quién había dicho eso? ¿Su marido?

En efecto: Marco había palidecido hasta tal punto que Beatriz pensó que podía desmayarse al más mínimo contacto. Tenía los ojos más abiertos que de costumbre. Y su pecho subía y bajaba como si le faltara el aire.

—¿De qué estás hablando, Marco?

La confusión de Beatriz no hizo más que acrecentar los pinchazos que continuaban asediándole la boca del estómago. Temía que los gritos de aquella joven despertaran a Renata, pero no quería acallar lo que tenía que decir. Su premonición estaba en lo correcto: algo estaba saliendo mal... Muy mal.

Por más que intentó entender lo que aquella otra boca femenina decía, no fue capaz de seguir muy bien la conversación. La muchacha gritaba que ella jamás había querido ese destino para su bebé. ¿Qué bebé? ¿De qué criatura hablaba con tanto dolor? Sus padres la habían engañado. En el hospital el médico le dijo que había nacido muerta. Un problema de corazón. Que sus pulmones no habían llegado a llenarse de oxígeno. Beatriz quiso preguntar sobre quién demonios estaban discutiendo, pero no se atrevió a hacerlo porque su instinto le dijo que no quería escuchar la respuesta. La joven seguía gritando que su hermano le había revelado toda la verdad, y que se había marchado de casa hacía ya tres años. Le había llevado tiempo encontrar la pista definitiva, pero ahora sabía que su hija vivía en aquella casa, bajo ese mismo techo, y que ellos se hacían pasar por sus padres.

A Beatriz se le nubló la mirada y se le secó la boca.

«Ahora es cuando Marco llama a la policía y hace que arresten a la drogadicta —pensó—. Ahora es cuando todo vuelve a la normalidad».

Pero no fue así.

—¡Ustedes me la quitaron sin mi consentimiento! —gritó—. ¡Los odio!

Beatriz, cada vez más ciega de ira y coraje, quiso encarar a su marido: «¿Es cierto lo que dice esta mujer? ¿Es la verdadera madre de Renata?». Pero una vez más permaneció en silencio porque su corazonada le dijo que estaba en lo cierto. Además, la palidez del rostro de Marco le confirmó sus sospechas. Se estaba enterando en aquel instante del espeluznante secreto que su esposo había conseguido ocultarle todo aquel tiempo... y aun así, pese al horror de la noticia, tenía claras las prioridades.

Porque cuando en un descuido Liliana intentó echar a correr escaleras arriba con la intención de encontrar el cuarto de Renata, Beatriz salió tras ella. Ni siquiera tenía un plan en mente. Nada. Solo un impulso de cólera que hizo que saltara y que agarrara del tobillo a esa intrusa que había cometido el atrevimiento de llamar a la puerta de su hogar perfecto.

—¡Beatriz, no! —creyó oír el grito de Marco.

Pero ya era demasiado tarde.

No había marcha atrás.

De un violento jalón lanzó a la joven al suelo y la arrastró peldaños abajo.

—¡Es mi hija! ¡Es mi bebé!

A partir de ese instante, Beatriz recuerda lo sucedido esa noche como si perteneciera a una vida ajena, al repertorio de una mente que no es la propia. Y tiene esa impresión porque ha podido verse a sí misma, desdoblada de su cuerpo, con una frialdad ajena a cualquier sentimiento. No es ella. Es otra Beatriz. Una Beatriz idéntica a sí misma. Pero distinta.

Beatriz ve a esa otra levantar a la joven del suelo para sacudirla y estrellarla contra la pared. La cabeza de Liliana revienta el cristal de uno de los cuadros y los trozos caen ensangrentados al suelo. Aturdida, la muchacha intenta defenderse, pero Beatriz se le lanza al cuello y aprieta, y sigue apretando hasta que un ronco quejido se impone al fragor de los truenos en el cielo.

Liliana cae aturdida sobre la delicada y carísima duela.

Entonces, esa otra que es la dueña de la casa, la idéntica a Beatriz pero que no es ella, le toma la cabeza con ambas manos, la alza unos centímetros del suelo y la deja caer con todas sus fuerzas. Una. Dos. Tres veces.

El caos termina de golpe con un ruido similar al de nueces partiéndose.

Eso es todo.

A partir de ese instante solo hay sangre y lluvia: un enorme reguero rojo que comienza a manar de la cabeza rota y un torbellino de lluvia al otro lado de las ventanas.

Beatriz abre los ojos, aunque nunca los cerró por completo. Hasta ese momento, paralizada ante el horror que acaba de vivir, no ha descubierto de lo que es capaz. Ha descubierto también el sabor de la sangre ajena. Ha descubierto un cadáver en mitad de su elegantísima sala. Ha descubierto que apenas puede tragar de tan seca que tiene la boca y la garganta. Ha descubierto que su hija no es su hija. Y ha descubierto que nunca nadie se la va a quitar.

¿Qué ocurrió?

El charco de sangre empieza a hacerse más grande a medida que Beatriz recupera el aliento y Marco despierta de su estupor.

—¿Qué hacemos ahora? —grita su marido—. ¡¿Qué mierda hacemos ahora?!

Volviendo en sí, pero con la mirada aún perdida, balbucea:

—La alberca...

Ambos llevan la vista hacia el patio trasero. A través de la ventana ven la futura alberca en construcción cuyo manto de cemento proyectado van a poner, sí o sí, a la mañana siguiente. Hace unas horas Marco discutió con el capataz de la obra sobre el material para exigir el polipropileno de última tecnología que él había encargado y no la simple capa de cemento que le estaban ofreciendo. Se alegró de que el hombre se haya ido enojado diciéndole que el equipo llegará a primera hora para construir el encofrado de hierro reforzado sobre el que se proyectará el cemento.

—No tenemos alternativa... —dice Beatriz antes de dirigirse a la cocina por trapos y utensilios.

Unos instantes después, Marco, empapado de lluvia y sudor, arrastra el cadáver por el césped. Beatriz no sale a ayudarlo. Se queda dentro de la casa limpiando el charco rojo que amenaza con dañar el delicado suelo de madera mientras él cava en el barro el agujero donde Liliana yacerá para siempre.

La siguiente imagen no se le borrará jamás del cerebro: el relámpago partiendo el cielo justo en el instante en que Marco lanza el cuerpo de la joven al enorme hoyo. Ahí va el secreto que su marido ha guardado durante tres años. Un secreto que están enterrando y del que jamás volverán a hablar.

Al menos eso es lo que ellos creen.

—¿Todo bien? —pregunta Beatriz cuando él termina de quitarse la ropa húmeda tras entrar de nuevo en la casa.

Marco asiente con una mueca de dolor indescriptible que solo puede tener un hombre que está roto por dentro. Un hombre que ha sido capaz de eso por el amor que profesa a su mujer y a su hija. A su familia.

—Era la única solución —le dice ella, como si hubiera sido capaz de leerle la mente—. Era eso... o perder a nuestra hija.

El énfasis en aquel «nuestra» estremece a Marco. Tiene la certeza de que ya nada volverá a ser igual.

Beatriz asiente y lleva los trapos ensangrentados a la cocina. Ensaya una sonrisa de esposa perfecta y de madre ejemplar mientras los lanza al interior de la lavadora para luego activar el programa de lavado largo. Decide que apenas salga el sol va a dedicarse a pulir la duela hasta conseguir que brille de nuevo, como recién instalada. También comprará flores, las más hermosas y fragantes, para renovar el ambiente de su hogar.

Pero, por encima de todo, va a asegurarse de que aquella *otra*, esa que terminó con la vida de la verdadera madre de Renata, nunca más vuelva a ver la luz del día. Va a sepultarla también bajo la alberca. Lo más hondo posible.

«Es cierto, cuando nadie te ve puedes llegar a cometer las peores atrocidades», se dice, y aprieta tan fuerte los puños que le crujen los nudillos.

Y sube a retocarse el maquillaje para servir la cena.

53

Reencuentro

La patrulla corría veloz sobre el asfalto caliente.

Beatriz, a duras penas, podía contener la ansiedad. Intentó acomodarse en el asiento trasero, que se derretía como el plástico a causa del sol que entraba implacable por la ventanilla, pero no lo consiguió. Solo tenía sentidos para imaginar, una y otra vez, el rostro de Gladys frente a ella. Su sonrisa hipócrita. Su falsa mirada de vecina amable. Su cuerpo menudo de señora indefensa.

Durante un instante se estremeció al recordar las muertes de Liliana y Clara Rojas. La violencia de su instinto. El arrebato salvaje de sus manos. La incapacidad de detenerse. El desdoblamiento de su propia conciencia. La sangre como punto final de su ataque. ¿Y si volvía a reaccionar así una vez que se encontrara frente a la secuestradora de Renata? ¿Podría contenerse ahora que se sabía rodeada de policías y acompañada de Leonardo, o no iba a tener más remedio que obedecer a la *otra* que, seguro, tenía alguna nueva atrocidad en mente?

La voz del periodista, sentado junto a ella, la sacó de sus cavilaciones.

—Bea, ¿no vas a decir nada?

Ella frunció el ceño y le hizo saber que no tenía idea de qué le estaba hablando.

—Acaban de comunicarnos por radio que encontraron a Renata y a Gladys.

El nudo en el estómago. El pánico anticipado de escuchar su mayor temor desde que se había subido al coche policial: que Renata estaba muerta. Que esa mujer la había matado.

«Ay, la boca seca. Cada vez más seca».

—Vamos en camino, cambio y corto —alcanzó a oírle decir a un agente en el asiento delantero.

—¿Qué pasó con mi hija? —se atrevió a preguntar.

—El piloto de una avioneta asegura haber visto hace apenas unos minutos a una mujer y a una niña discutir cerca del acantilado de Lomas de Segura —respondió Leonardo—. Tranquila. La vamos a recuperar.

El vehículo aumentó la velocidad. Desde algún otro sector se oía también el sonido de sirenas surcando el paisaje. Por lo visto, eran varias las unidades que se desplazaban por la zona.

Beatriz buscó la mano de Leonardo y se aferró a ella con fuerza. Él le sonrió con ese gesto que ahuyentaba pesadillas y temores, y que se había convertido en su único salvavidas durante las últimas horas. No tenía más remedio que creerlo. Y rogar que la policía llegara a tiempo.

Las patrullas rodearon el bosque y, tras un escarpado camino de tierra, emergieron hacia una planicie cortada abrupta por un profundo barranco. A través del parabrisas vieron la silueta de dos personas, una adulta, la otra de una niña, forcejeando en el suelo, peligrosamente cerca del abismo.

Los coches frenaron en seco levantado una nube de tierra. De uno de ellos bajó Beatriz, quien, a toda velocidad, empezó a correr hacia ellas.

—¡Señora, no! —le gritó un agente.

—¡Deja que la policía se encargue! —trató de indicarle Leonardo, incapaz de contenerla.

Ignorando las instrucciones, se precipitó desesperada hacia su hija, cada vez más cerca del borde del precipicio.

—¡Renata! —gritó.

Al instante, la pequeña alzó la vista. Sus ojos relampaguearon de felicidad al ver a su madre, que atravesaba la distancia rumbo a ella.

—¡Devuélveme a mi hija! —le ordenó a Gladys sin disminuir la velocidad de sus pasos.

Pero la mujer no obedeció. Por el contrario, se puso de pie de un salto y levantó a la niña de un violento jalón. Con ella firmemente agarrada, retrocedió un poco más hacia el despeñadero.

—¡No te acerques! —rugió.

Beatriz se detuvo en el acto. Estaba dispuesta a dar la vida por Renata si hacía falta. Pestañeó varias veces: la vista comenzaba a nublársele y las figuras de la mujer y su hija quedaron veladas tras una bruma de ira que empezaba a teñirlo todo de un rojo vibrante.

—¡Mamá! —lloriqueó Renata entre lágrimas.

—Esa no es tu mamá —rugió Gladys sujetando a la niña con un brazo alrededor del cuello, inmovilizándola y de paso ahogándola en el gesto.

—Devuélveme a Renata o te la voy a arrancar a golpes si hace falta.

La violencia en la voz de Beatriz no hizo más que despertar el mismo sentimiento en la de Gladys.

—Pasaste un par de días sin tu niña y ya crees que sabes lo que es perder a una hija... —gimió—. ¡Tú no sabes lo que es ser madre y pasarse siete años sin conocer el paradero de tu hija!

Beatriz, ahogada en su propia furia, tomó aire como un animal desesperado y buscó la manera de arrojarse hacia Gladys sin poner en peligro la vida de su hija. La mujer continuaba quitándole el oxígeno a Renata mientras ella gastaba el suyo en escupir palabras envenenadas.

—No sabes lo que es vivir tantos años de ausencia... Su cuarto vacío, las informaciones contradictorias, las preguntas sin respuesta...

Gladys dio otro paso más hacia el precipicio. Estaban tan cerca que podía sentir el viento helado que brotaba de la fosa contra su rostro. Enroscó con más fuerza el antebrazo alrededor del cuello de la niña, como una serpiente que atrapa a su presa.

—Todo cambió cuando una cámara de seguridad grabó el momento exacto en que llamó a la puerta de tu casa en mitad de la noche. ¡En su maldita casa! En el maldito pueblo donde todo empezó...

—No sabes de lo que soy capaz, Gladys... —amenazó Beatriz.

—Y tú tampoco sabes de lo que yo soy capaz. ¿O quién crees que mató a tu marido? ¿A esa bestia que prometió solucionarlo todo... y acabó quitándome a mi pequeña?

Beatriz, en *shock*, dejó de respirar.

«Una de estas personas es mi asesina».

Entonces fue capaz de armar el rompecabezas que rodeaba la muerte de su marido. Comprendió por fin por qué Marco estaba tan nervioso en sus últimas semanas de vida. Seguro que se debía a las presiones de Gladys, quien también lo habría dejado al borde de un precipicio con sus amenazas. No necesitó que la mujer se lo confesara, pero pudo verla acudir hasta su casa, sabiéndolo solo, para enfrentarse a él. Él debía saber quién era ella y Gladys conocía, gracias al informe del detective, que el último destino conocido de su hija había sido aquella misma casa: el número 9 de Old Shadows Road. Seguro que lo acorraló a preguntas. Le preguntó por el paradero de su primogénita de manera violenta e insistente. Él, harto de la presión, sacó el arma de su escritorio para amenazarla. A gritos, le exigiría que se fuera de allí y que volviera al silencio que ella y su esposo le habían prometido diez años atrás en una desangelada oficina médica del hospital de Pinomar.

«Desaparezca o aprieto el gatillo».

Podía imaginar la voz amenazante de su esposo cargada de alcohol y culpa.

Marco era un hombre bueno. Un padre de familia. Un hombre incapaz de quitarle la vida a nadie. No era como ella, que llevaba dentro a esa otra Beatriz más peligrosa que una bestia descontrolada. Pero él había bebido, fruto de los nervios, y con toda certeza no controló el peso del arma. Muy probablemente se vio sorprendido por Gladys, que debió de asaltarlo para forcejear. La violencia de esa mujer lo agarraría desprevenido y, en un traspié, lograría hacerse con el arma.

—¡¿Dónde está Lilianaaaaa?! —habría gritado enloquecida justo antes de disparar.

Bang.

«Una de estas personas es mi asesina».

Y así llegó el final de su matrimonio: Marco desmadejado en su despacho. Los coágulos de sangre salpicando muros, libros y escritorio. La herida abierta en el cráneo, el agujero como una ventana hacia su masa encefálica. El brazo derecho estirado sobre la alfombra empapada. El revólver que guardaba bajo llave en su cajón aún sujeto en la mano. El mismo revólver que seguro Gladys había limpiado de huellas y había colocado entre los dedos de su víctima para simular un suicidio.

Beatriz volvió a sentir que la lengua se le pegaba al paladar y que la boca se le llenaba con el sabor de la sangre ajena.

Mientras Beatriz, Gladys y Renata se hallaban al borde del terreno, la policía había aprovechado el encuentro y la discusión para, sin que la mujer los detectara, ganar tiempo y acercarse desde una posición no comprometida y segura.

—¡Tú destrozaste a mi familia! ¡Tú me arrancaste a mi hija! ¡Yo voy a hacer lo mismo con la tuya!

El agente que tenía el ojo puesto en la mirilla del arma entrecerró los párpados: justo en el centro del visor telescópico de su arma apareció el rostro de Gladys vociferando y con la piel enrojecida de calor y furia.

El dedo del francotirador se posó, con toda suavidad, sobre el gatillo.

Beatriz, ya ciega de frenesí, empezó a tensar los músculos y a curvar la espalda, como un gato preparándose para el ataque.

«Madre es la que cría. La que educa. La que baja la fiebre».

El dedo del policía presionó el detonador.

Bang.

A partir de ahí, el caos.

Beatriz detuvo su brinco en el acto al oír el disparo. Alcanzó a ver los ojos enormes de Gladys, las pupilas dilatadas y el latigazo de su cuerpo al recibir la bala entre ceja y ceja. Beatriz trató de gritar para avisar a su hija que se soltara de esa mujer. Quiso correr hacia ella, pero su mundo había sucumbido bajo una densa neblina que le impedía desplazarse con rapidez.

—¡Renata!

Gladys se desprendió de la niña y se quedó apenas un segundo inmóvil, paralizada justo al borde del abismo que se abría a sus espaldas. Con la frente salpicada de sangre por el disparo, cruzó una mirada fugaz con Beatriz, que seguía corriendo hacia Renata. Pareció sonreír. Quizá se alegraba porque al final del acantilado debía de estar Liliana esperando por ella para irse juntas quién sabe adónde. A donde huyen las madres y las hijas que ya perdieron la vida.

El cuerpo de Gladys terminó de caer hacia atrás. Y desapareció devorado por la hambrienta profundidad de la grieta.

Sin el brazo de la mujer alrededor del cuello, Renata se abalanzó en llanto vivo sobre su madre, quien terminó de correr los escasos metros que las separaban para abrazarla con desesperación.

—Mi pequeña... —susurró entre lágrimas mientras la estrujaba entre los brazos—. Ya está... Ya estás a salvo, hija mía.

Leonardo, atento a todo desde el coche de policía estacionado entre los árboles, fue el primero en ver la llegada de Octavio acompañado de un joven en mal estado físico. Desde la distancia lo vio cruzar el cordón policial para entregarse. Según logró escuchar, el hombre estaba dispuesto a colaborar y contarles toda la verdad de lo acontecido.

«No tengo perdón. No merezco el perdón de nadie», lo oyó decir antes de que se subiera a una de las patrullas en compañía del muchacho.

«Así es como termina una investigación», se dijo el periodista.

Una vez más, había sido capaz de poner el punto final a una pesquisa.

Ahora podía dedicarse, en cuerpo y alma, a su relación con Beatriz. Y a intentar seguir adelante sin revelarle toda la basura que había conseguido sacar de debajo de la alfombra.

Lo que no sabían ni los agentes de policía, ni Leonardo, ni nadie en Lomas de Segura era que, en aquel mismo instante, Gastón, el último responsable vivo y artífice de la llegada al mundo de Renata, acababa de ahorcarse en la sala de su primorosa casa en Pinomar.

Epílogo

Sensación de vacío, de flotar suspendida en el aire. Alcanzar a sentir que el estómago se te revuelve por un brevísimo instante. Porque vuelas. Sí, vuelas. Tu cuerpo ya no le pertenece a la tierra ni a la ley de gravedad. Tus pies ya no tocan el césped que rodea la alberca.

Entonces llega el choque con la superficie del agua. Sientes que el frío te abraza la piel, pero al instante te acostumbras. La temperatura es perfecta. Fue una buena idea quitarte la ropa del día, tomarte de un sorbo esa última copa de vino tinto y salir al jardín con una toalla bajo el brazo.

Estás sola, Beatriz: Renata duerme en su habitación y Leonardo se quedó trabajando frente a la computadora en una de sus múltiples noches de investigación y escritura. Y lo prefieres así.

Ha sido cuestión de tiempo que te acostumbraras a estar sola. Te gusta, de hecho. La soledad se te ajusta como un guante bien hecho. Además, no te queda más alternativa, ya que casi no tienes contacto con tus amigas. Julieta acabó por desaparecer de tu vida, herida por tu relación estable con su exmarido. De Anaís casi no sabes nada. Solo que cuando encontró el cadáver de Gastón balanceándose de una viga del techo hizo las maletas y desapareció de Pinomar.

La casa donde vivían Gladys y Octavio sigue con el cartel de «se vende» clavado en el jardín delantero. A veces extrañas ver aquellas ventanas encendidas. Las siluetas de sus moradores espiándote tras las cortinas.

Pero todo aquello, esa otra vida, quedó en el pasado.

Se corrió un tupido velo.

Te gusta cerrar los ojos bajo el agua para imaginar que flotas en el vacío. En la nada. Te basta bajar los párpados para que tu cuerpo navegue en un espacio sideral, ahí donde nada puede tocarte. Y eso es lo mejor que te puede ocurrir, ¿no? Porque ahí nadie descubrirá nunca tu verdadera cara. Confiésalo: por eso siempre te ha gustado lanzarte a la alberca cuando tienes miedo, cuando las dudas te asaltan o cuando crees que has llegado a un callejón sin salida. Escudada tras el agua con olor a cloro evitas que la otra asome la cara. Aquella otra Beatriz que yo conozco muy bien, pero que has mantenido hábilmente oculta para el resto de las personas. Aquella Beatriz que terminó con mi vida una noche de lluvia y truenos. Nadar es el mejor antídoto para mantenerla escondida muy hondo dentro de ti.

Apaciguada.

Inofensiva.

Pero es cuestión de tiempo que todo vuelva a cambiar.

Te veo sonreír triunfal mientras flotas de espaldas, de cara a la luna llena. Crees que te saliste con la tuya. Y tal vez así lo parezca. Sigues viviendo con Renata. Cada tanto compartes tu cama con Leonardo, un hombre bueno que solo ha sabido ayudarte. Terminaste tu cuento, el del sol sentado en un columpio de brillos. Se lo entregaste a tu editora, que aplaudió tu creatividad y tu capacidad para rimar y ser juguetona al mismo tiempo. Te creíste invencible, Beatriz. No me lo niegues. Soy la única que puede verte cuando nadie más te observa.

Pero te recuerdo algo: la que llamas tu hija sabe que no es tu hija. Sabe que no la pariste, tal y como siempre le contaste. Es cuestión de tiempo que esa bomba estalle. Lo que no sabes es que Leonardo está en negociaciones con un importante medio nacional para publicar su reportaje, el de las adopciones ilegales. Y también desconoces esta información: me menciona varias veces en el artículo. Y también a mis padres. Y, por supuesto, a Gastón y Marco, el hombre que mandó que construyeran para ti la alberca en la que ahora nadas y crees relajarte.

No imaginas la tormenta que se te viene encima.

El mundo entero va a conocer tu historia y el verdadero origen de Renata.

No habrá paz para tu alma, Beatriz. No existe rincón alguno que te devuelva la tranquilidad. Por más que juegues a tirarte a la alberca para intentar cansarte y dormir bien, jamás volverás a conciliar el sueño. No puedes. No podrás.

Además, es cuestión de tiempo que Renata empiece a hacer preguntas. La primera llegará en un par de semanas, cuando esté a punto de cumplir los once años. No sabrás qué responderle. Y tus nerviosas evasivas solo van a empeorar las cosas. Intentarás apagar el fuego con gasolina. No olvides que es mi hija. Lleva mis genes en la sangre. Yo no fui una hija fácil, Beatriz. Fui una pesadilla para mis padres.

Y eso mismo es lo que te espera a ti.

No podrás volver a amarla como antes porque Renata te va a odiar por lo que me hiciste. Y gracias al reportaje de Leonardo llegará a conocer la historia tan bien como si la hubiera vivido en primera persona.

Sí, es cuestión de tiempo.

Y tú sabes que aquella otra Beatriz va a terminar ganándote la partida. Es más fuerte que tú. Su presencia es una avalancha que te pasa por encima, que te aniquila y pulveriza. Toma el control cuando menos lo esperas. ¿Qué piensas hacer para evitar una nueva muerte? ¿Quedarte el resto de tu vida en esta alberca, nadando de extremo a extremo para que se te cansen los músculos y te obliguen a dormir?

Confiésalo: la soledad te aterra.

Porque en esa soledad surgen tus miedos. Y junto con los miedos aparece ella.

El pánico de imaginarla atacando a Renata te paraliza. Intentas suspender en el acto la visión de sus manos rasgando su piel de niña. La sangre salpicando su edredón rosa lleno de encajes. Su cuerpo desmadejado, como el de una muñeca rota. Jamás te lo perdonarías.

¿Sabes qué, Beatriz? Te sería tan fácil ponerle fin al dolor y a la angustia de un futuro criminal... Bastaría con que te quedaras aquí, adherida a estas baldosas blancas, hasta que tus pulmones se llenaran de líquido y pesaran tanto que ya no fueras capaz de regresar a la superficie. Además, no estarías sola en tu tránsito al más allá. Me tienes a mí.

Ven, aférrate a mis brazos.

Eso, nadie te está viendo.

Ven conmigo.

Vamos a acompañarnos durante el resto de nuestra existencia. Mira cómo las burbujas ya casi no salen de tu boca. Tu cuerpo se ha convertido en un ancla imposible de levantar. Y desde ahí, a través de la cara interna de la superficie del agua, admiras por última vez la luna llena que se deforma y vuelve a formar con cada vaivén acuoso; percibes el parpadeo final de las estrellas; aprecias el borrón oscuro del cielo, el mismo cielo que ha sido mi único paisaje durante tantos años.

Bienvenida, Beatriz.

Ahora te espera una eternidad junto a tus víctimas.

¿Estás lista para tu infierno?

JOSÉ IGNACIO VALENZUELA

José Ignacio Valenzuela (Santiago de Chile), conocido también como Chascas, es un prolífico escritor que se ha destacado en el cine, la literatura, la televisión y el teatro. Fue nombrado por el *New York Times* como uno de los diez mejores escritores de América Latina. Su obra incluye más de veinticinco libros publicados, entre los que se encuentran los bestsellers *El filo de tu piel*, *Mi abuela, la loca* y *Gente como yo*. Telemundo produjo dos de sus novelas, *La casa de al lado* y *Santa diabla*, transmitidas en todo el mundo batiendo récords de audiencia. En 2021 estrenó *¿Quién mató a Sara?*, la serie original de Netflix que se ha convertido en un fenómeno internacional, y al año siguiente *Donde hubo fuego*, que rápidamente escaló a ser una de las más vistas de ese año.